U0097239

中國語言文字研究輯刊

十七編

許學仁 主編

第12冊

山東出土金文合纂（第六冊）

蘇影 著

花木蘭文化事業有限公司

國家圖書館出版品預行編目資料

山東出土金文合纂（第六冊）／蘇影 著 -- 初版 -- 新北市：
花木蘭文化事業有限公司，2019〔民 108〕
目 2+236 面；21×29.7 公分
（中國語言文字研究輯刊 十七編；第 12 冊）
ISBN 978-986-485-932-0（精裝）
1. 金文 2. 山東省
802.08　　　　108011982

中國語言文字研究輯刊
十七編　第十二冊　ISBN：978-986-485-932-0

山東出土金文合纂（第六冊）

作　者　蘇　影
主　編　許學仁
總編輯　杜潔祥
副總編輯　楊嘉樂
編　輯　許郁翎、王　筑、張雅淋　美術編輯　陳逸婷
出　版　花木蘭文化事業有限公司
發行人　高小娟
聯絡地址　235 新北市中和區中安街七二號十三樓
電話：02-2923-1455／傳真：02-2923-1452
網　址　http://www.huamulan.tw　信箱　hml 810518@gmail.com
印　刷　普羅文化出版廣告事業
初　版　2019 年 9 月
全書字數　286993 字
定　價　十七編 18 冊（精裝）　台幣 56,000 元　

山東出土金文合纂
（第六冊）

蘇影 著

目次

第五冊

下編　山東出土金文編

第六冊

第七冊

山東出土金文編　卷六

	杞 351	棠 350	亲 349	木 348
杞伯每亡鼎 西周晚或春秋早 2642	杞伯每亡鼎 西周晚或春秋早 2494・1	十年洱陽令戈 戰國 近出 1195	羊角戈 戰國早 11210	木父乙鼎 西周早 國博館刊 2012.1
杞伯每亡簋 春秋早 3897	杞伯每亡鼎 西周晚或春秋早 2494・2			
杞伯每亡簋蓋 春秋早 3898	杞伯每亡鼎 西周晚或春秋早 2495			

朱 353　　榮 352

朱	榮			
四十一年工右耳杯 戰國晚 新收 1077 四十年工右耳杯 戰國晚 新收 1078	榮入門觶 商晚 新收 1165 熒字重見。	杞伯每亡壺蓋 春秋早 9687 杞伯每亡壺 春秋早 9688 杞伯每亡匜 春秋早 10255 杞伯每亡盆 春秋早 10334	杞伯每亡簋蓋 春秋早 3900 杞伯每亡簋 春秋早 3901 鼄叔豸父簠 春秋早 4592	杞伯每亡簋 春秋早 3898 杞伯每亡簋蓋 春秋早 3899.1 杞伯每亡簋 春秋早 3899.2

末 354	柴 355	築 356	梠 357	槃 358
悍距末 戰國 11915	柴內右戈 戰國晚 近出 1114	摹本 子禾子釜 戰國中 10374	子禾子釜 戰國中 10374	紀伯綻父盤 西周晚 10081 （般重見） 伯駟父盤 西周晚 10103 魯伯愈父盤 西周晚 10113

 齊大宰歸父盤 春秋 10151  夆叔匜 春秋 10282	 齊侯盤 春秋中 10117 公子土斧壺 春秋晚 9709  齊侯作孟姬盤 春秋 10123	 夆叔盤 春秋早 10163 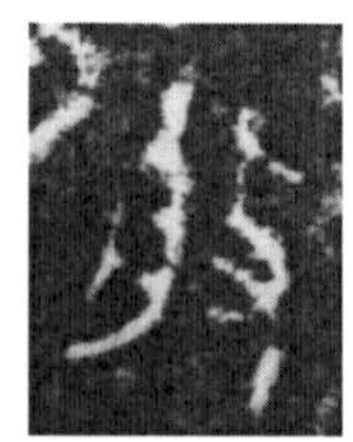 干氏叔子盤 春秋早 10131  郜公典盤 春秋中 近出 1009	 魯伯者父盤 春秋早 10087 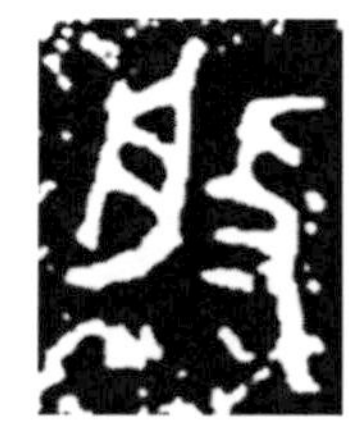 魯伯愈父盤 春秋早 10114  尋仲盤 春秋早 10135	 魯伯愈父盤 西周晚 10115 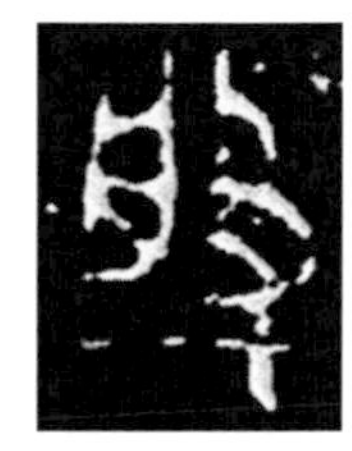 魯伯愈父盤 西周晚 10116 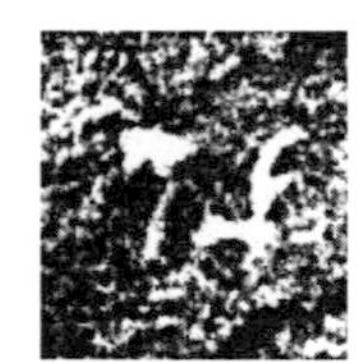 勾它盤 西周晚 10141

休 363	枼 362	樂 361	櫑 360	櫓 359
憲鼎 西周早 2749	叔夷鐘 春秋晚 278	𣲗夫人鎛 春秋晚 文物 2014.1	邳伯缶 戰國早 10006	陳侯壺蓋 春秋早 9633・1
大保簋 西周早 4140	叔夷鎛 春秋晚 285	陳樂君歌甗 春秋晚 近出 163	邳伯缶 戰國早 10007 （或从缶）	陳侯壺 春秋早 9633・2
鴌鼎 西周早 國博館刊 2012.1				陳侯壺 春秋早 9634・1
鴌簋 西周早 國博館刊 2012.				陳侯壺 春秋早 9634・2

桿365　余364

 子禾子釜 戰國中 10374	 大保簋 西周早 4140	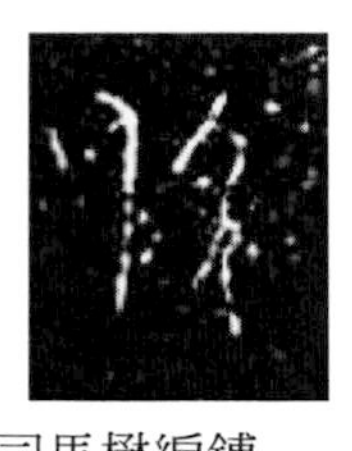 司馬楙編鎛 戰國 山東成 107  𢉩台戈 戰國 山東成 853 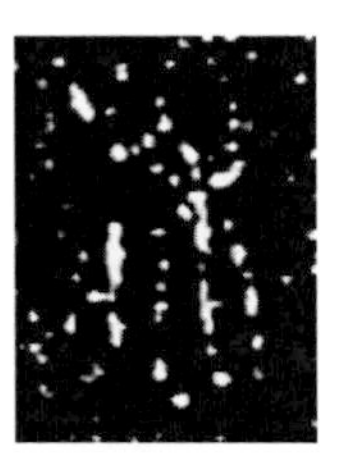 永祿休德鈹 春秋晚 山東成 903	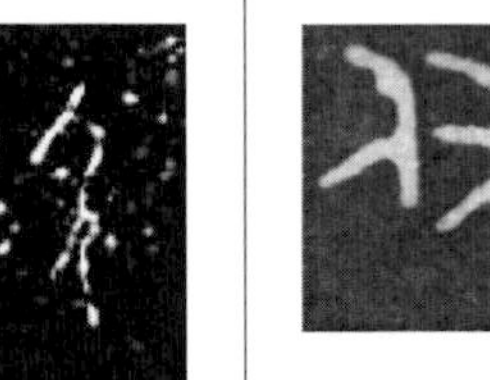  不嬰簋 西周晚 4328  叔夷鎛 春秋晚 274  叔夷鎛 春秋晚 285	 辛𠱾簋 西周早 新收 1148  𡨦鼎 西周中 2721  引簋 西周中晚 海岱 37.6

𣞤 368			東 367	杉 366
紀伯子庭父盨蓋 西周晚 4442・1 紀伯子庭父盨蓋 西周晚 4442・2 紀伯子庭父盨 西周晚 4443 紀伯子庭父盨 西周晚 4444	戉宧無壽觚 商中 近出 757 蔡姞簋 西周晚 4198 不嬰簋 西周晚 4328 紀伯子庭父盨蓋 西周晚 4443	莒平鐘 春秋晚 176 莒平鐘 春秋晚 177 莒平鐘 春秋晚 178 莒平鐘 春秋晚 179	莒平鐘 春秋晚 173 莒平鐘 春秋晚 174 莒平鐘 春秋晚 175	乘父士杉盨 西周晚 4437

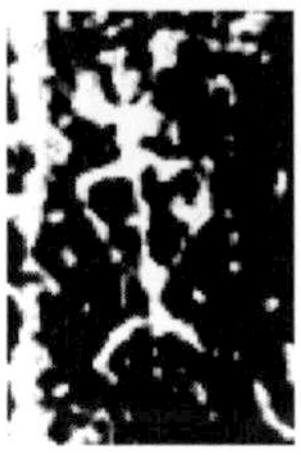

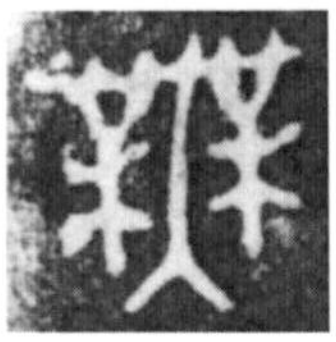

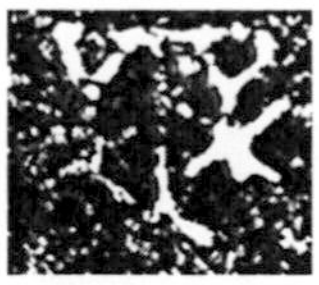

 鼄公子害簠 春秋早 遺珍 67  鼄公子害簠蓋 春秋早 遺珍 67  尋仲盤 春秋早 10135 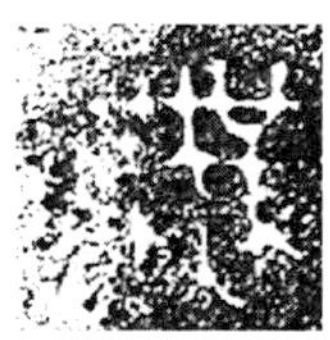 夆叔盤 春秋早 10163	 魯大司徒厚 氏元簠蓋 春秋早 4690.1  魯大司徒厚 氏元簠 春秋早 4690.2  魯大司徒厚 氏元簠蓋 春秋早 4691  魯大司徒厚 氏元簠 春秋早 4691	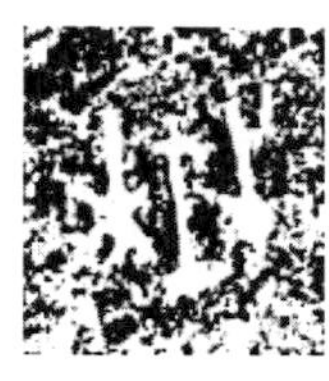 郳口伯鼎 春秋早 2640  郳口伯鼎 春秋早 2641  上曾太子鼎 春秋早 2750  魯大司徒厚 氏元簠 春秋早 4689	 紀伯子婝父盤 西周晚 10081  曩伯𡪞父匜 西周晚 10211  摹本 勾它盤 西周晚 10141	 紀伯子婝父盨 西周晚 4444  紀伯子婝父盨 西周晚 4444  侯母壺蓋 西周晚 9657・1 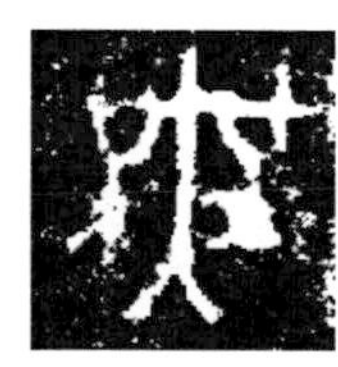 侯母壺 西周晚 9657・2

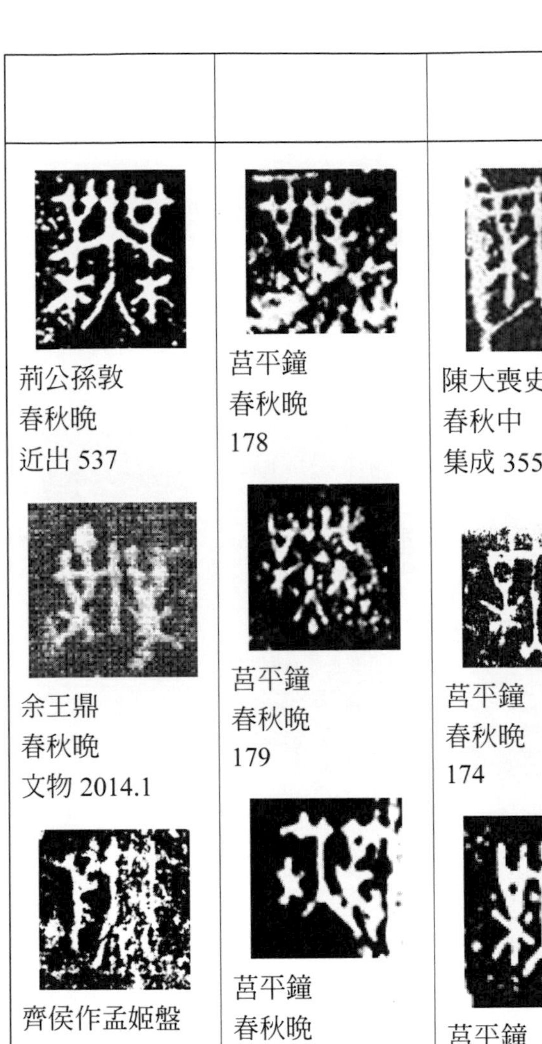
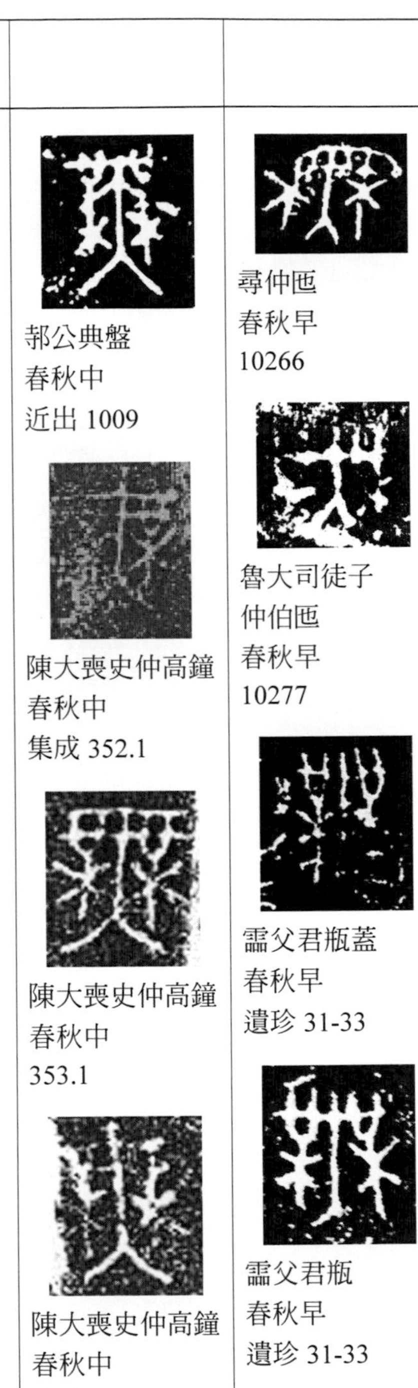

荊公孫敦 春秋晚 近出 537	莒平鐘 春秋晚 178	陳大喪史仲高鐘 春秋中 集成 355.2	郜公典盤 春秋中 近出 1009	尋仲匜 春秋早 10266
余王鼎 春秋晚 文物 2014.1	莒平鐘 春秋晚 179	莒平鐘 春秋晚 174	陳大喪史仲高鐘 春秋中 集成 352.1	魯大司徒子 仲伯匜 春秋早 10277
齊侯作孟姬盤 春秋 10123	莒平鐘 春秋晚 180	莒平鐘 春秋晚 175	陳大喪史仲高鐘 春秋中 353.1	霝父君瓶蓋 春秋早 遺珍 31-33
黄太子伯克盆 春秋 10338	陳樂君歍甗 春秋晚 近出 163	莒平鐘 春秋晚 177	陳大喪史仲高鐘 春秋中 集成 354.2	霝父君瓶 春秋早 遺珍 31-33

才 372　⿱林⿱亠冋 371　楙 370　楚 369

才	⿱林⿱亠冋	楙	楚	
  旅鼎 西周早 2728  憲鼎 西周早 2749 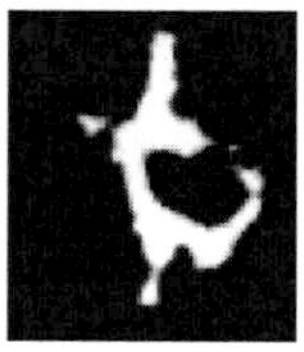 辛䰜簋 西周早 新收 1148  遇甗 西周中 948	 叡鐘 西周中 92	 齊侯盤 春秋中 10117  司馬楙編鎛 戰國 山東成 107	 益公鐘 西周晚 16  國楚戈 戰國早 新收 1086  楚高缶 戰國 9990   楚高缶 戰國 9989	 濫盂 春秋 新浪網  夆叔匜 春秋 10282  賈孫叔子屖盤 春秋 山東成 675  邳伯缶 戰國早 10006  邳伯缶 戰國早 10007

之 373

盄父君瓶 春秋早 遺珍 31-33 正叔止士[鬳攴]俞簠 春秋早 遺珍 42-44 干氏叔子盤 春秋早 10131 淳于公戈 春秋早 近出 1157	夆叔盤 春秋早 10163 子皇母簠 春秋早 遺珍 49-50 畢仲弁簠 春秋早 遺珍 48 盄父君瓶蓋 春秋早 遺珍 31-33	魯大司徒厚氏元簠 春秋早 4690.2 魯大司徒厚氏元簠 春秋早 4689 魯大司徒厚氏元簠蓋 春秋早 4691 魯大司徒厚氏元簠 春秋早 4691	郜仲簠 西周中晚 新收 1046 口誃簠 西周晚 4533 正叔止士[鬳攴]俞簠 春秋早 遺珍 42-44 魯大司徒厚氏元簠蓋 春秋早 4690.1	叔夷鐘 春秋晚 272 叔夷鐘 春秋晚 275 叔夷鐘 春秋晚 285

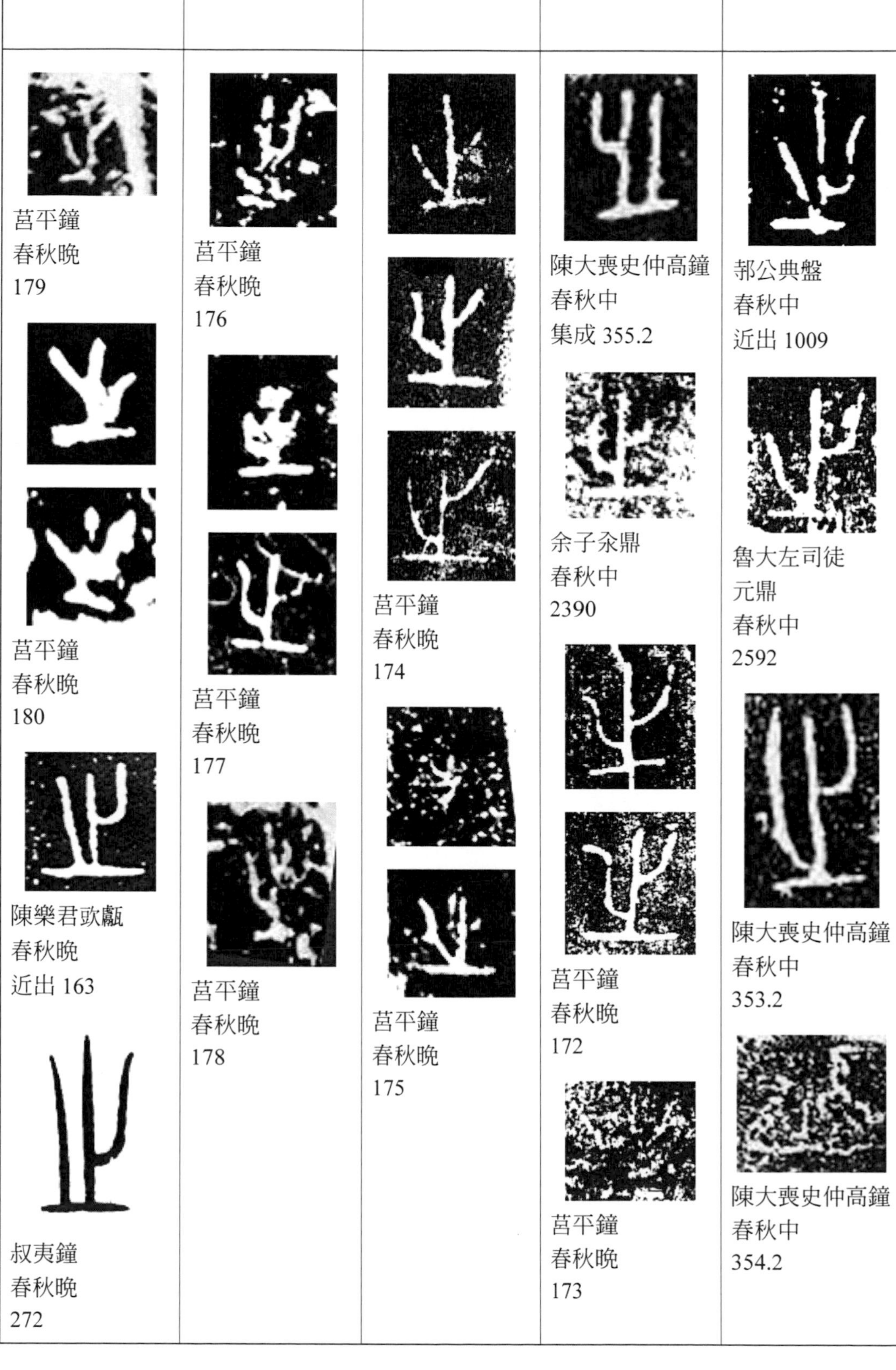

莒平鐘 春秋晚 179 莒平鐘 春秋晚 180 陳樂君歌甗 春秋晚 近出 163 叔夷鐘 春秋晚 272	莒平鐘 春秋晚 176 莒平鐘 春秋晚 177 莒平鐘 春秋晚 178	莒平鐘 春秋晚 174 莒平鐘 春秋晚 175	陳大喪史仲高鐘 春秋中 集成 355.2 余子汆鼎 春秋中 2390 莒平鐘 春秋晚 172 莒平鐘 春秋晚 173	鄀公典盤 春秋中 近出 1009 魯大左司徒元鼎 春秋中 2592 陳大喪史仲高鐘 春秋中 353.2 陳大喪史仲高鐘 春秋中 354.2

叔夷鎛 春秋晚 285		叔夷鐘 春秋晚 275 叔夷鐘 春秋晚 282 叔夷鐘 春秋晚 283		叔夷鐘 春秋晚 273 叔夷鐘 春秋晚 274 叔夷鐘 春秋晚 280

工盧王劍
春秋晚
11665

濫盂
春秋
新浪網

夆叔匜
春秋
10282

黄太子伯克盆
春秋
10338

宋公圝鼎
春秋晚
文物 2014.1

莒大叔壺
春秋晚
近出二 876

宋公差戈
春秋晚
11289

鄝子痃戈
春秋晚
文物 2014.1

余王鼎
春秋晚
文物 2014.1

羊子戈
春秋晚
11089

宋公圝簠
春秋晚
文物 2014.1

滕侯昃敦
春秋晚
4635

齊侯作孟姜敦
春秋晚
4645

荊公孫敦
春秋晚
近出 537

滕侯昃戈
春秋晚
11079

筥平壺
春秋晚
新收 1088

公子土斧壺
春秋晚
9709

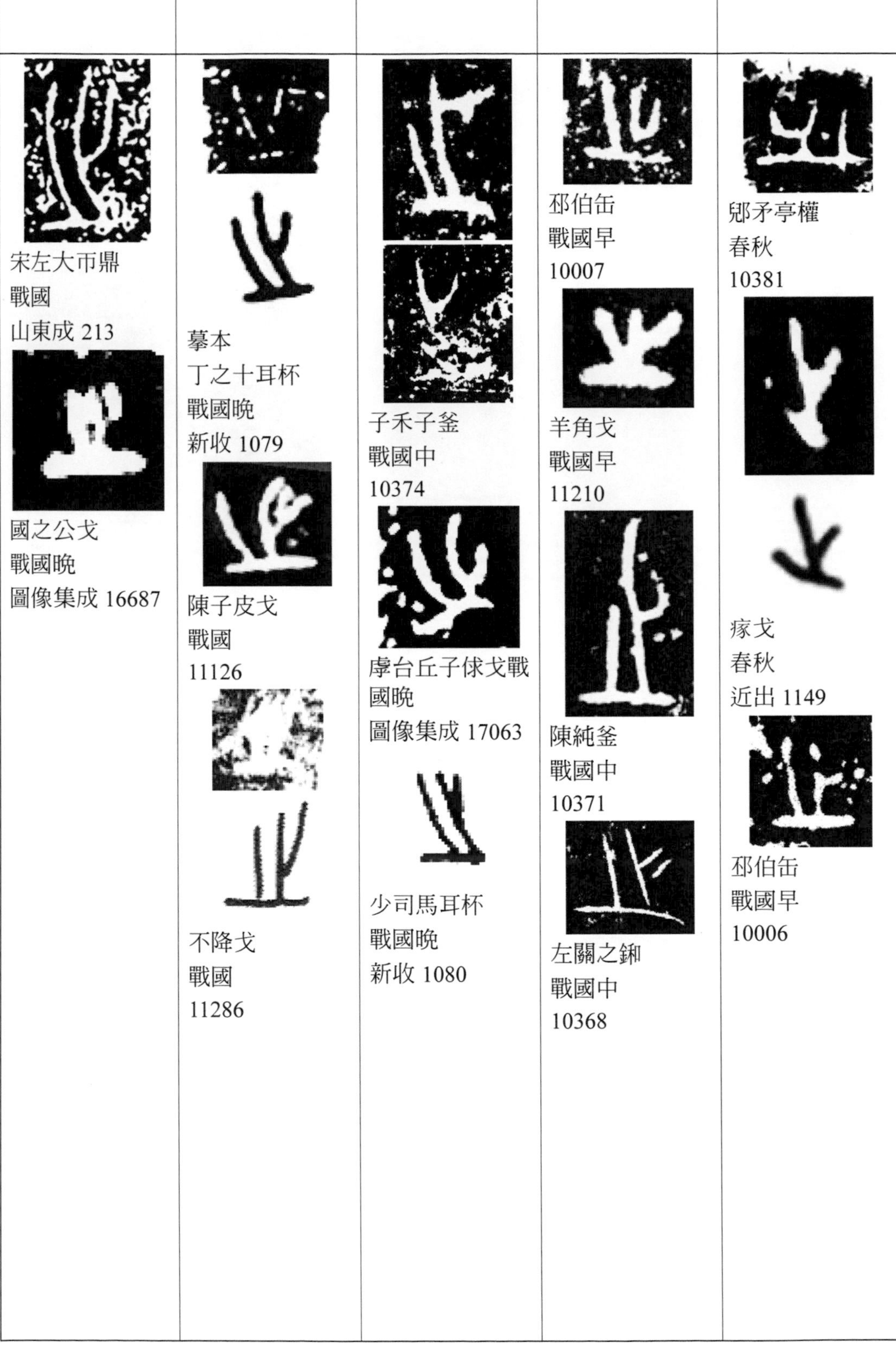

宋左大巿鼎 戰國 山東成 213 國之公戈 戰國晚 圖像集成 16687	摹本 丁之十耳杯 戰國晚 新收 1079 陳子皮戈 戰國 11126 不降戈 戰國 11286	子禾子釜 戰國中 10374 虘台丘子俅戈戰國晚 圖像集成 17063 少司馬耳杯 戰國晚 新收 1080	邳伯缶 戰國早 10007 羊角戈 戰國早 11210 陳純釜 戰國中 10371 左關之鉌 戰國中 10368	郳矛亭權 春秋 10381 㝝戈 春秋 近出 1149 邳伯缶 戰國早 10006

			師 375	帀 374
			師	帀
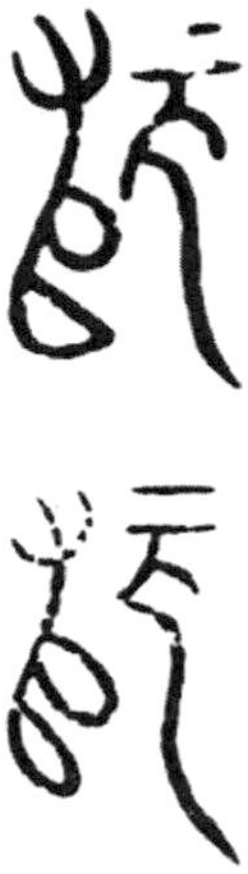 叔夷鐘 春秋晚 273  叔夷鐘 春秋晚 275	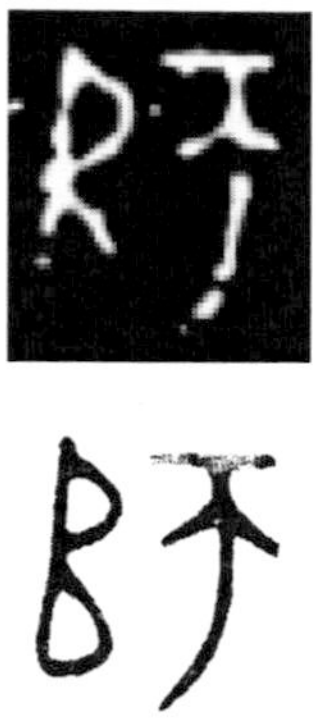 摹本 5373・1 莒作丁師卣 西周 山東成 477  叔夷鐘 春秋晚 272	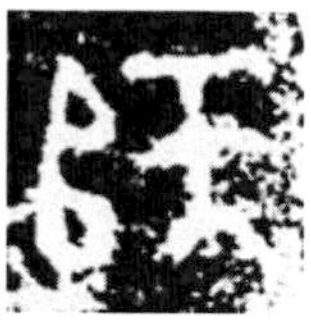 㝅鼎 西周中 2721  遹甗 西周中 948  摹本 丁師卣 西周 5373・2	 旅鼎 西周早 2728  遹甗 西周中 948  引簋 西周中晚 海岱 37.6	 陳純釜 戰國中 10371  師紿銅泡 戰國晚 11862 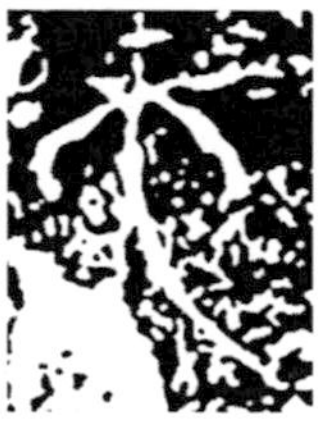 宋左大帀鼎 戰國 山東成 213

南 377　出 376

	南	出		
啓尊 西周早 5983 司馬南叔匜 西周晚 10241 工盧王劍 春秋晚 11665	射南簋 西周晚 4479 射南簋 西周晚 4480 啓卣 西周早 5410 啓卣蓋 西周早 5410	啓卣蓋 西周早 5410 啓卣 西周早 5410 郜公典盤 春秋中 近出 1009	司馬楙編鎛 戰國 山東成 105	叔夷鎛 春秋晚 285

束 381	雩 380	乇 379	生 378	
不嬰簋 西周晚 4328	己華父鼎 西周晚 2418 黿慶簠 春秋早 遺珍 116 黿慶簠 春秋早 遺珍 116	𠦪盉 商晚 近出二 833	甯[illegible]生鼎 春秋早 2524 叔夷鐘 春秋晚 275 叔夷鐘 春秋晚 285 後生戈 春秋 圖像集成 16535	憲鼎 西周早 2749 紀仲觶 西周中 6511.1 紀仲觶 西周中 6511.2 蔡姞簋 西周晚 4198

東 382

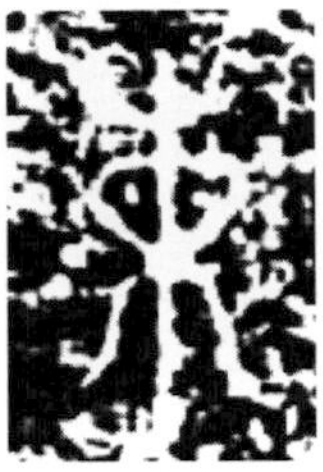

鮑子鼎
春秋晚
中國歷史文物 2009.2

國 383

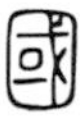

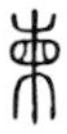

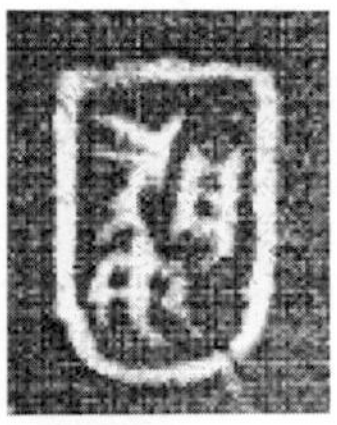

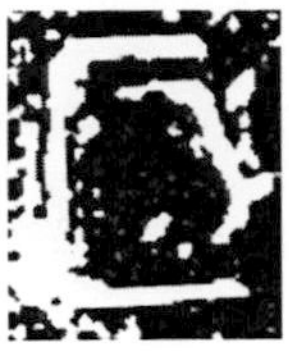

國子鼎蓋
春秋晚
1348

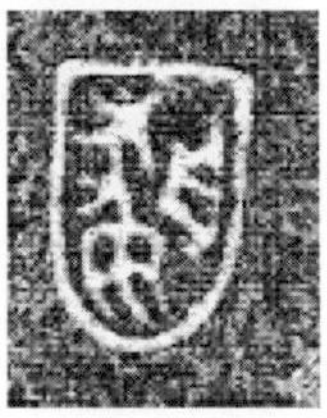

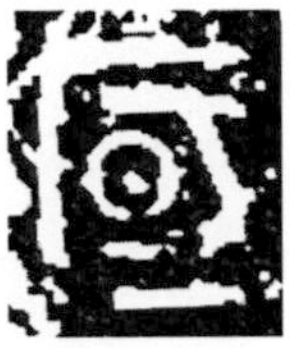

國子鼎
春秋晚
1348

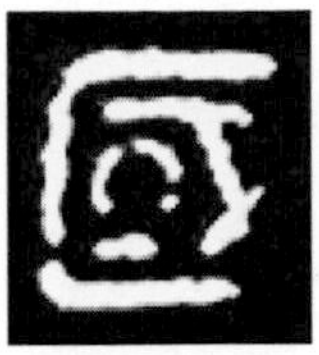

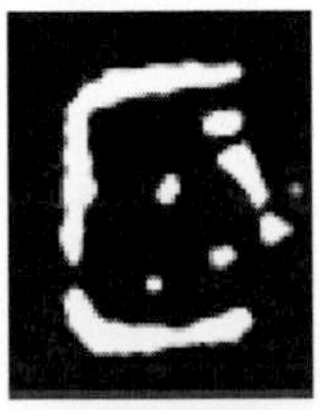

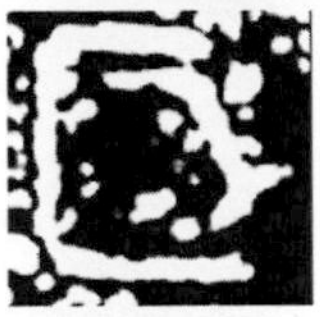

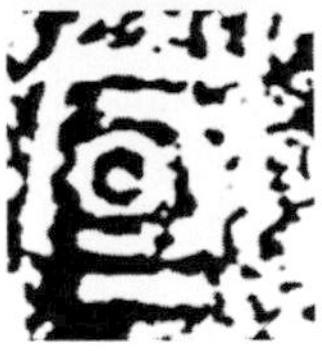

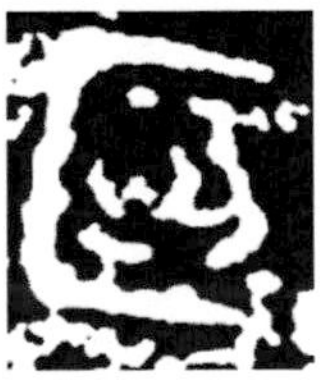

國子中官鼎
春秋晚
1935

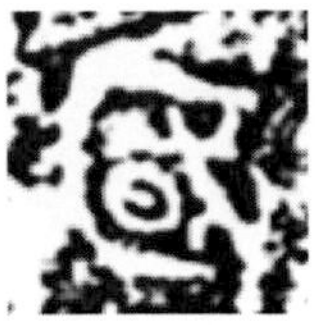

國楚戈
戰國早
新收 1086

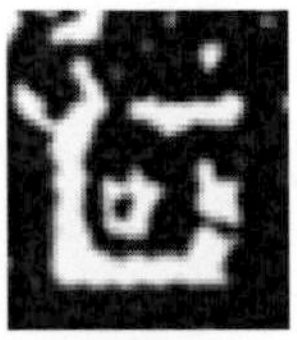

國之公戈
戰國晚
圖像集成 16687

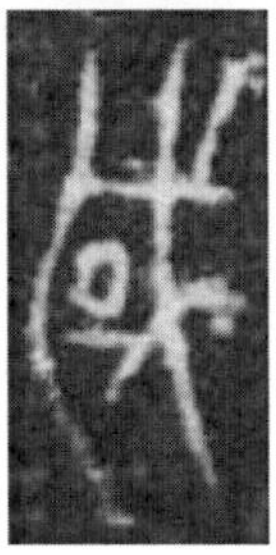

悍距末
戰國
11915

⿴囗絅 384

宋公⿴囗絅鼎
春秋晚
文物 2014.1

宋公⿴囗絅簠
春秋晚
文物 2014.1

			貝 386	⿴囗昆 385

 董珊摹本 叔卣蓋 西周早 古研 29 輯 311 頁圖四 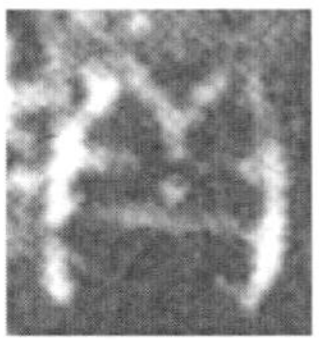 鴌鼎 西周早 國博館刊 2012.1	叔尊 西周早 新出金文與西周歷史 8 頁圖二.1  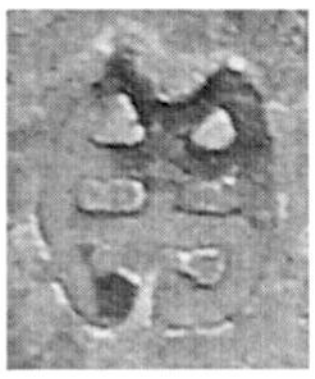 叔卣內底 西周早 新出金文與西周歷史 9 頁圖二.4	 朿作父辛卣 西周早 5333   （x 光照片） 叔提梁套盒 西周早 新出金文與西周歷史 15 頁	 小臣俞犀尊 商晚 5990 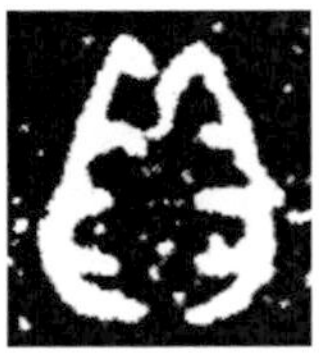 旅鼎 西周早  憲鼎 西周早 2749  朿作父辛卣蓋 西周早 5333	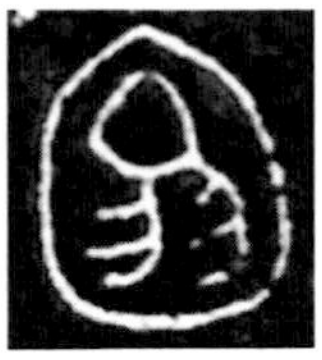 ⿴囗昆君婦媿霝壺 春秋早 遺珍 63-65

賸 387

孟𣪕父簋
西周晚
3962

孟𣪕父簋
西周晚
3963

郜仲簠
西周中晚
新收 1045

郜仲簠蓋
西周中晚
新收 1045

尋仲盤
春秋早
10135

魯宰駟父鬲
春秋早
707

⿱宀朋[illegible]生鼎
春秋早
2524

魯伯大父簋
春秋早
3974

魯伯大父作仲姬俞簋
春秋早
3987

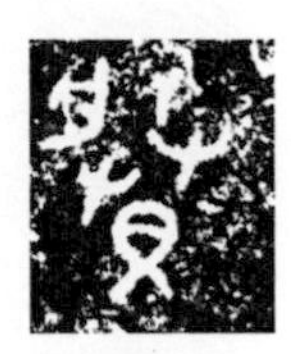
費奴父鼎
春秋早
2589

魯伯大父作仲姬俞簋
春秋早
3988

魯伯大父作仲姬俞簋
春秋早
3989

尋仲匜
春秋早
10266

賈孫叔子屖盤
春秋
山東成 675

賜 388

摹本
庚壺
春秋晚
5131

邑 393	貲 392	賨 391	賈 390	贖 389
 秦邑虎符 戰國 12087	  不降戈 戰國 11286	 陳賹子戈 戰國中 飛諾藏金 99 頁	 賈孫叔子屖盤 春秋 山東成 675	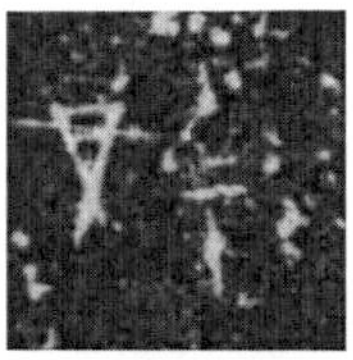  子禾子釜 戰國中 10374

郾 398	鄆 397	郤 396	鄭 395	都 394
郾王職劍 戰國晚 近出 1221	鄆戈 戰國晚 10828	郤氏左戈 戰國晚 近出 1117	叔夷鐘 春秋晚 285	叔夷鐘 春秋晚 273
	鄆左戈 戰國 10932		中都戈 春秋 10906	叔夷鐘 春秋晚 281
			鄭⿰幺勺盒 戰國晚 近出 1044	

邛 402		郜 401	邾 400	鄧 399
濫盂 春秋 新浪網	谷𢀜造戟 戰國晚 11183 讀作「造」。	郜仲尊 西周中 5881A 口公之造戈 春秋晚 飛諾藏金 99 頁	杞伯每亡鼎 西周晚或春秋早 2494.1 邾大司馬戈 春秋晚 11206	假登字爲之 鄧公盉 商晚 圖像集成 14684

郭 405	邳 404			郜 403
  薛郭公子戈 春秋早 近出 1164	 用作邳。 宋公差戈 春秋晚 11289  邳伯缶 戰國早 10006  邳伯缶 戰國早 10007 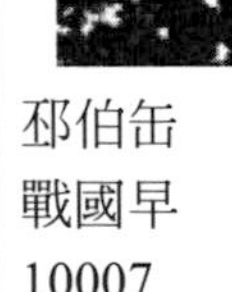	 郜遣簋 春秋早 4040.1  郜遣簋 春秋早 4040.2	 郜召簠 西周晚或春秋早 近出 526  郜造鼎 春秋早 2422 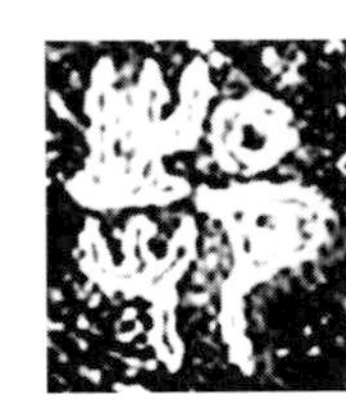 郜遣簋 春秋早 通鑒 5277	 郜仲簠蓋 西周中晚 新收 1045  郜仲簠 西周中晚 新收 1045  郜仲簠 西周中晚 新收 1046  郜召簠蓋 西周晚或春秋早 近出 526

⿰旱阝 410	⿰⿸广畐阝 409	鄕 408	鄝 407	郳 406
⿰旱阝戈 戰國 10829	莒公戈 春秋早 圖像集成 16415 莒大叔壺 春秋晚 近出二 876	齊宮鄕銅量 戰國 近出 1051 齊宮鄕銅量 戰國 近出 1052	鄝子疚戈 春秋晚 文物 2014.1	郳右庀戈 春秋 10969 郳矛亭權 春秋 10381

郰 415	郙 414	郲 413	鄺 412	鄬 411
 郰左戟 戰國 海岱 37.63	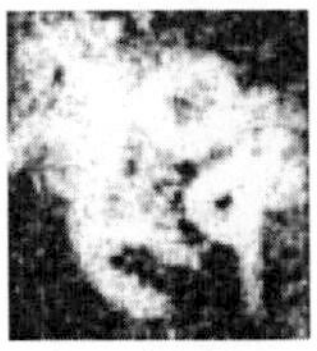  摹本 廿四年郙陰 令戈 戰國晚 11356	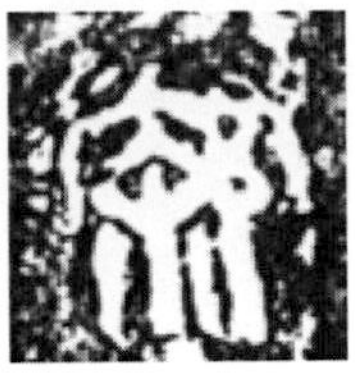 郲右庭戈 戰國晚 近出 1116  郲右庭戈 戰國 10997	 鄺左庫戈 春秋晚 11022  鄺戈 戰國 新收 1025	 鄬甘辜鼎 西周晚 新收 1091

			⿰⿱刅木阝 417	⿰其阝 416
			梁戈 春秋晚 10823	邯戈 春秋晚 10902

山東出土金文編　卷七

晉 419　　日 418

晉				日
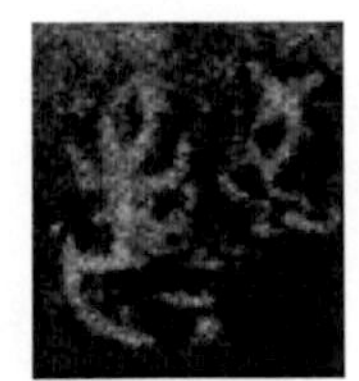  保晉戈 西周早 新收 1029  保晉戈 春秋 圖像集成 16525	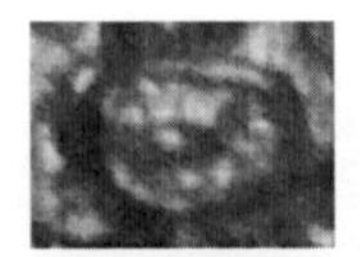 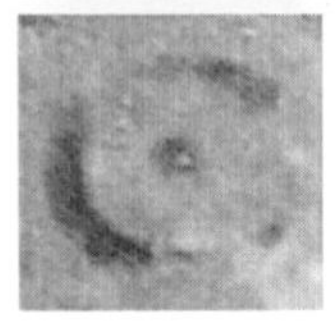 叔卣內底 西周早 新出金文與西周歷史 9 頁圖二.4  䜌公鼎 春秋晚 文物 2014.1	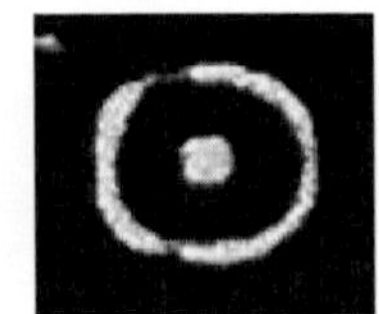 史子壺 西周早 滕墓上 276 頁圖 197.1  索諆角 西周 總集 4238  辛䰜簋 西周早 新收 1148	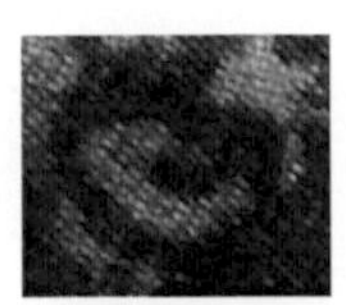  叔尊 西周早 新出金文與西周史 8 頁圖二.1  史子角 西周早 滕墓上 266 頁圖 189.1	 小臣俞犀尊 商晚 5990  史子角 西周早 滕墓上 266 頁圖 187.2 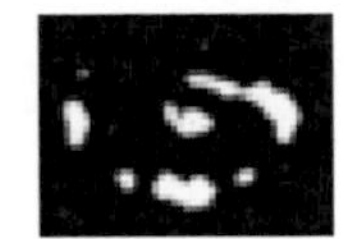 文母日乙爵 西周早 山東成 575

旂 424	旟 423	晆 422	昌 421	昃 420
 蔡姞簋 西周晚 4198  齊侯作孟姜敦 春秋晚 4645  公子土斧壺 春秋晚 9709	 叔夷鐘 春秋晚 272  叔夷鎛 春秋晚 285	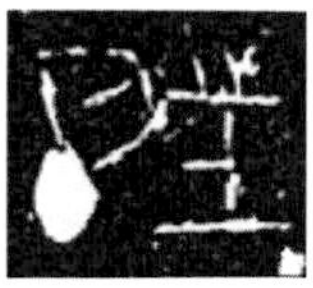  陳旺戟 戰國晚 11251	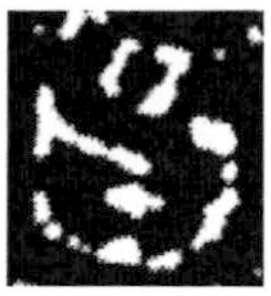 作用戈 戰國 11107	 滕侯昃敦 春秋晚 4635  滕侯昃戈 春秋晚 11079

旅 426　　　　游 425

旅				游
旅父己爵 西周早 新收 1066 旅鼎 西周早 2728 啓卣蓋 西周早 5410	莒平鐘 春秋晚 179 莒平鐘 春秋晚 180	莒平鐘 春秋晚 176 莒平鐘 春秋晚 177 莒平鐘 春秋晚 178	莒平鐘 春秋晚 174 莒平鐘 春秋晚 175	莒平鐘 春秋晚 172 从水 莒平鐘 春秋晚 173

 魯伯愈盨 春秋早 4458  魯伯愈盨蓋 春秋早 4458  正叔止士斁俞簠 春秋早 遺珍 42-44 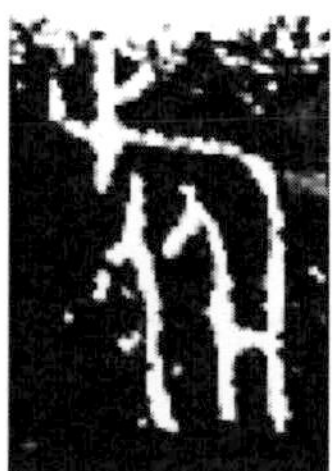 魯宰虢簠 春秋早 遺珍 45-46	 郜召簠 西周晚或春秋早 近出 526  口口作旅甗 西周 海岱 1.13  史𩰬簠 西周 山東成 377 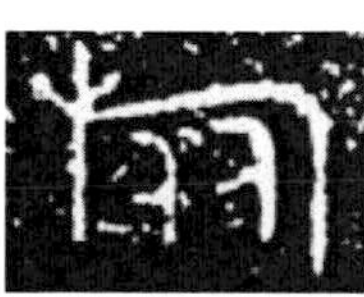 史𩰬簠 西周 山東成 377	 作旅彝残器底 西周中 海岱 1.14  魯仲齊甗 西周晚 939 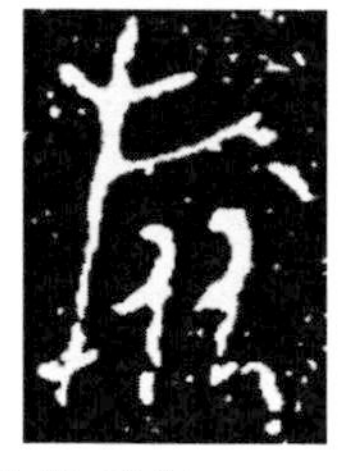 作旅彝甗 西周晚 海岱 1.15  郜召簠蓋 西周晚或春秋早 近出 526	 遣叔鼎 西周中 2212   魯司徒伯吳盨 西周中 4415.1 [illegible]伯鼎 西周中 2044	 啓卣 西周早 5410 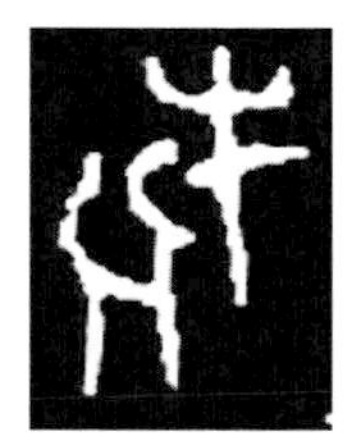 啓尊 西周早 5983  遇甗 西周中 948  小夫卣 西周中 近出 598

斿 428　族 427

斿鼎 西周早 山東成 140 即㫃字。	宋公差戈 春秋晚 11289	亞曩侯作父丁盤 商 總集 6713	薛子仲安簠 春秋晚 4546.2	商丘叔簠 春秋早 新收 1071
斿鼎 西周早 2347	亳庭戈 春秋晚 11085	叔京簋 西周早 3486	薛子仲安簠 春秋晚 4547	陳樂君䜴甗 春秋晚 近出 163
		昆君婦媿霝壺 春秋早 遺珍 63-65	薛子仲安簠 春秋晚 4548	薛子仲安簠 春秋晚 4546.1

	月 432	參 431	旜 430	旝 429

 鬳簋 西周早 國博館刊 2012.1  照片  董珊摹本 叔卣內底 西周早 新出金文與西周歷史 9 頁圖二.4	 旅鼎 西周早 2728  憲鼎 西周早 2749 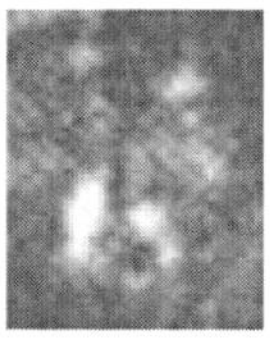 鬳鼎 西周早 國博館刊 2012.1	 少司馬耳杯 戰國晚 新收 1080	 叔夷鎛 春秋晚 273 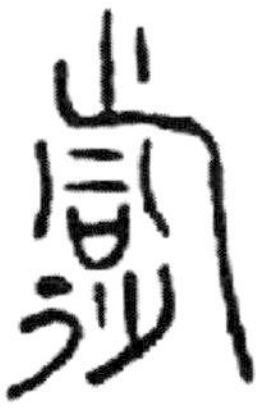 叔夷鎛 春秋晚 285	 邿召簠蓋 西周晚或春秋早 近出 526  邿召簠 西周晚或春秋早 近出 526

 叔夷鐘 春秋晚 272  叔夷鎛 春秋晚 285  齊大宰歸父盤 春秋 10151	 𣪘公鼎 春秋晚 文物 2014.1  公子土斧壺 春秋晚 9709  余王鼎 春秋晚 文物 2014.1	 莒平鐘 春秋晚 172  莒平鐘 春秋晚 173  莒平鐘 春秋晚 174	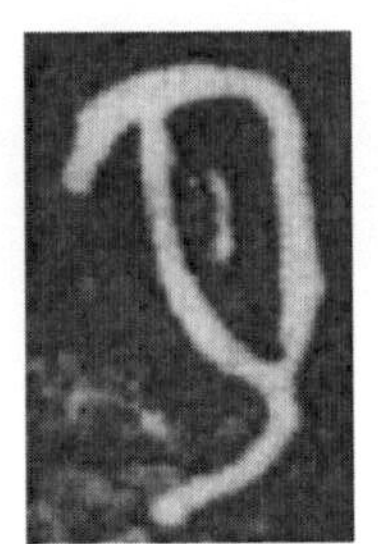 不嬰簋 西周晚 4328  夆叔盤 春秋早 10163  莒平鐘 春秋晚 175	 叔尊 西周早 新出金文與西周史 8 頁圖二.1 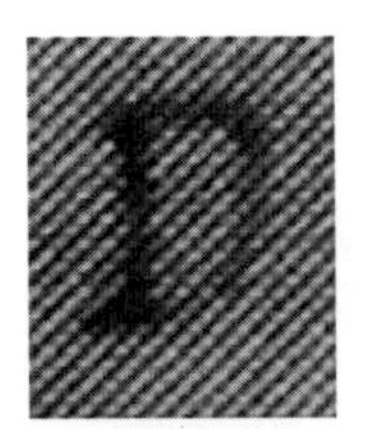 （x 光照片） 叔提梁套盒 西周早 新出金文與西周歷史 15 頁  遹甗 西周中 948  引簋 西周中晚 海岱 37.6

期 434　　霸 433

荊公孫敦 春秋晚 近出 537	夆叔盤 春秋早 10163	憲鼎 西周早 2749	公孫潮子編鐘 戰國早 近出 4	夆叔匜 春秋 10282
夆叔匜 春秋 10282	邿公典盤 春秋中 近出 1009	𡪞甗 西周中 948	公孫潮子編鐘 戰國早 近出 5	濫盂 春秋 新浪網
賈孫叔子屖盤 春秋 山東成 675	莒平鐘 春秋晚 180		公孫潮子編鐘 戰國早 近出 6	黄太子伯克盆 春秋 10338

夕 438	盟 437	明 436	有 435	
服方尊 西周中 總集 4845	叔夷鐘 春秋晚 274 叔夷鎛 春秋晚 285 叔夷鐘 春秋晚 275	乘父士杉盨 西周晚 4437 司馬楙編鎛 戰國 山東成 105 十年洱陽令戈 戰國 近出 1195	宋公圝鼎 春秋晚 文物 2014.1 叔夷鐘 春秋晚 275 叔夷鐘 春秋晚 285	叔卣內底 西周早 新出金文與西周歷史 9 頁圖二.4 叔尊 西周早 新出金文與西周史 8 頁圖二.1 宋公圝簠 春秋晚 文物 2014.1

㚅441		外 440		夜 439
魯伯愈盨 春秋早 4458  曹伯狄簋 春秋早 4019  叔夷鐘 春秋晚 272  叔夷鐘 春秋晚 285	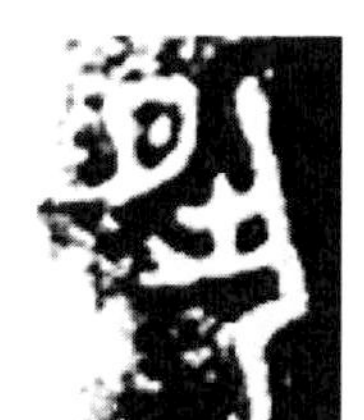 啓卣蓋 西周早 5410  服方尊 西周中 總集 4845 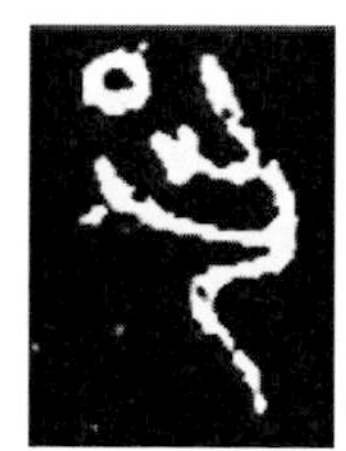 啓卣 西周早 5410  魯伯愈盨蓋 春秋早 4458	叔夷鎛 春秋晚 285  子禾子釜 戰國中 10374	叔夷鐘 春秋晚 274  叔夷鐘 春秋晚 277  叔夷鐘 春秋晚 284	 啓卣蓋 西周早 5410  啓卣 西周早 5410  叔夷鐘 春秋晚 272  叔夷鎛 春秋晚 285

齊 444		函 443	多 442	
	齊	函		多
豐觥 西周中 中新網 2010.1.14 引簋 西周中晚 海岱 37.6 魯仲齊甗 西周晚 939	齊仲簋 西周早 近出 421 豐鼎 西周早 考古 2010.8 豐卣 西周中 考古 2010.8	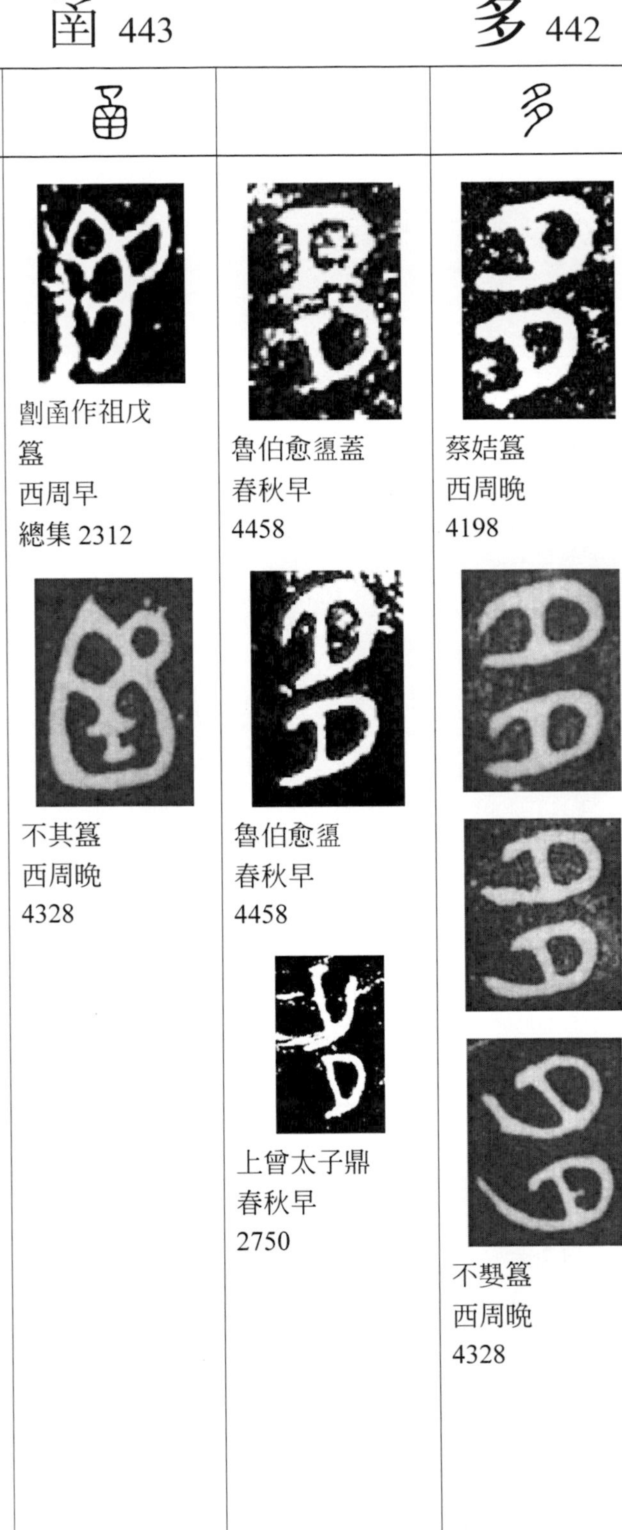 劃函作祖戊簋 西周早 總集 2312 不其簋 西周晚 4328	魯伯愈盨蓋 春秋早 4458 魯伯愈盨 春秋早 4458 上曾太子鼎 春秋早 2750	蔡姞簋 西周晚 4198 不嬰簋 西周晚 4328

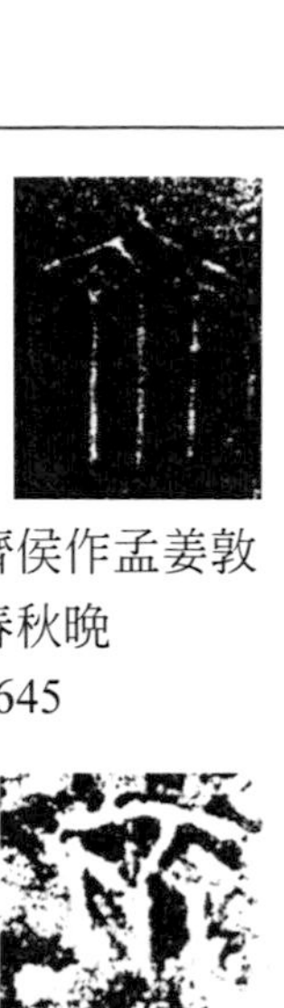 齊侯作孟姜敦 春秋晚 4645	 叔夷鐘 春秋晚 275	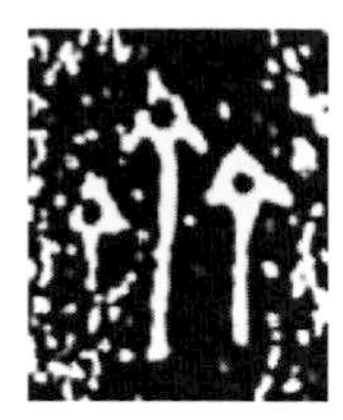 齊趫父鬲 春秋早 685	 魯司徒仲齊盨蓋 西周晚 4441	 魯仲齊鼎 西周晚 2639
齊侯作孟姬盤 春秋 10123	 叔夷鐘 春秋晚 278	 齊趫父鬲 春秋早 686	 魯司徒仲齊盨 西周晚 4441	 齊巫姜簋 西周晚 3893
 齊大宰歸父盤 春秋 10151	 叔夷鐘 春秋晚 280	 齊侯子行匜 春秋早 10233	 魯司徒仲齊盤 西周晚 10116	 魯司徒仲齊盨 西周晚 4440・1
 齊大宰歸父盤 春秋 總集 6769	 叔夷鐘 春秋晚 285	 齊侯盤 春秋中 10117	 魯司徒仲齊匜 西周晚 10275	 魯司徒仲齊盨 西周晚 4440.2

棘 447　棗 446　朿 445

棘	棗	朿		
不降戈 戰國 11286	陳發戈 戰國晚 新收 1032 讀作造	朿父癸觚 商晚 海岱 95.1 朿作父辛卣蓋 西周早 5333 朿作父辛卣 西周早 5333	齊節大夫馬飾 戰國 12090 齊宮鄉銅量 戰國 近出 1051 齊宮鄉銅量 戰國 近出 1052	廿四年莒陽斧 戰國晚 近出 1244 摹本 齊城左戈 戰國晚 新收 1167

鼎 448

 以貞爲鼎 鄁甘辜鼎 西周晚 新收 1091	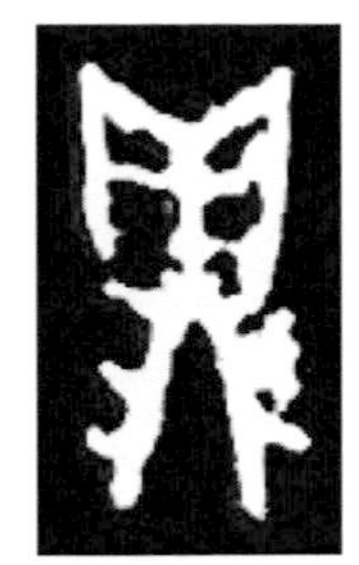 己華父鼎 西周晚 2418	 郳口伯鼎 春秋早 2640	 竅作寶鼎 西周中 1964	 憲鬲 西周早 631
 以貞爲鼎 杞伯每亡鼎 西周晚或春秋早 2642	 [illegible]伯鼎 西周中 2044	 郳口伯鼎 春秋早 2641	 遣叔鼎 西周中 2212	 王季鼎 西周早 2031
 甭[illegible]生鼎 春秋早 2524	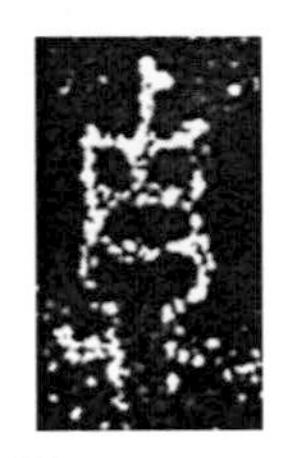 伯鼎 西周中 通鑒 2146	 竅鼎 西周中 2721	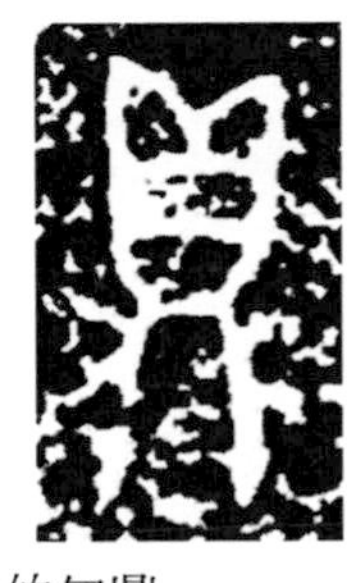 伯旬鼎 西周中 2414	 𪓐鼎 西周早或中 2063
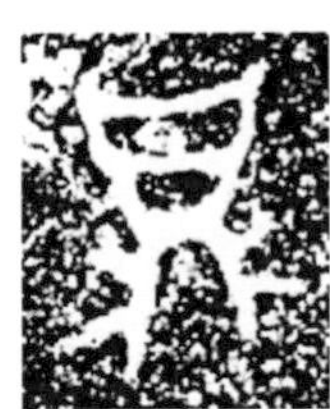 郝造鼎 春秋早 2422	 以貞爲鼎 魯仲齊鼎 西周晚 2639	 曩侯弟鼎 西周中或晚 2638	 [illegible]伯鼎 西周中 2460	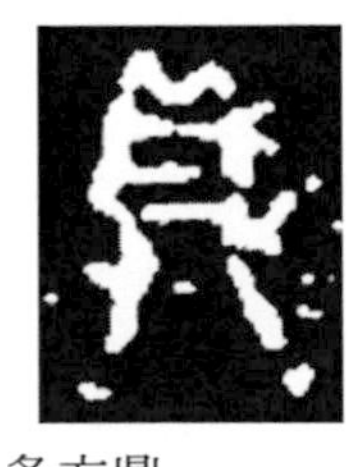 夆方鼎 西周早 近出 275

克 450　　⿱將鼎 449

 大保簋 西周早 4140 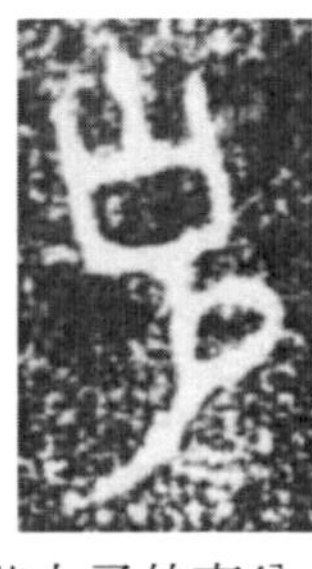 黃太子伯克盆 春秋 10338 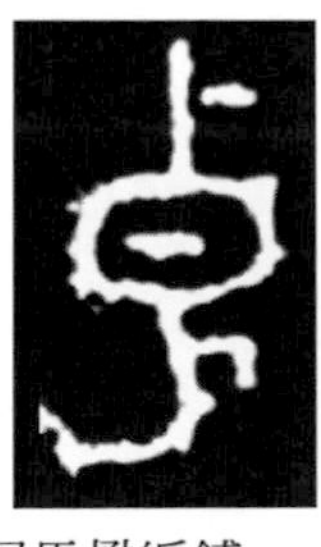 司馬楙編鎛 戰國 山東成 105	 魯仲齊鼎 西周晚 2639  蔡姞簋 西周晚 4198  索諆角 西周 總集 4238  上曾太子鼎 春秋早 2750	 余王鼎 春秋晚 文物 2014.1  瀸公鼎 春秋晚 文物 2014.1 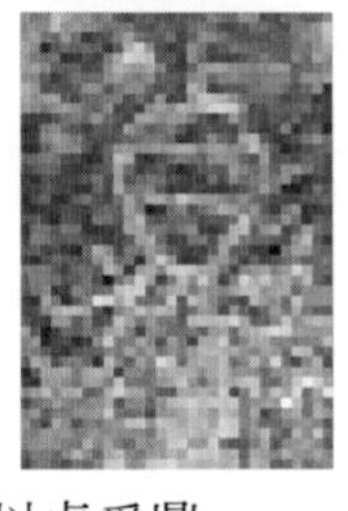 以貞爲鼎 華孟子鼎 春秋 琅琊網 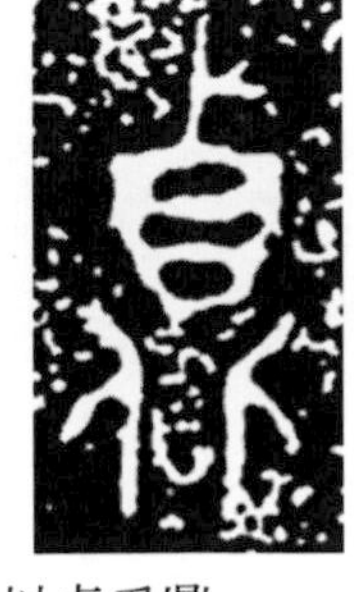 以貞爲鼎 宋左大帀鼎 戰國 山東成 213	 魯侯鼎 商晚或西周早 近出 324  以貞爲鼎 白鼎 西周中 通鑒 2146  以貞爲鼎 兒慶匜鼎 春秋早 遺珍 68-69  魯大左司徒 元鼎 春秋中 2592	 以貞爲鼎 鑄子叔黑叵鼎 春秋早 2587  以貞爲鼎 弗敏父鼎 春秋早 2589  余子汆鼎 春秋中 2390  宋公圝鼎 春秋晚 文物 2014.1

季 455	穅 454	穆 453	禾 452	彔 451
 𥝌	 穅	 穆	 禾	 彔
 壴鬲 西周早 631  旅鼎 西周早 2728  憲鼎 西周早 2749	 叔夷鐘 春秋晚 274  叔夷鐘 春秋晚 285	 叔夷鐘 春秋晚 275  叔夷鐘 春秋晚 285	 子禾子釜 戰國中 10374	 大保簋 西周早 4140

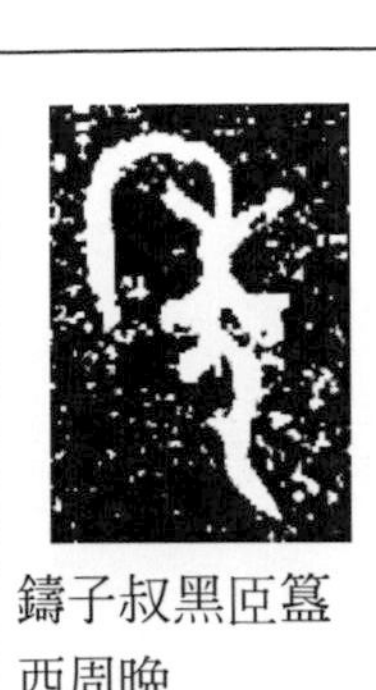 鑄子叔黑叵簋 西周晚 3944  齊巫姜簋 西周晚 3893 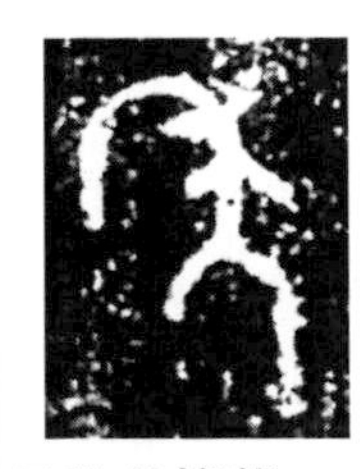 孟豛父簋蓋 西周晚 3960  孟豛父簋 西周晚 3960	 嬰士父鬲 西周晚 715 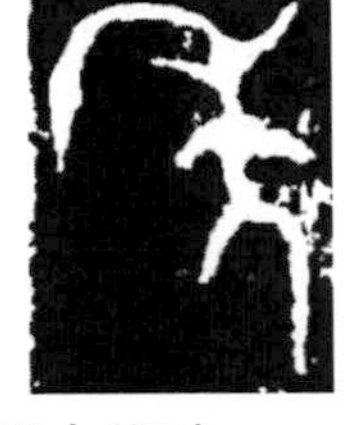 嬰士父鬲 西周晚 716  魯仲齊甗 西周晚 939  魯仲齊鼎 西周晚 2639	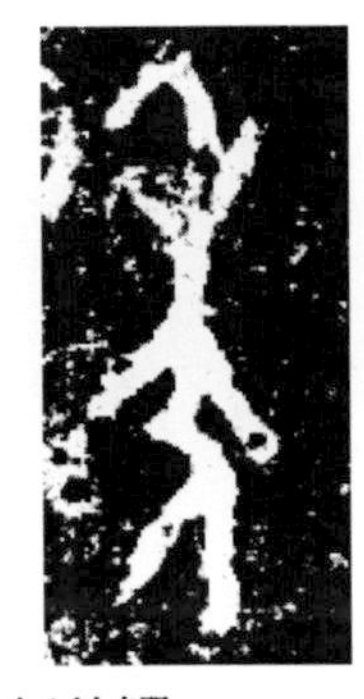 紀仲觶 西周中 6511.2 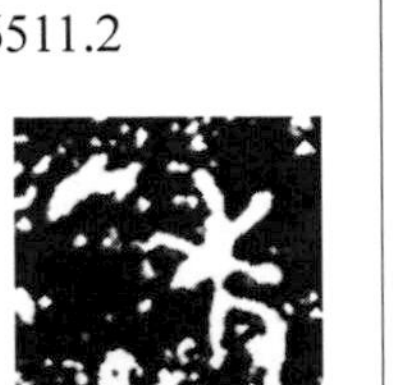 郝仲簠蓋 西周中晚 新收 1045  郝仲簠 西周中晚 新收 1045 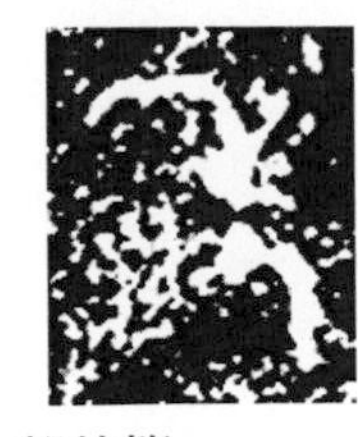 郝仲簠 西周中晚 新收 1046	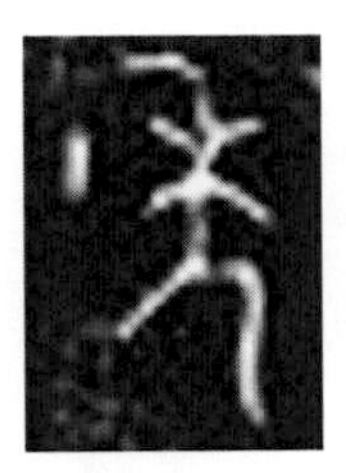 叔妃簋 西周中 3729.2  魯司徒伯吳盨 西周中 4415.1  魯司徒伯吳盨 西周中 4415・2  紀仲觶 西周中 6511.1	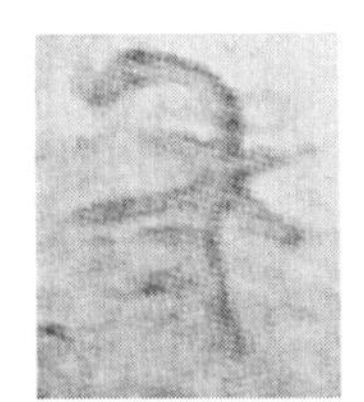 叔尊 西周早 新出金文與西周史 8 頁圖二.1  伯旬鼎 西周中 2414  [illegible]伯鼎 西周中 2460 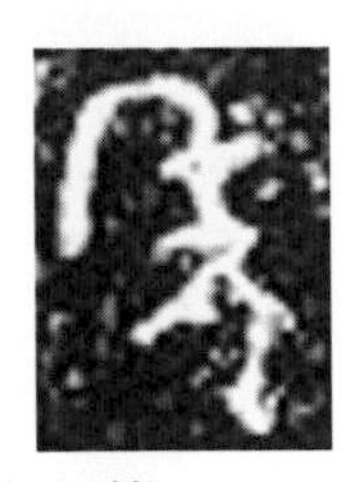 叔妃簋 西周中 3729.1

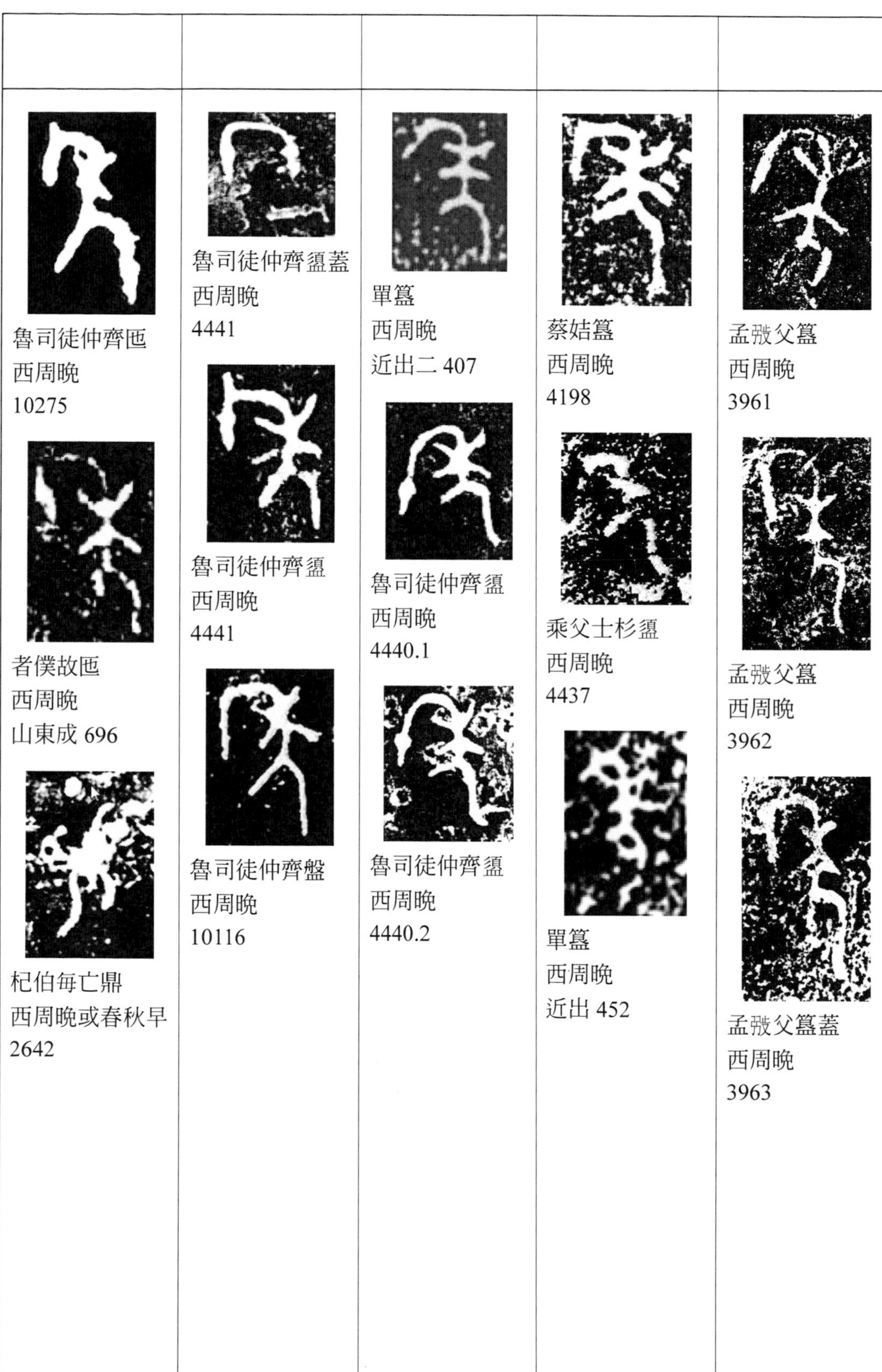

魯司徒仲齊匜 西周晚 10275 者僕故匜 西周晚 山東成 696 杞伯每亡鼎 西周晚或春秋早 2642	魯司徒仲齊盨蓋 西周晚 4441 魯司徒仲齊盨 西周晚 4441 魯司徒仲齊盤 西周晚 10116	單簋 西周晚 近出二 407 魯司徒仲齊盨 西周晚 4440.1 魯司徒仲齊盨 西周晚 4440.2	蔡姞簋 西周晚 4198 乘父士杉盨 西周晚 4437 單簋 西周晚 近出 452	孟𢾊父簋 西周晚 3961 孟𢾊父簋 西周晚 3962 孟𢾊父簋蓋 西周晚 3963

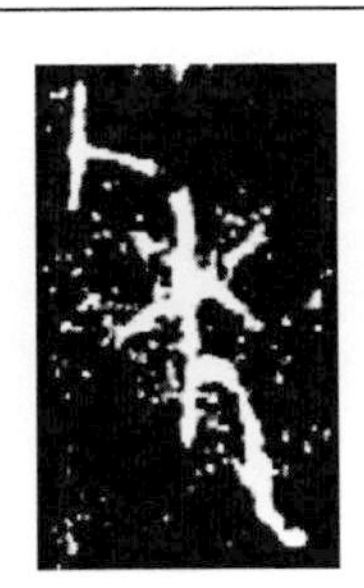 鑄子叔黑叵簠 春秋早 4571 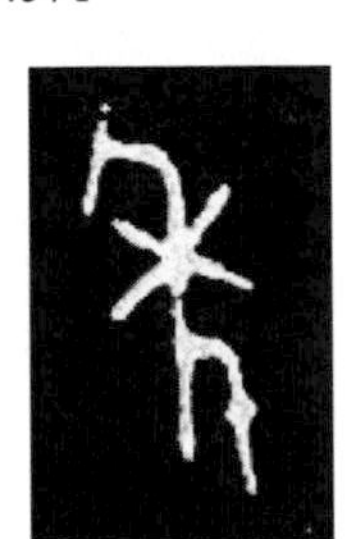 鑄公簠蓋 春秋早 4574  鼄叔豸父簠 春秋早 4592  魯大司徒厚 氏元簠 春秋早 4689	 鑄子叔黑叵盨 春秋早 4423  魯伯愈盨蓋 春秋早 4458  魯伯愈盨 春秋早 4458  鑄子叔黑叵 簠蓋 春秋早 4570.1	 魯伯大父簋 春秋早 3974  魯伯大父作 仲姬俞簋 春秋早 3987  魯伯大父作 仲姬俞簋 春秋早 3989  曹伯狄簋 春秋早 4019	 弗敏父鼎 春秋早 2589 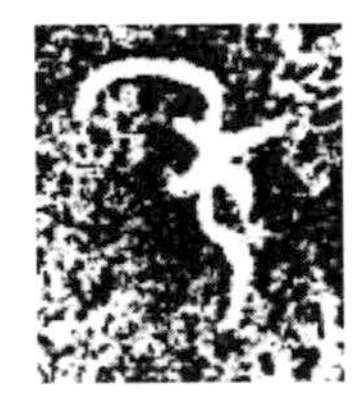 郳口伯鼎 春秋早 2640 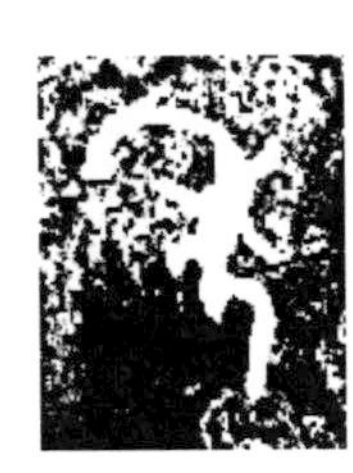 郳口伯鼎 春秋早 2641  鄙甘厎鼎 西周晚 新收 1091	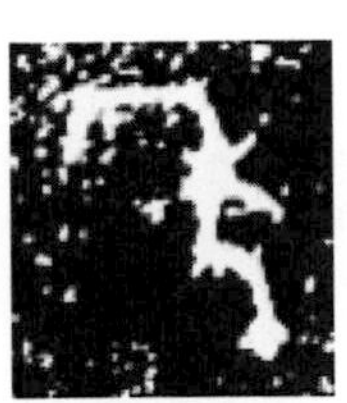 魯侯鼎 西周晚或春秋早 近出 324 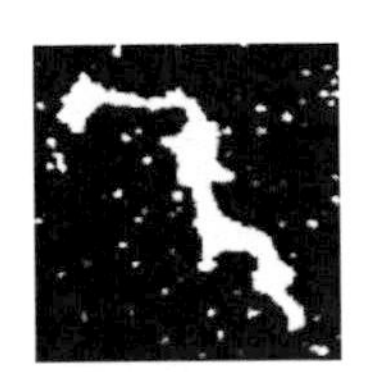 魯侯簠 西周晚或春 秋早 近出 518  鑄子叔黑叵鬲 春秋早 735 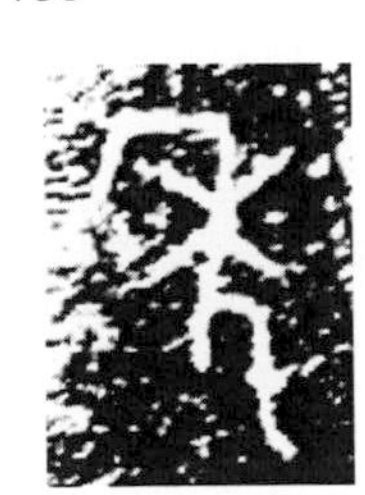 鑄子叔黑叵 鼎 春秋早 2587

 陳侯壺蓋 春秋早 9633.1 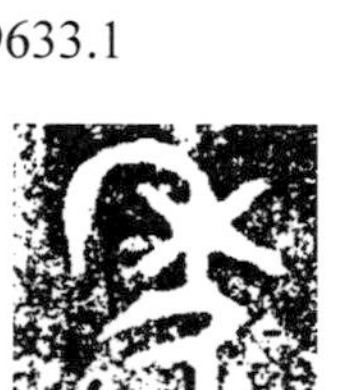 陳侯壺 春秋早 9633.2  陳侯壺蓋 春秋早 9634.1  陳侯壺 春秋早 9634.2	 鼄慶簠 春秋早 遺珍 116  商丘叔簠 春秋早 新收 1071 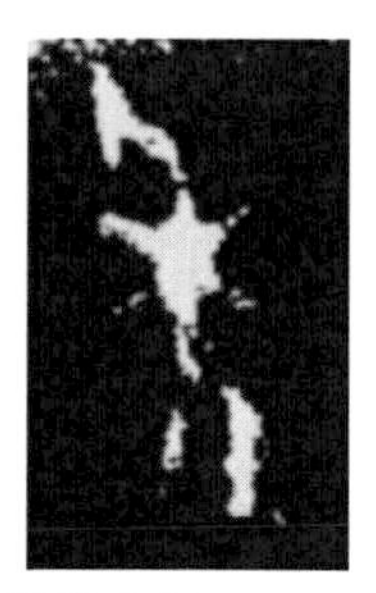 畢仲弁簠 春秋早 遺珍 48	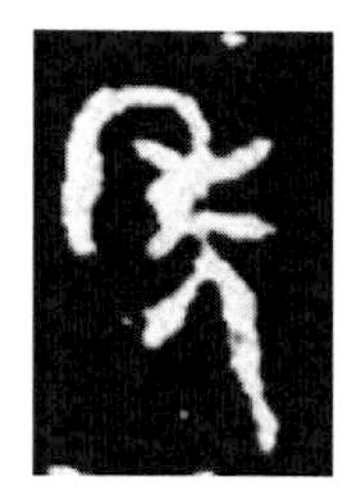 子皇母簠 春秋早 遺珍 49-50  鼄公子害簠 春秋早 遺珍 67  鼄公子害簠蓋 春秋早 遺珍 67	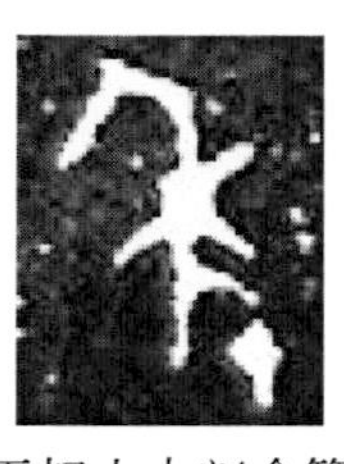 正叔止士㪤俞簠 春秋早 遺珍 42-44 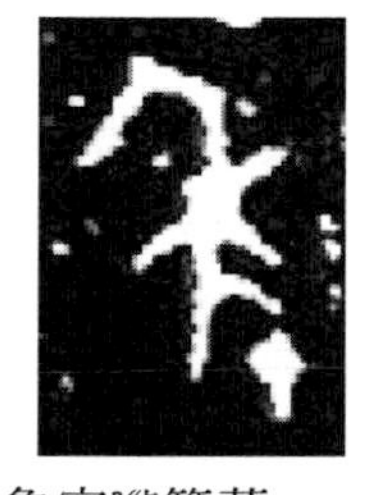 魯宰虢簠蓋 春秋早 遺珍 45-46 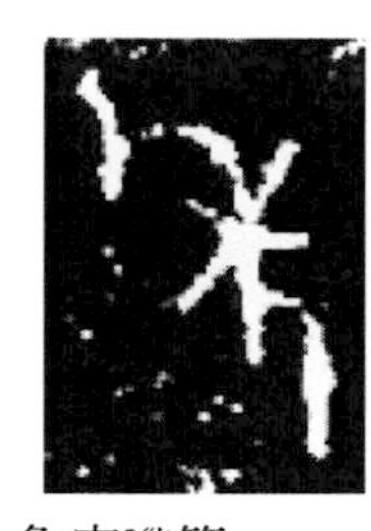 魯宰虢簠 春秋早 遺珍 45-46	 魯大司徒厚 氏元簠蓋 春秋早 4690.1  魯大司徒厚 氏元簠 春秋早 4690.2 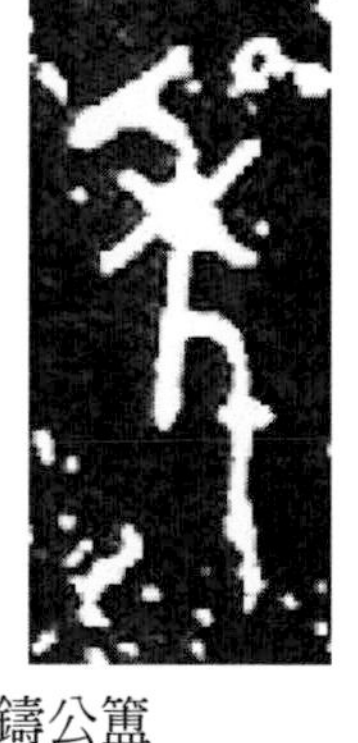 鑄公簠 春秋早 山東存鑄 2.1

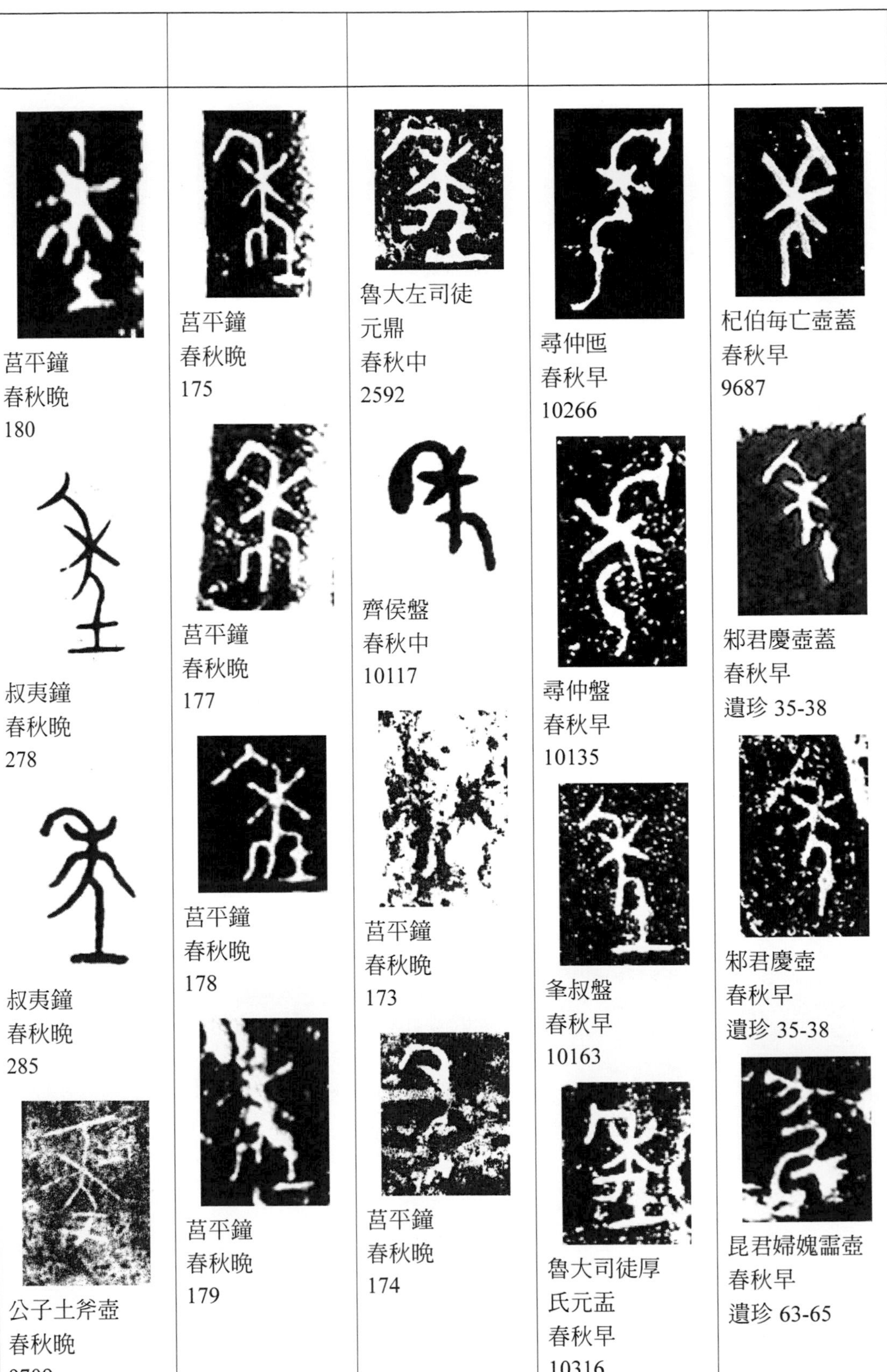

莒平鐘
春秋晚
180

叔夷鐘
春秋晚
278

叔夷鐘
春秋晚
285

公子土斧壺
春秋晚
9709

莒平鐘
春秋晚
175

莒平鐘
春秋晚
177

莒平鐘
春秋晚
178

莒平鐘
春秋晚
179

魯大左司徒
元鼎
春秋中
2592

齊侯盤
春秋中
10117

莒平鐘
春秋晚
173

莒平鐘
春秋晚
174

尋仲匜
春秋早
10266

尋仲盤
春秋早
10135

夆叔盤
春秋早
10163

魯大司徒厚
氏元盂
春秋早
10316

杞伯每亡壺蓋
春秋早
9687

郳君慶壺蓋
春秋早
遺珍 35-38

郳君慶壺
春秋早
遺珍 35-38

昆君婦媿霝壺
春秋早
遺珍 63-65

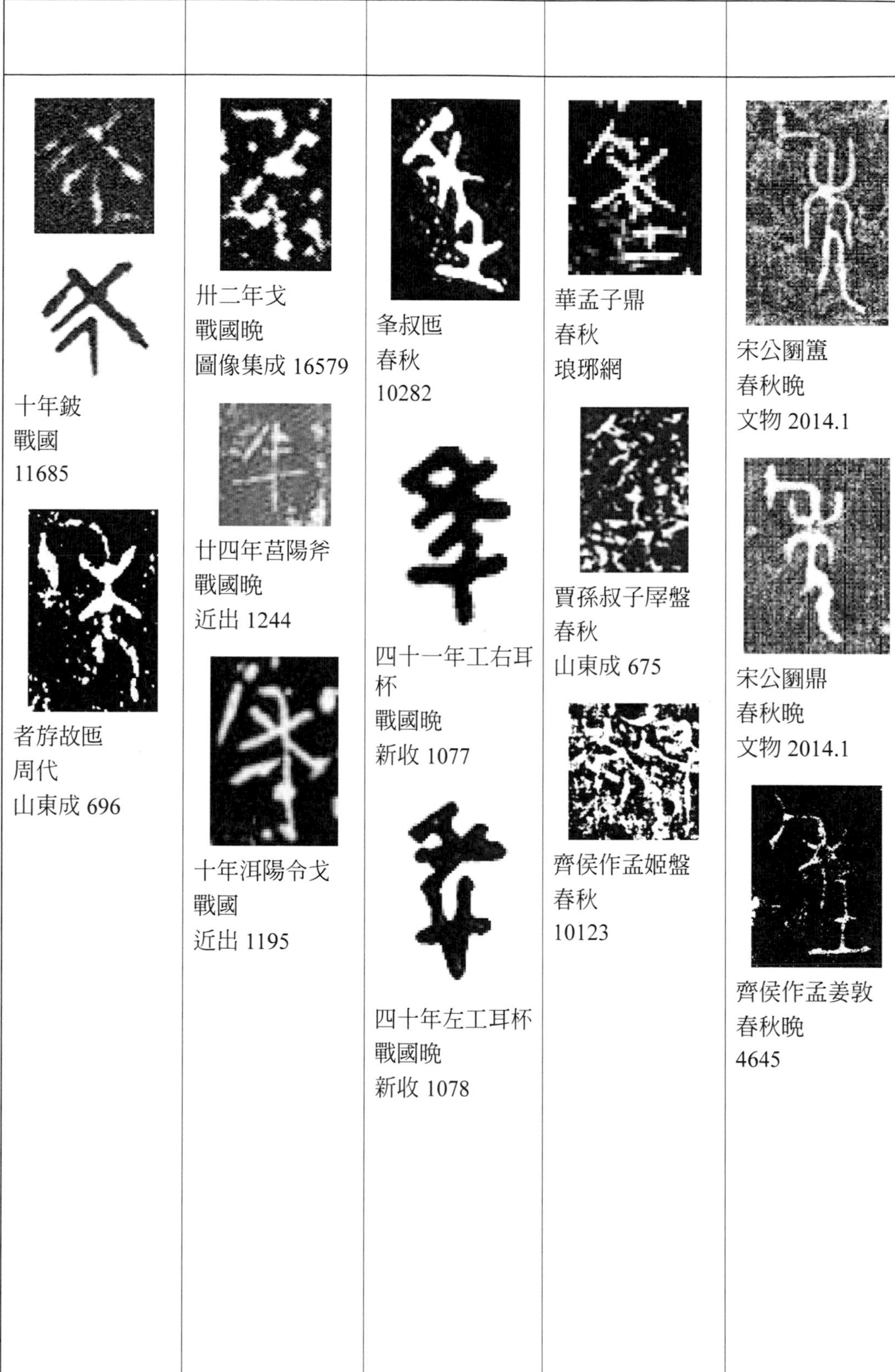

十年鈹 戰國 11685 者斿故匜 周代 山東成 696	卅二年戈 戰國晚 圖像集成 16579 廿四年莒陽斧 戰國晚 近出 1244 十年洱陽令戈 戰國 近出 1195	夆叔匜 春秋 10282 四十一年工右耳杯 戰國晚 新收 1077 四十年左工耳杯 戰國晚 新收 1078	華孟子鼎 春秋 琅琊網 賈孫叔子屖盤 春秋 山東成 675 齊侯作孟姬盤 春秋 10123	宋公圂簠 春秋晚 文物 2014.1 宋公圂鼎 春秋晚 文物 2014.1 齊侯作孟姜敦 春秋晚 4645

家 459	梁 458	兼 457		秦 456
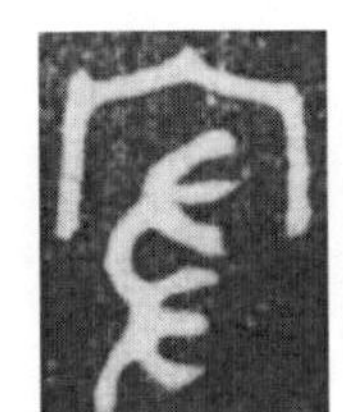 不嬰簋 西周晚 4328  郜公典盤 春秋中 近出 1009  叔夷鐘 春秋晚 273  叔夷鐘 春秋晚 274	 郜召簠蓋 西周晚或春秋早 近出 526  郜召簠 西周晚或春秋早 近出 526	 引簋 西周中晚 海岱 37.6 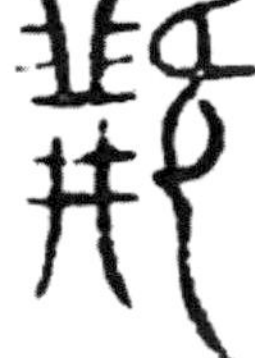 叔夷鐘 春秋晚 274  叔夷鐘 春秋晚 285 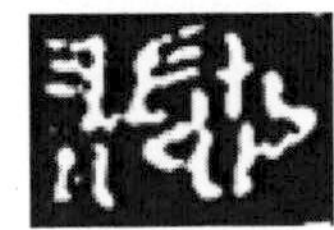 濫盂 春秋 新浪網	 兒慶匜鼎 春秋早 遺珍 68-69  郳君慶壺蓋 春秋早 遺珍 35-38  郳君慶壺 春秋早 遺珍 35-38	 倪慶鬲 春秋早 圖像集成 2866 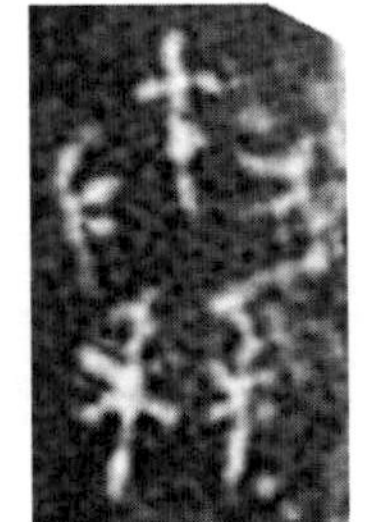 倪慶鬲 春秋早 圖像集成 2867 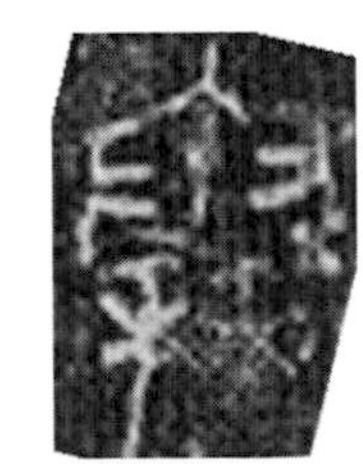 倪慶鬲 春秋早 圖像集成 2868

安 462　室 461　宅 460

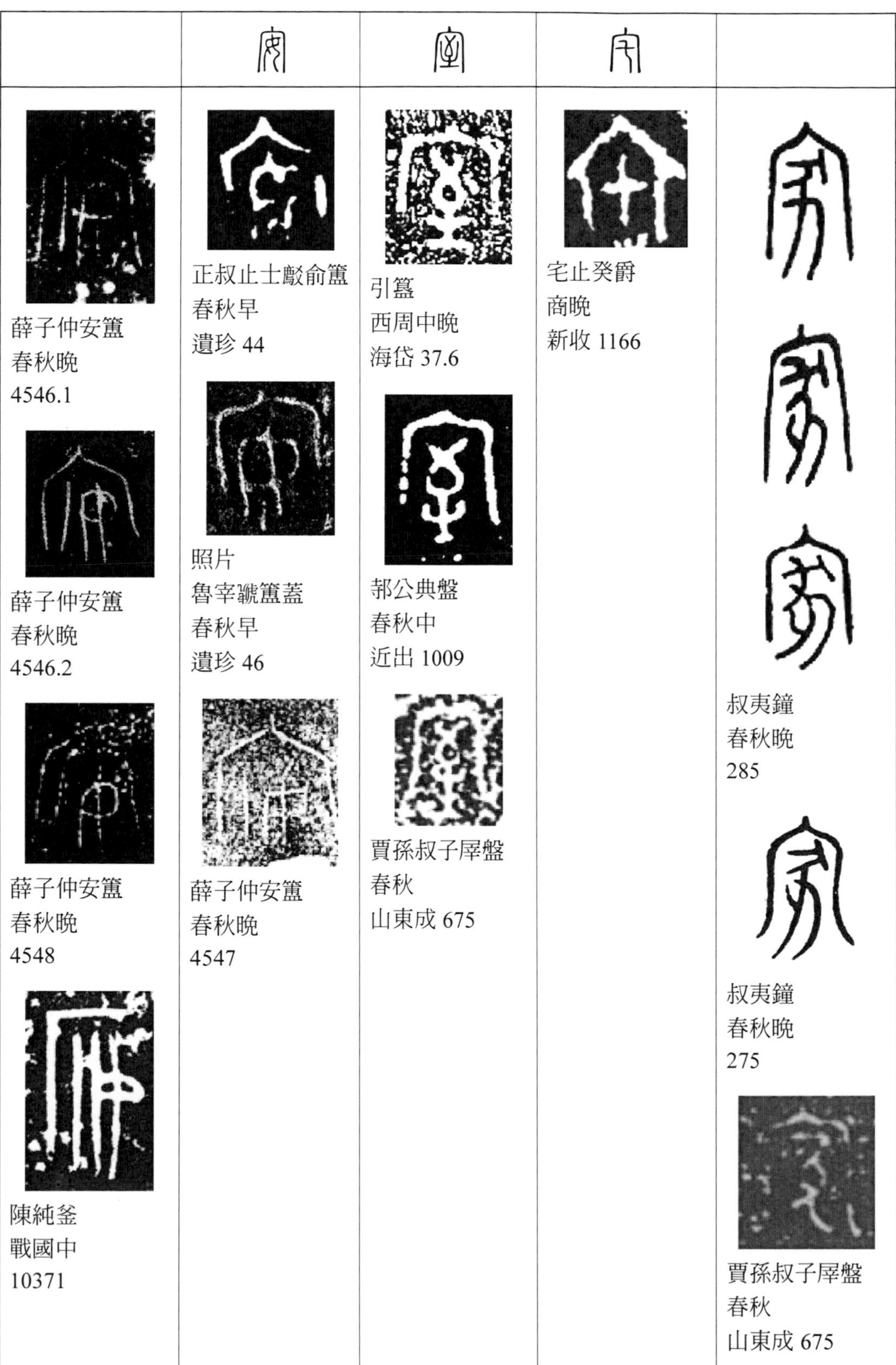

薛子仲安簠 春秋晚 4546.1	正叔止士𩽼俞簠 春秋早 遺珍 44	引簋 西周中晚 海岱 37.6	宅止癸爵 商晚 新收 1166	叔夷鐘 春秋晚 285
薛子仲安簠 春秋晚 4546.2	照片 魯宰虢簠蓋 春秋早 遺珍 46	邿公典盤 春秋中 近出 1009		叔夷鐘 春秋晚 275
薛子仲安簠 春秋晚 4548	薛子仲安簠 春秋晚 4547	賈孫叔子屖盤 春秋 山東成 675		賈孫叔子屖盤 春秋 山東成 675
陳純釜 戰國中 10371				

寶 464　實 463

			寶	實
滕侯方鼎 西周早 2154 斿鼎 西周早 山東成 140 斿鼎 西周早 2347 夆方鼎 西周早 近出 275	憲鼎 西周早 2749 滕侯方鼎蓋 西周早 2154	大史友甗 西周早 915 作寶□彝尊 西周早 新收 1501 季作寶彝鼎 西周早 1931 [illegible]徝父庚爵 西周早 9058	父庚爵 商 山東成 535 亞㠱侯作父丁盤 商 總集 6713 吾作滕公鬲 西周早 565 𩰫鬲 西周早 631	郜召簠 西周晚或春秋早 近出 526 郜召簠蓋 西周晚或春秋早 近出 526

 鬳簋 西周早 國博館刊 2012.1  史鬳卣蓋 西周早 國博館刊 2012.1  史鬳卣 西周早 國博館刊 2012.1	 傳作父戊尊 西周早 5925 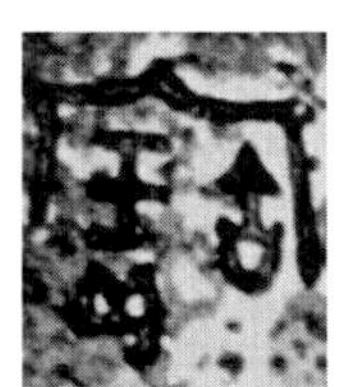 叔卣內底 西周早 新出金文與西周歷史 9 頁圖二.4	 乍寶尊彝 西周早 1984  啓卣蓋 西周早 5410  啓卣 西周早 5410	 齊仲簋 西周早 近出 421 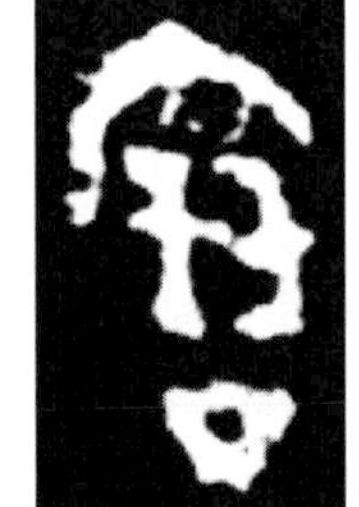 辛嚚簋 西周早 新收 1148  伯囗卣蓋 西周早 5393.1  伯囗卣 西周早 5393.2	 㕯監鼎 西周早 近出 297  王姜鼎 西周早 近出 308  [illegible]簋 西周早 3469  滕侯簋 西周早 3670

 魯司徒伯吳盨 西周中 4415.1	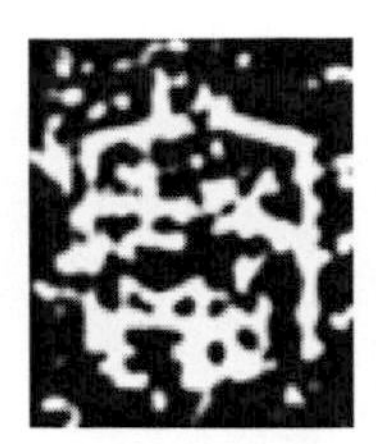 小夫卣 西周中 近出 598	 芮公叔簋器 西周早或中 近出 446	 伯憲盉 西周早 9430	 史鴛尊 西周早 國博館刊 2012.1
 魯司徒伯吳盨 西周中 4415・2	 叔妃簋 西周中 3729.1	 作寶尊彝卣 西周中 近出二 525	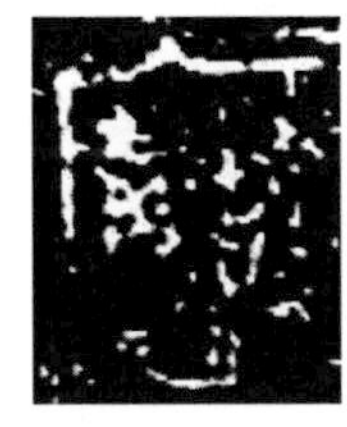 能奚方壺 西周早 新收 1100	 啓尊 西周早 5983
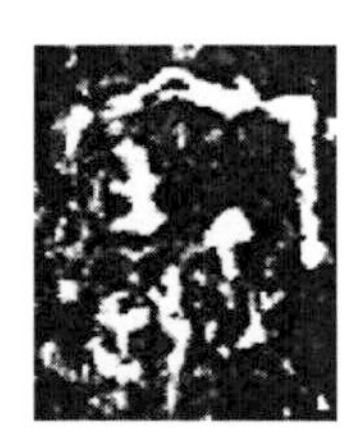 乍寶尊彝卣 西周中 近出 588	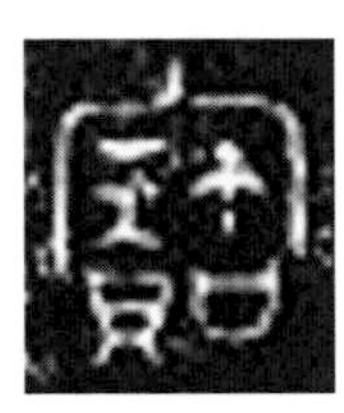 叔妃簋 西周中 3729.2	 伯旬鼎 西周中 2414	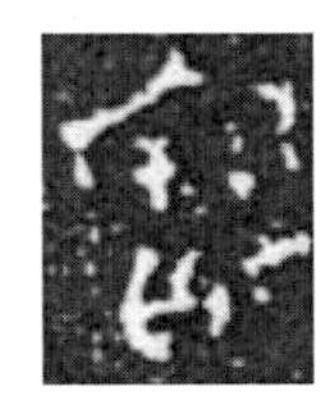 芮公叔簋蓋 西周早或中 近出 446	 伯憲盉蓋 西周早 9430
 豐觥 西周中 中新網 2010.1.14	 豐簋 西周中 考古 2010.8	 㝅鼎 西周中 2721		

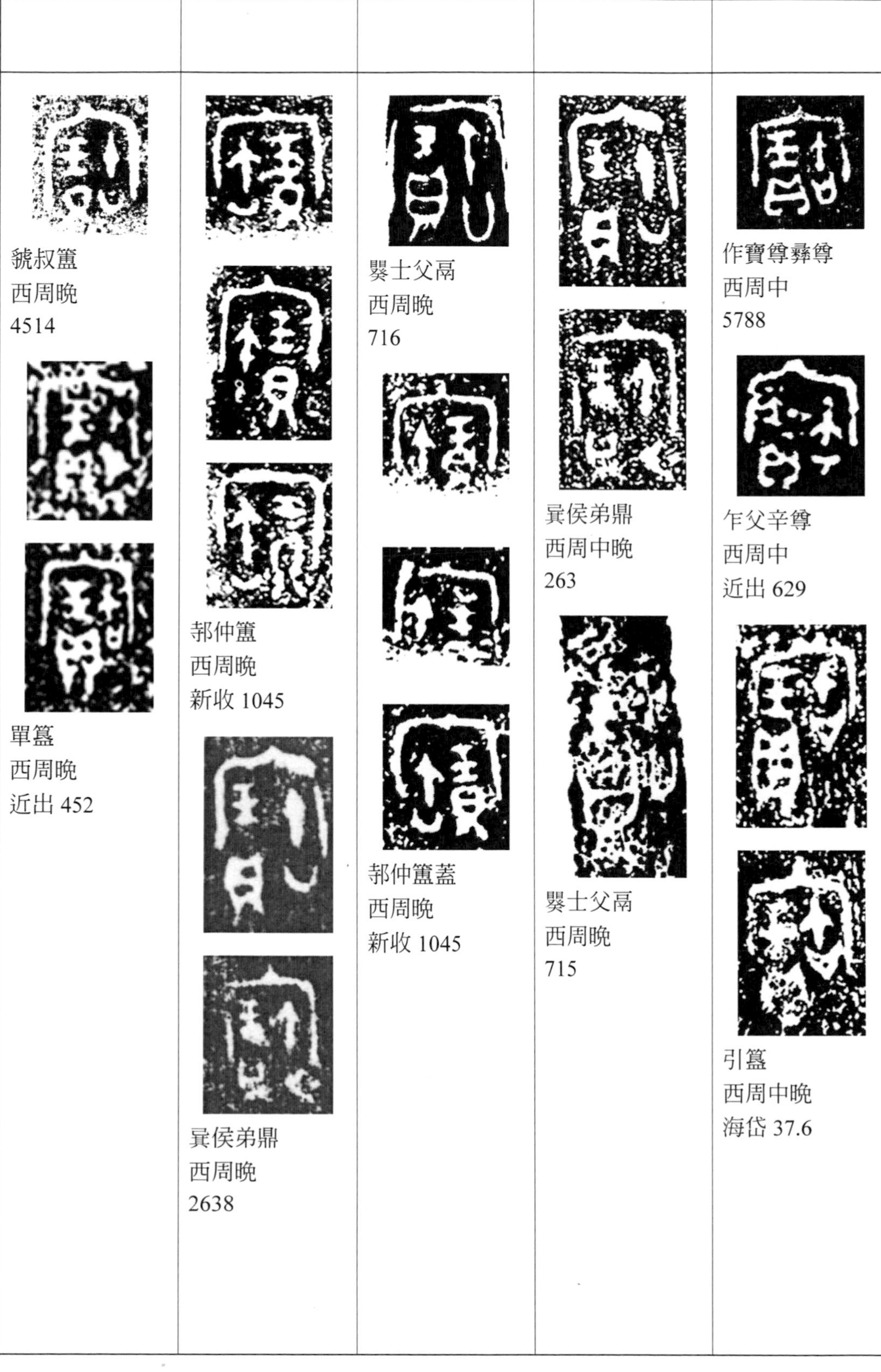

虢叔簠 西周晚 4514 單簋 西周晚 近出 452	郜仲簠 西周晚 新收 1045 㠱侯弟鼎 西周晚 2638	嬰士父鬲 西周晚 716 郜仲簠蓋 西周晚 新收 1045	㠱侯弟鼎 西周中晚 263 嬰士父鬲 西周晚 715	作寶尊彝尊 西周中 5788 乍父辛尊 西周中 近出 629 引簋 西周中晚 海岱 37.6

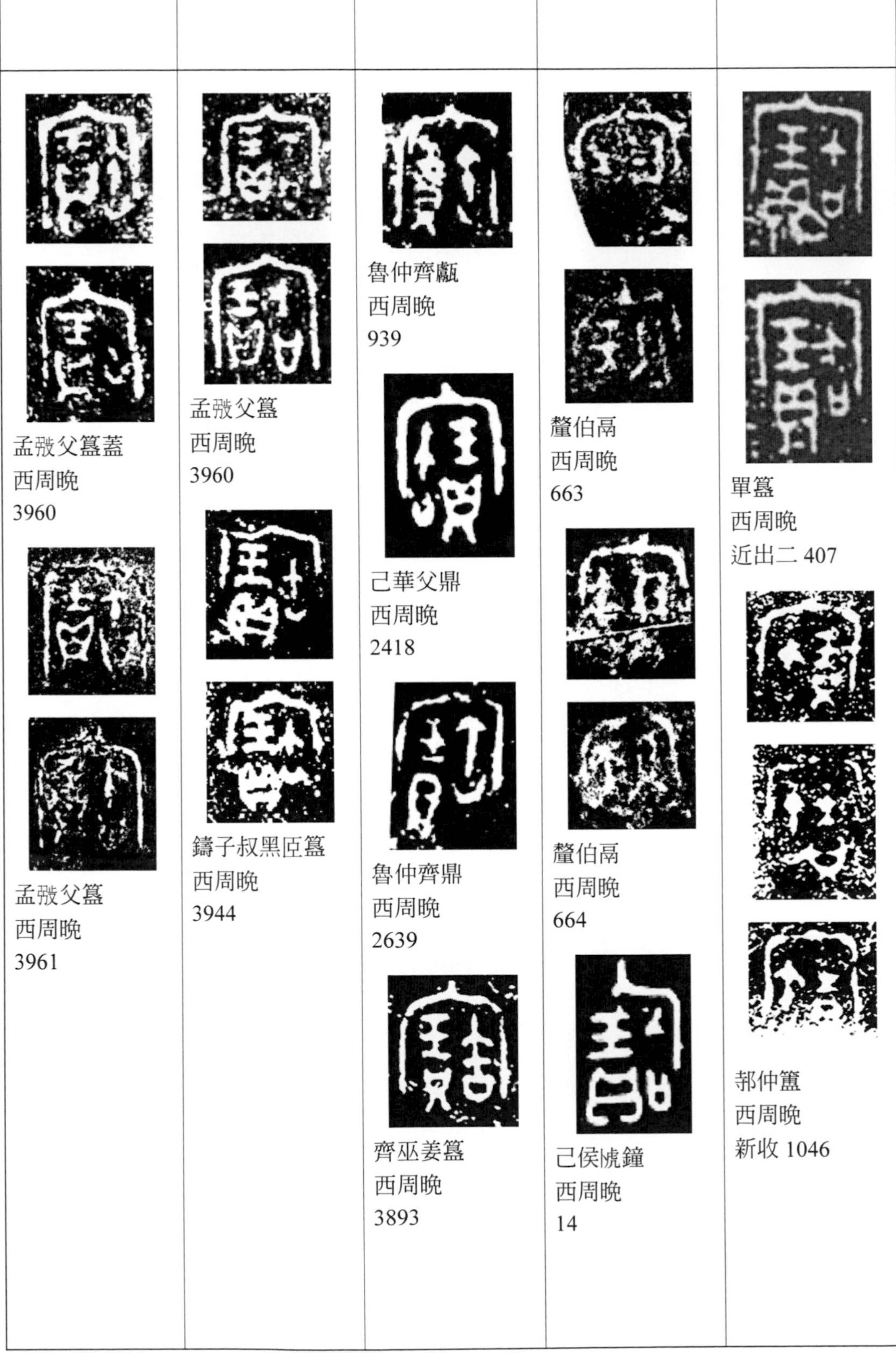

孟𣪕父簋蓋 西周晚 3960	孟𣪕父簋 西周晚 3960	魯仲齊甗 西周晚 939	鼄伯鬲 西周晚 663	單簋 西周晚 近出二 407
孟𣪕父簋 西周晚 3961	鑄子叔黑臣簋 西周晚 3944	己華父鼎 西周晚 2418	鼄伯鬲 西周晚 664	郜仲簠 西周晚 新收 1046
		魯仲齊鼎 西周晚 2639	己侯虓鐘 西周晚 14	
		齊巫姜簋 西周晚 3893		

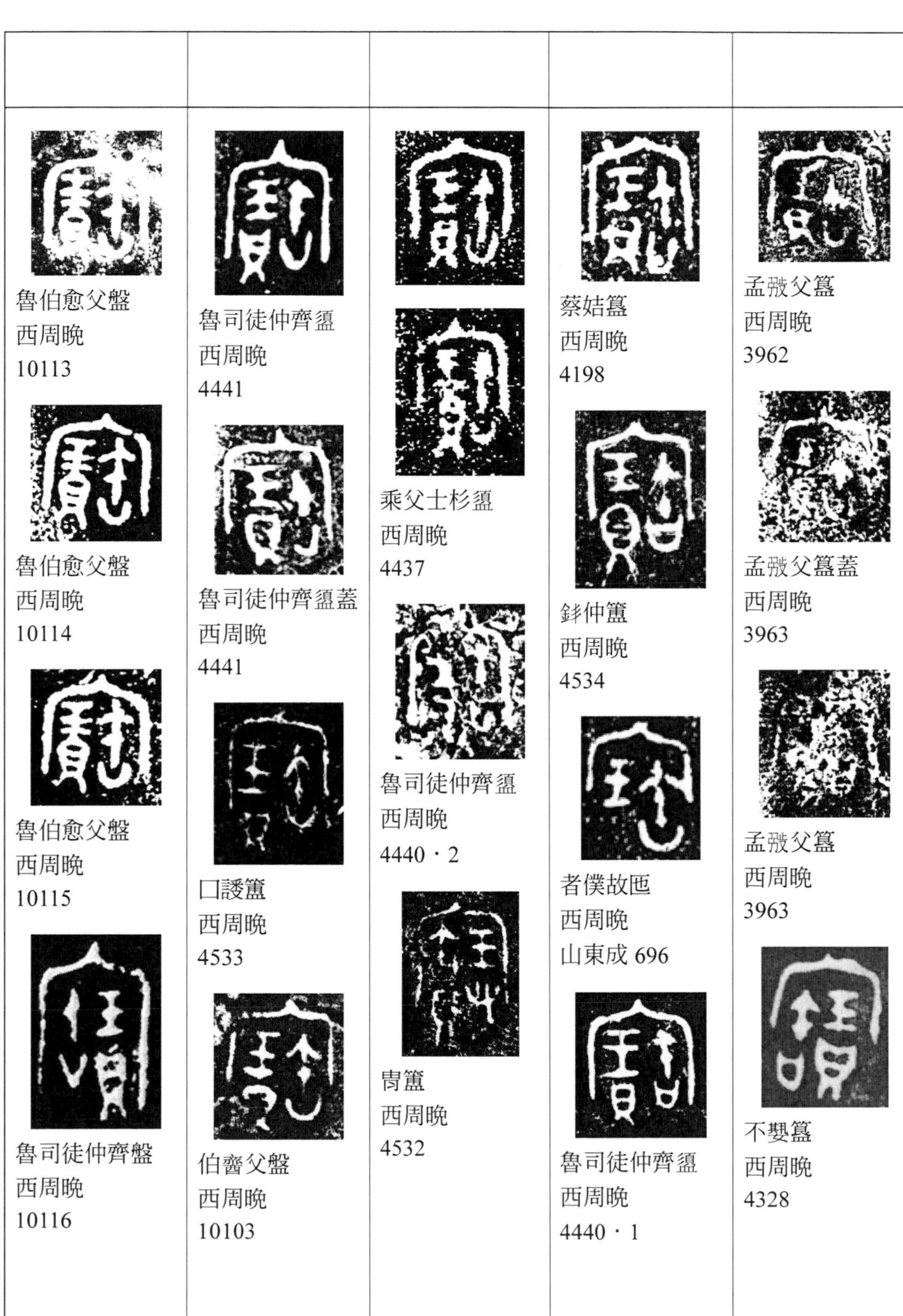

鲁伯愈父盤
西周晚
10113

鲁伯愈父盤
西周晚
10114

鲁伯愈父盤
西周晚
10115

魯司徒仲齊盤
西周晚
10116

魯司徒仲齊盨
西周晚
4441

魯司徒仲齊盨蓋
西周晚
4441

口諺簠
西周晚
4533

伯睿父盤
西周晚
10103

乘父士杉盨
西周晚
4437

魯司徒仲齊盨
西周晚
4440・2

肻簠
西周晚
4532

蔡姞簋
西周晚
4198

鈢仲簠
西周晚
4534

者僕故匜
西周晚
山東成 696

魯司徒仲齊盨
西周晚
4440・1

孟殻父簋
西周晚
3962

孟殻父簋蓋
西周晚
3963

孟殻父簋
西周晚
3963

不嬰簋
西周晚
4328

 「永受寶」,「寶」假爲「福」。 郜召簠蓋 西周晚或春秋早 近出 526 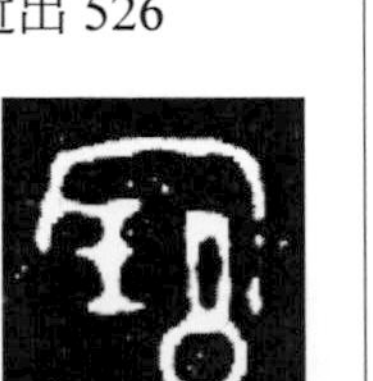 「永受寶」,「寶」假爲「福」。 郜召簠 西周晚或春秋早 近出 526  甯[illegible]生鼎 春秋早 2524	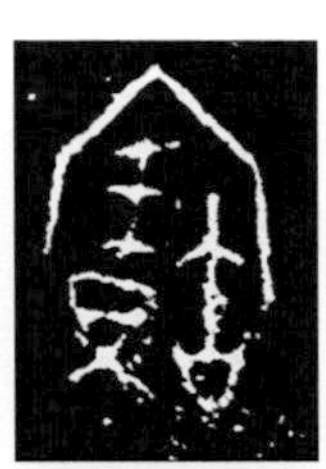  杞伯每亡鼎 西周晚或春秋早 2494・1  杞伯每亡鼎 西周晚或春秋早 2494・2  杞伯每亡鼎 西周晚或春秋早 2495	 司馬南叔匜 西周晚 10241  魯侯鼎 西周晚或春秋早 近出 324  魯侯簠 西周晚或春秋早 近出 518 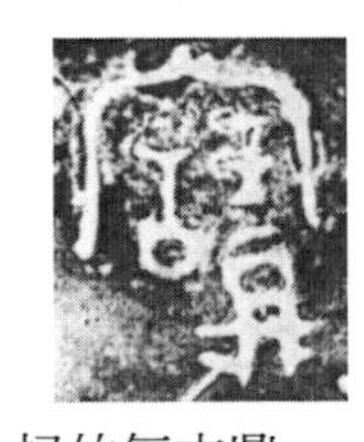 杞伯每亡鼎 西周晚或春秋早 2642	  魯司徒仲齊匜 西周晚 10275  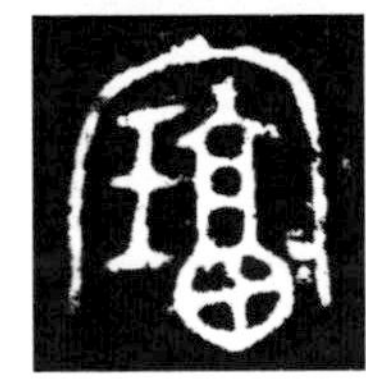 周窀匜 西周晚 10218	 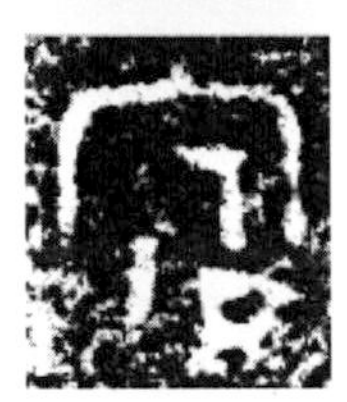 勾它盤 西周晚 10141  己侯壺 西周晚 9632  史㝬簠 西周 山東成 377 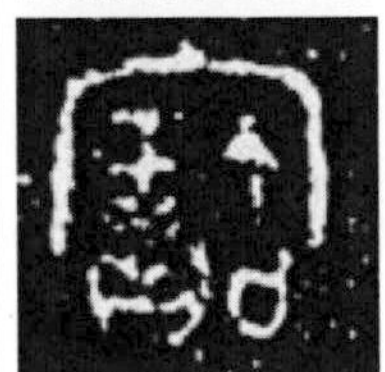 史㝬簠 西周 山東成 377

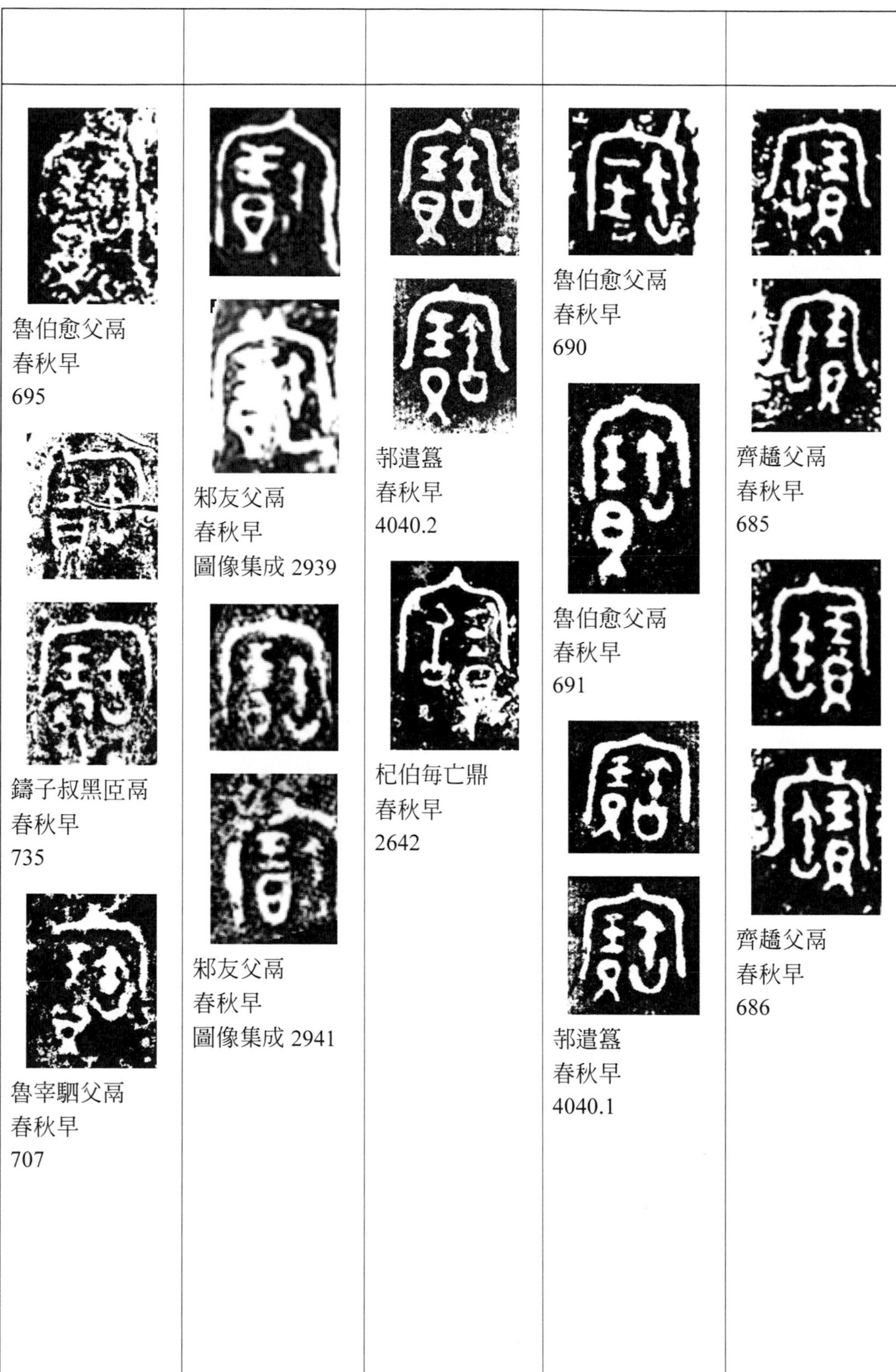

魯伯愈父鬲 春秋早 695	郳友父鬲 春秋早 圖像集成 2939	郜遣簋 春秋早 4040.2	魯伯愈父鬲 春秋早 690	齊趫父鬲 春秋早 685
鑄子叔黑臣鬲 春秋早 735	郳友父鬲 春秋早 圖像集成 2941	杞伯每亡鼎 春秋早 2642	魯伯愈父鬲 春秋早 691	齊趫父鬲 春秋早 686
魯宰駟父鬲 春秋早 707			郜遣簋 春秋早 4040.1	

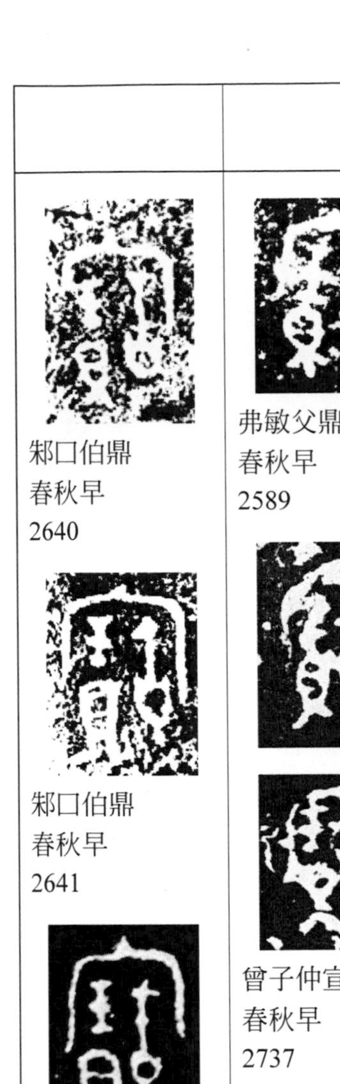 郳口伯鼎 春秋早 2640 郳口伯鼎 春秋早 2641 兒慶匜鼎 春秋早 遺珍 68-69 鄶甘庛鼎 春秋早 新收 1091	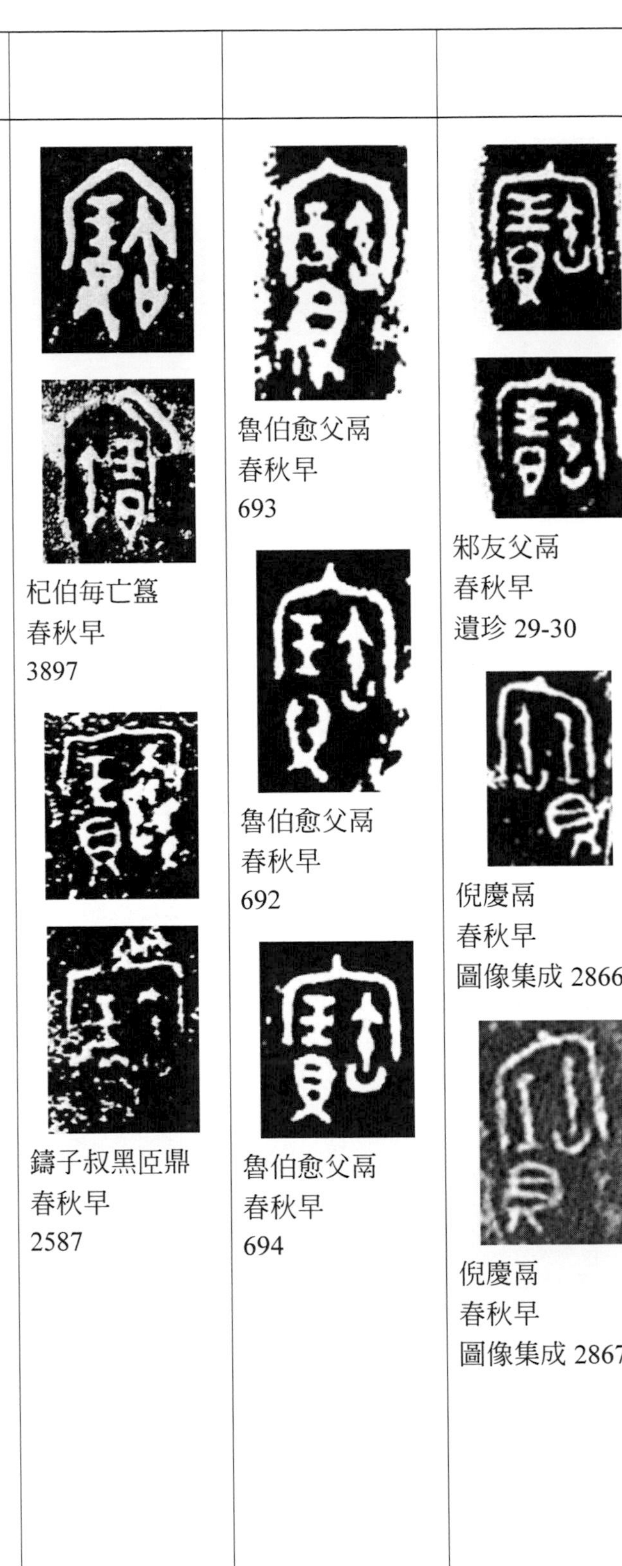 弗敏父鼎 春秋早 2589 曾子仲宣鼎 春秋早 2737 郚造鼎 春秋早 2422	杞伯每亡簋 春秋早 3897 鑄子叔黑臣鼎 春秋早 2587	魯伯愈父鬲 春秋早 693 魯伯愈父鬲 春秋早 692 魯伯愈父鬲 春秋早 694	郳友父鬲 春秋早 遺珍 29-30 倪慶鬲 春秋早 圖像集成 2866 倪慶鬲 春秋早 圖像集成 2867

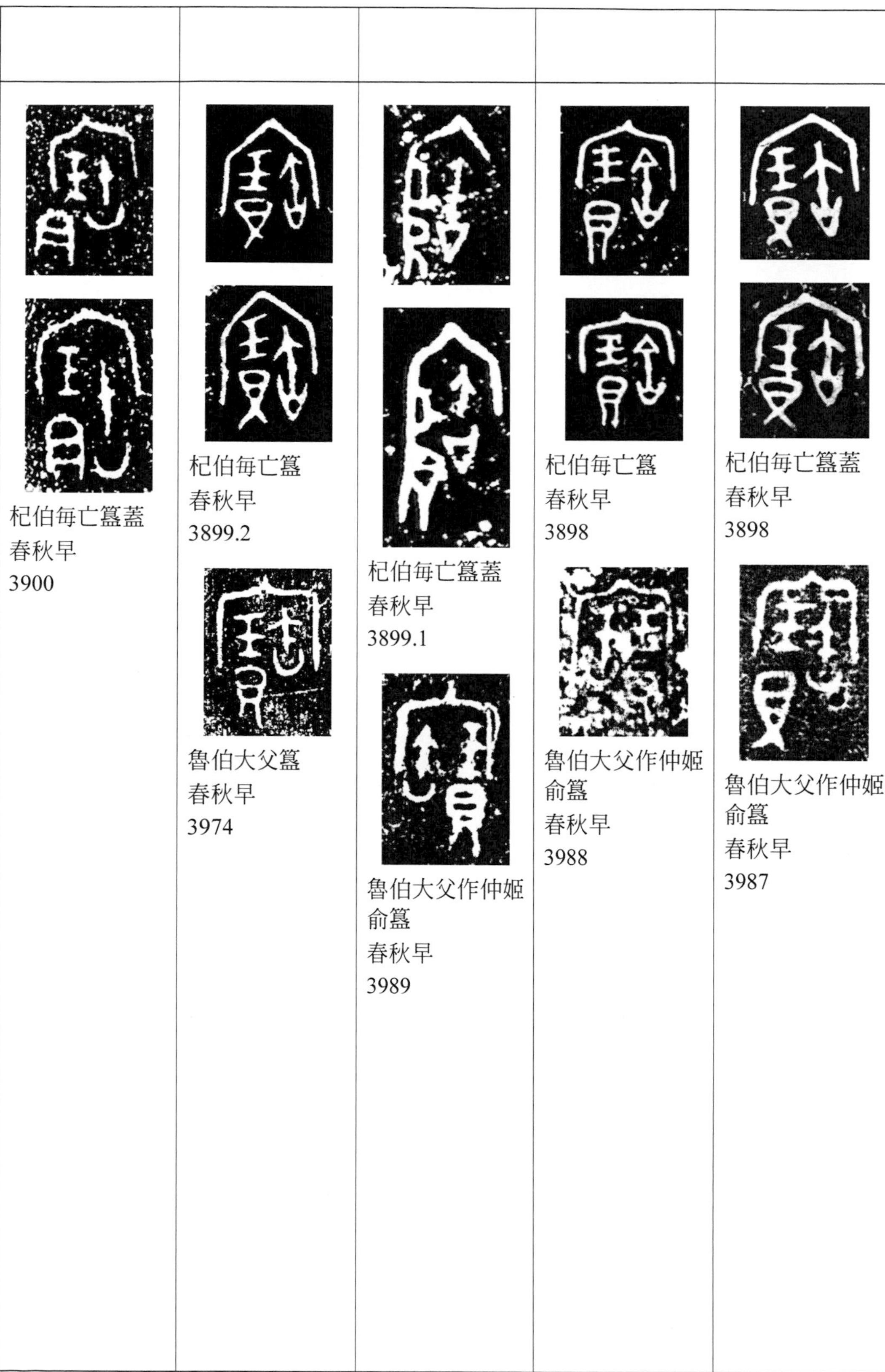

杞伯每亡簋蓋
春秋早
3900

杞伯每亡簋
春秋早
3899.2

魯伯大父簋
春秋早
3974

杞伯每亡簋蓋
春秋早
3899.1

魯伯大父作仲姬俞簋
春秋早
3989

杞伯每亡簋
春秋早
3898

魯伯大父作仲姬俞簋
春秋早
3988

杞伯每亡簋蓋
春秋早
3898

魯伯大父作仲姬俞簋
春秋早
3987

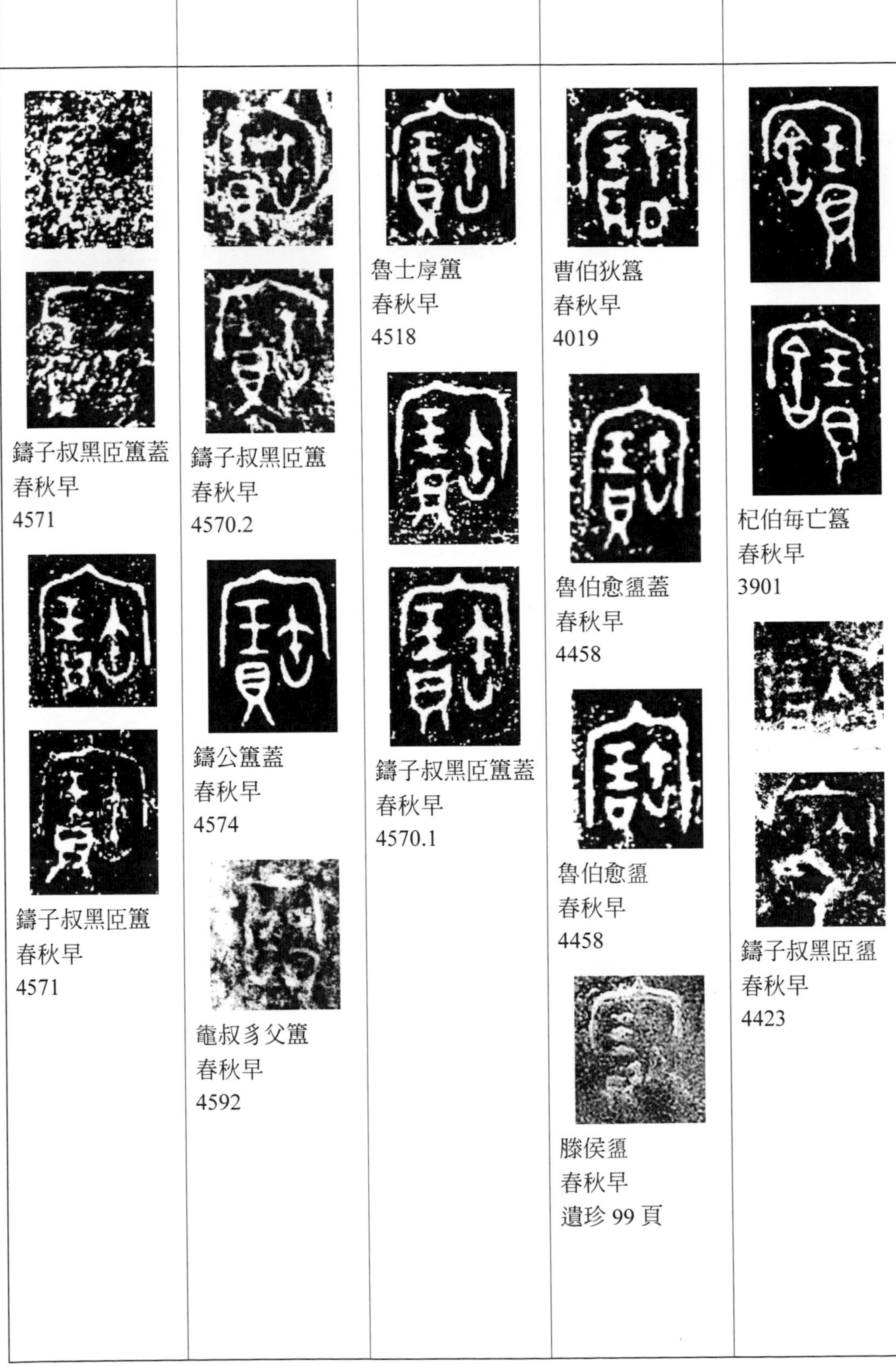

杞伯每亡簋
春秋早
3901

鑄子叔黑叵盨
春秋早
4423

曹伯狄簋
春秋早
4019

魯伯愈盨蓋
春秋早
4458

魯伯愈盨
春秋早
4458

滕侯盨
春秋早
遺珍 99 頁

魯士厚簠
春秋早
4518

鑄子叔黑叵簠蓋
春秋早
4570.1

鑄子叔黑叵簠
春秋早
4570.2

鑄公簠蓋
春秋早
4574

鼄叔豸父簠
春秋早
4592

鑄子叔黑叵簠蓋
春秋早
4571

鑄子叔黑叵簠
春秋早
4571

 鑄公簠 春秋早 山東存鑄 2.1 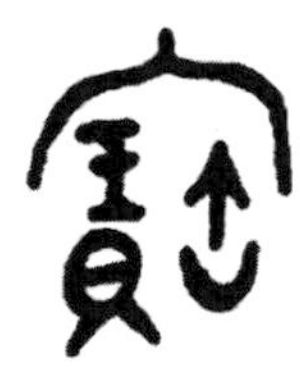 商丘叔簠 春秋早 新收 1071 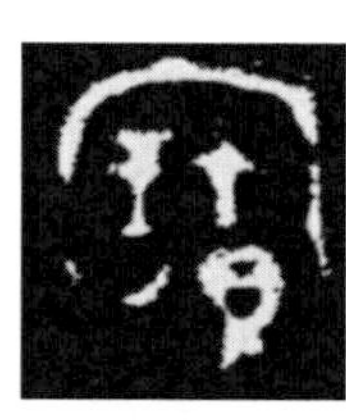 畢仲弁簠 春秋早 遺珍 48  陳侯壺蓋 春秋早 9633.1	 子皇母簠 春秋早 遺珍 49-50 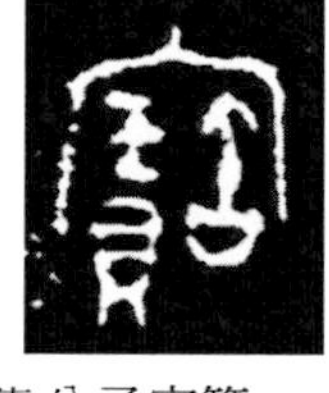 鼄公子害簠 春秋早 遺珍 67 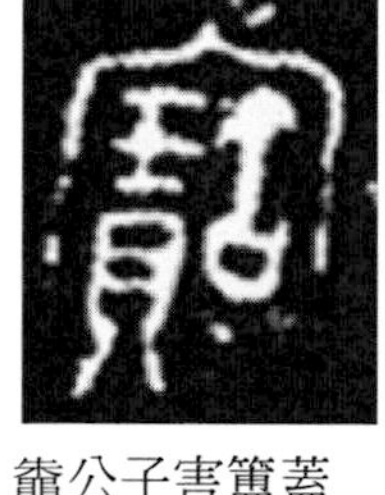 鼄公子害簠蓋 春秋早 遺珍 67  鼄慶簠 春秋早 遺珍 116	 正叔止士駇俞簠蓋 春秋早 遺珍 42-44  魯宰虢簠 春秋早 遺珍 45-46  魯宰虢簠蓋 春秋早 遺珍 45-46	 魯大司徒厚氏元簠蓋 春秋早 4691  魯大司徒厚氏元簠 春秋早 4691  正叔止士駇俞簠 春秋早 遺珍 42-44	 魯大司徒厚氏元簠 春秋早 4689  魯大司徒厚氏元簠蓋 春秋早 4690.1  魯大司徒厚氏元簠 春秋早 4690.2

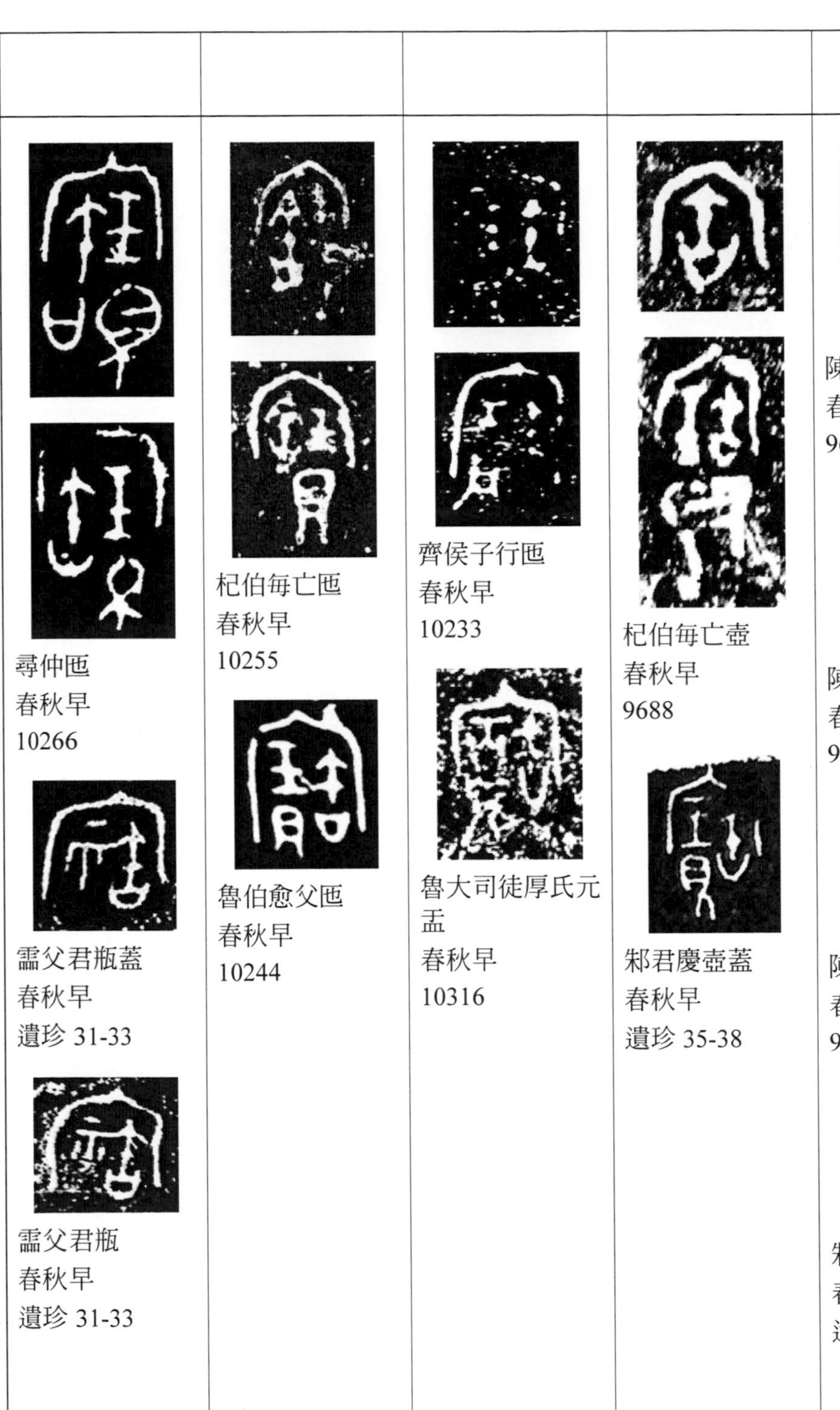

尋仲匜
春秋早
10266

霝父君瓶蓋
春秋早
遺珍 31-33

霝父君瓶
春秋早
遺珍 31-33

杞伯每亡匜
春秋早
10255

魯伯愈父匜
春秋早
10244

齊侯子行匜
春秋早
10233

魯大司徒厚氏元盂
春秋早
10316

杞伯每亡壺
春秋早
9688

郳君慶壺蓋
春秋早
遺珍 35-38

陳侯壺
春秋早
9633.2

陳侯壺蓋
春秋早
9634.1

陳侯壺
春秋早
9634.2

郳君慶壺
春秋早
遺珍 35-38

 叔夷鎛 春秋晚 285  薛子仲安簠蓋 春秋晚 4546.1  薛子仲安簠蓋 春秋晚 4546・2  薛子仲安簠 春秋晚 4548	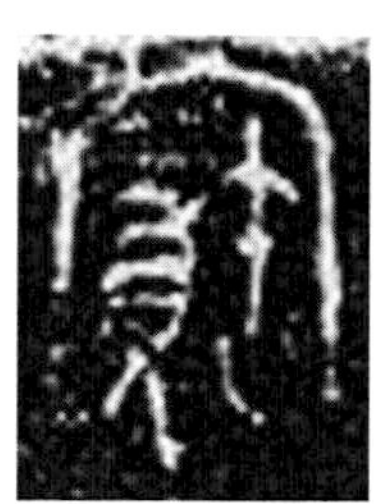 陳大喪史仲高鐘 春秋中 集成 355.2  薛子仲安簠 春秋晚 4547  叔夷鐘 春秋晚 276	 齊侯盤 春秋中 10117  魯大左司徒元鼎 春秋中 2592 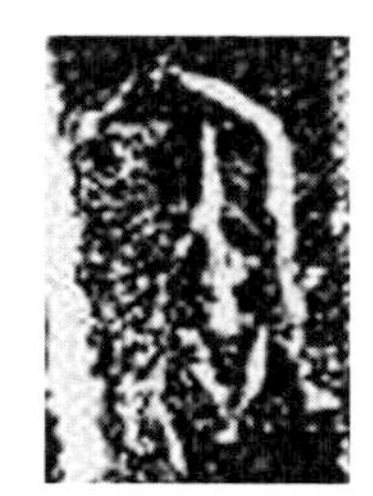 陳大喪史仲高鐘 春秋中 集成 353.2  陳大喪史仲高鐘 春秋中 集成 354.2	  叔黑臣匜 春秋早 10217   杞伯每亡盆 春秋早 10334	  尋仲盤 春秋早 10135 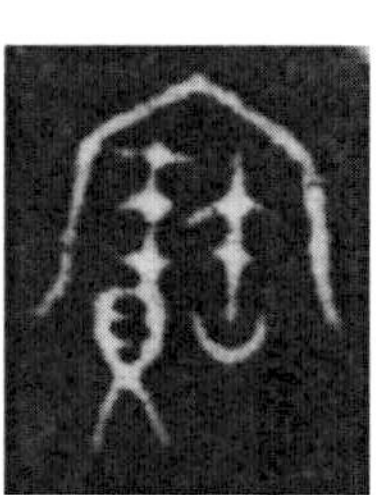 干氏叔子盤 春秋早 10131

宰 466　宧 465

宰	宧			
  魯宰駟父鬲 春秋早 707  魯伯大父作仲姬俞簋 春秋早 3987  魯宰虢簠 春秋早 遺珍 45-46  齊大宰歸父盤 春秋 10151  齊大宰歸父盤 春秋 總集 6769	  叔夷鐘 春秋晚 272  叔夷鐘 春秋晚 285	 者斿故匜 周代 山東成 696	 濫盂 春秋 新浪網  黄太子伯克盆 春秋 10338  邳伯缶 戰國早 10006  邳伯缶 戰國早 10007	  鑄叔羅簠 春秋 海岱 90.10  齊侯作孟姬盤 春秋 10123

宕 471	客 470	寬 469	寡 468	宜 467

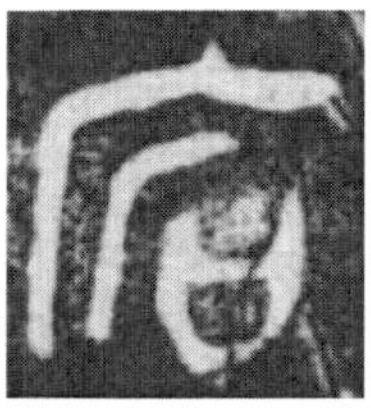 不其簋 西周晚 4328	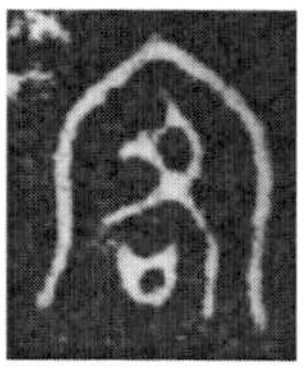 干氏叔子盤 春秋早 10131	 齊侯作孟姜敦 春秋晚 4645	 司馬楙編鎛 戰國 山東成 105	  从肉 瀸公鼎 春秋晚 文物 2014.1

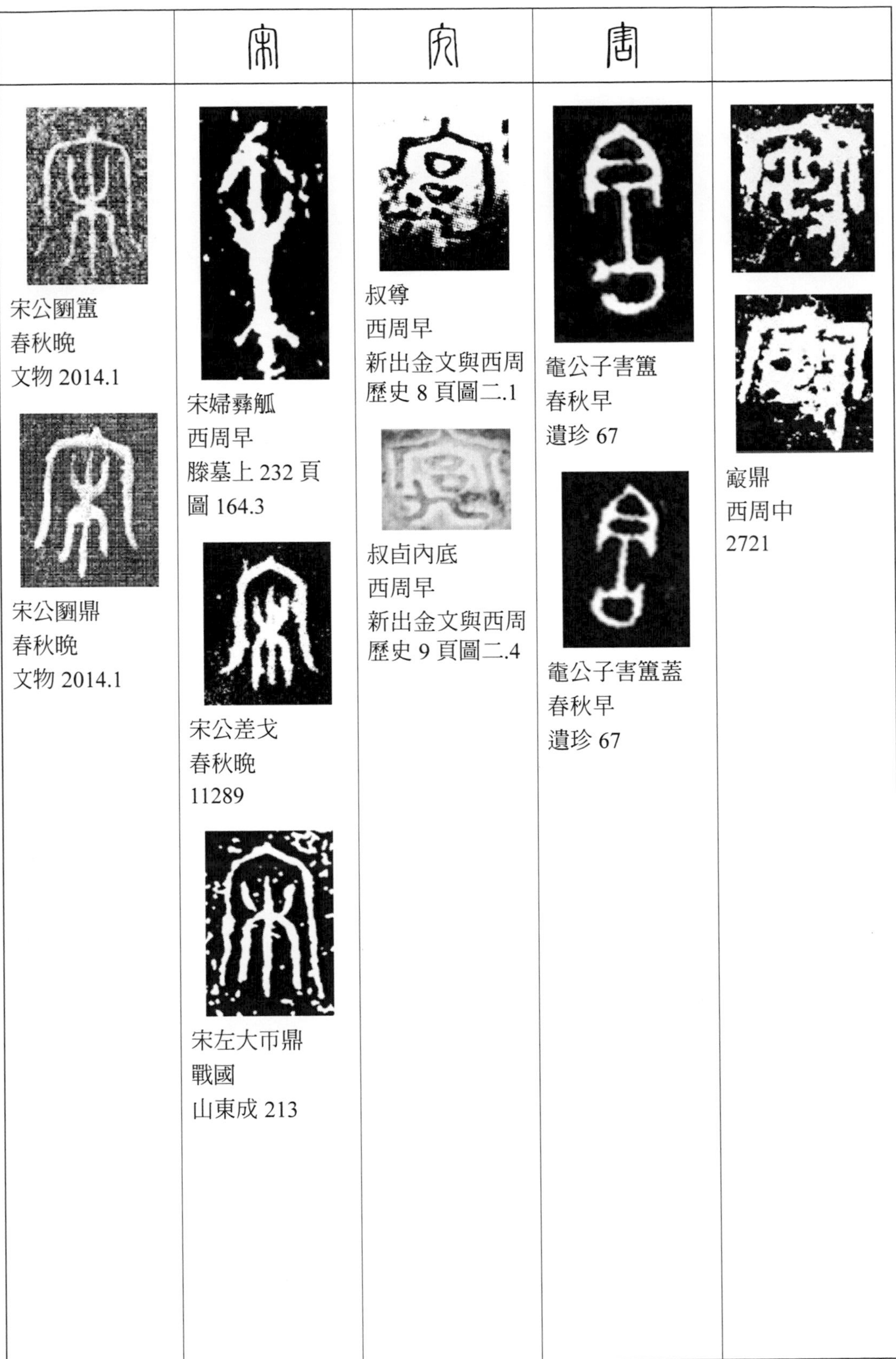

	宋 475	宄 474	害 473	竅 472
宋公圝簠 春秋晚 文物 2014.1 宋公圝鼎 春秋晚 文物 2014.1	宋婦彝觚 西周早 滕墓上 232 頁 圖 164.3 宋公差戈 春秋晚 11289 宋左大帀鼎 戰國 山東成 213	叔尊 西周早 新出金文與西周歷史 8 頁圖二.1 叔卣內底 西周早 新出金文與西周歷史 9 頁圖二.4	黿公子害簠 春秋早 遺珍 67 黿公子害簠蓋 春秋早 遺珍 67	竅鼎 西周中 2721

⿱宀丱 479	⿰女宝 478		宔 477	宗 476
畢仲弁簠 春秋早 遺珍 48	紀伯子⿰女宝父盨蓋 西周晚 4444 紀伯子⿰女宝父盨蓋 西周晚 4445 紀伯子⿰女宝父盨 西周晚 4445 紀伯子⿰女宝父盤 西周晚 10081 㠱伯⿰女宝父匜 西周晚 10211	紀伯子⿰女宝父盨蓋 西周晚 4442 紀伯子⿰女宝父盨 西周晚 4442 紀伯子⿰女宝父盨蓋 西周晚 4443 紀伯子⿰女宝父盨 西周晚 4443 紀伯子⿰女宝父盨 西周晚 4444	陳純釜 戰國中 10371	司馬楙編鎛 戰國 山東成 106

	宮 483	⿱宀⿰亻丮 482	⿱宀朋 481	⿱宀⿰鬲壽 480

 齊宮鄉銅量 戰國 近出 1051  齊宮鄉銅量 戰國 近出 1052	 辛罍簋 西周早 新收 1148  芮公叔簋蓋 西周早或中 近出 446  芮公叔簋器 西周早或中 近出 446	 啓卣 西周早 5410.1  啓卣 西周早 5410.2	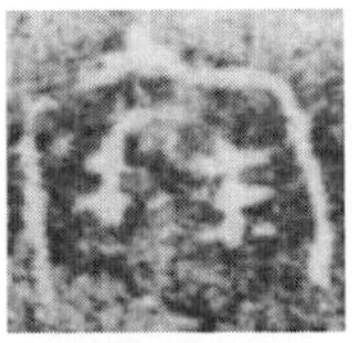 ⿱宀朋[illegible]生鼎 春秋早 2524	 囂所獻盂 春秋晚 海岱 37.256

窀 488	窐 487	寮 486	竈 485	船 484

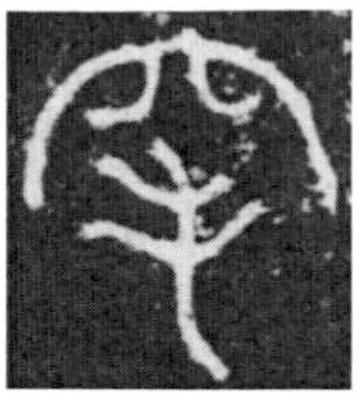 周窀匜 西周晚 10218	 陳窐散戈 戰國 11036  陳窐散戈 戰國 圖像集成 16644  陳窐散戈 戰國 圖像集成 16645	 叔夷鐘 春秋晚 273  叔夷鐘 春秋晚 274   叔夷鎛 春秋晚 285	 公子土斧壺 春秋晚 9709 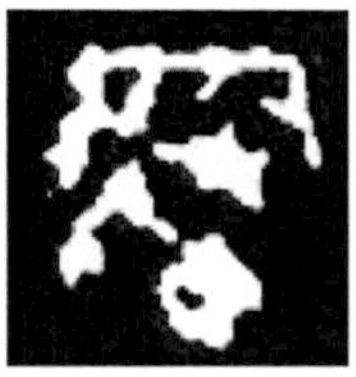 鄘公孫淖子編鐘 戰國早 近出 4	 辛嘼簋 西周早 新收 1148

同 493	瘃 492	疣 491	痐 490	疾 489
 引簋 西周中晚 海岱 37.6  不嬰簋 西周晚 4328	 摹本 瘃戈 戰國早 近出 1149	 郯子疣戈 春秋晚 文物 2014.1	 右伯君權 三代 18.32.2	 叔夷鎛 春秋晚 285  叔夷鐘 春秋晚 278

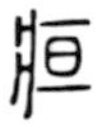

市 498	帥 497	兩 496	由 495	冑 494
市	帥	兩		冑
宋左大市鼎 山東成 213 戰國	司馬楙編鎛 山東成 105 戰國	四十一年工右耳杯 戰國晚 新收 1077 四十年左工耳杯 戰國晚 新收 1078	䣄甗 西周中 948	冑簠 西周晚 4532

白 499

				 白
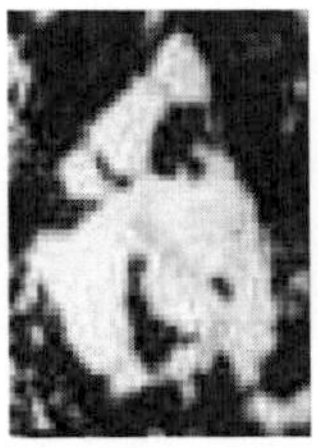 叡鐘 西周中 90  伯鼎 西周中 通鑒 2146 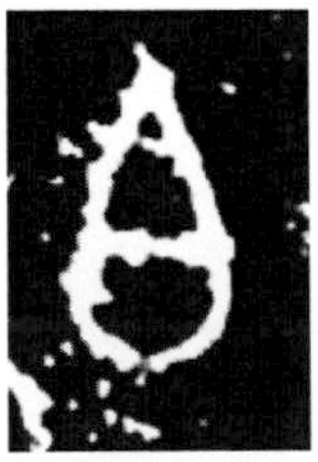 時伯鬲 西周晚 589 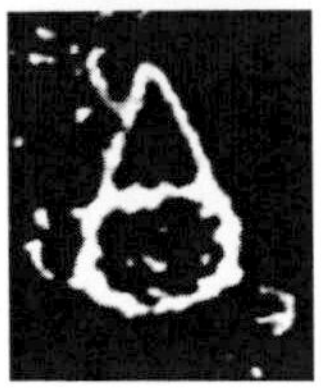 時伯鬲 西周晚 590	 伯鼎 西周中 2414 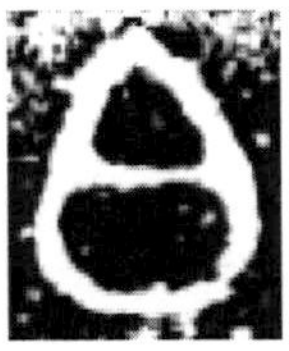 叡鐘 西周中 89  叡鐘 西周中 92  □伯鼎 西周中 2460	  伯憲盉 西周早 9430  白鼎 西周中 通鑒 2146  叡鐘 西周中 88	  伯憲盉蓋 西周早 9430  矢伯獲卣蓋 西周早 5291.1  矢伯獲卣 西周早 5291.2	 奉盉 滕墓上 303 頁圖 218 西周早  伯口卣 西周早 5393  憲鼎 西周早 2749

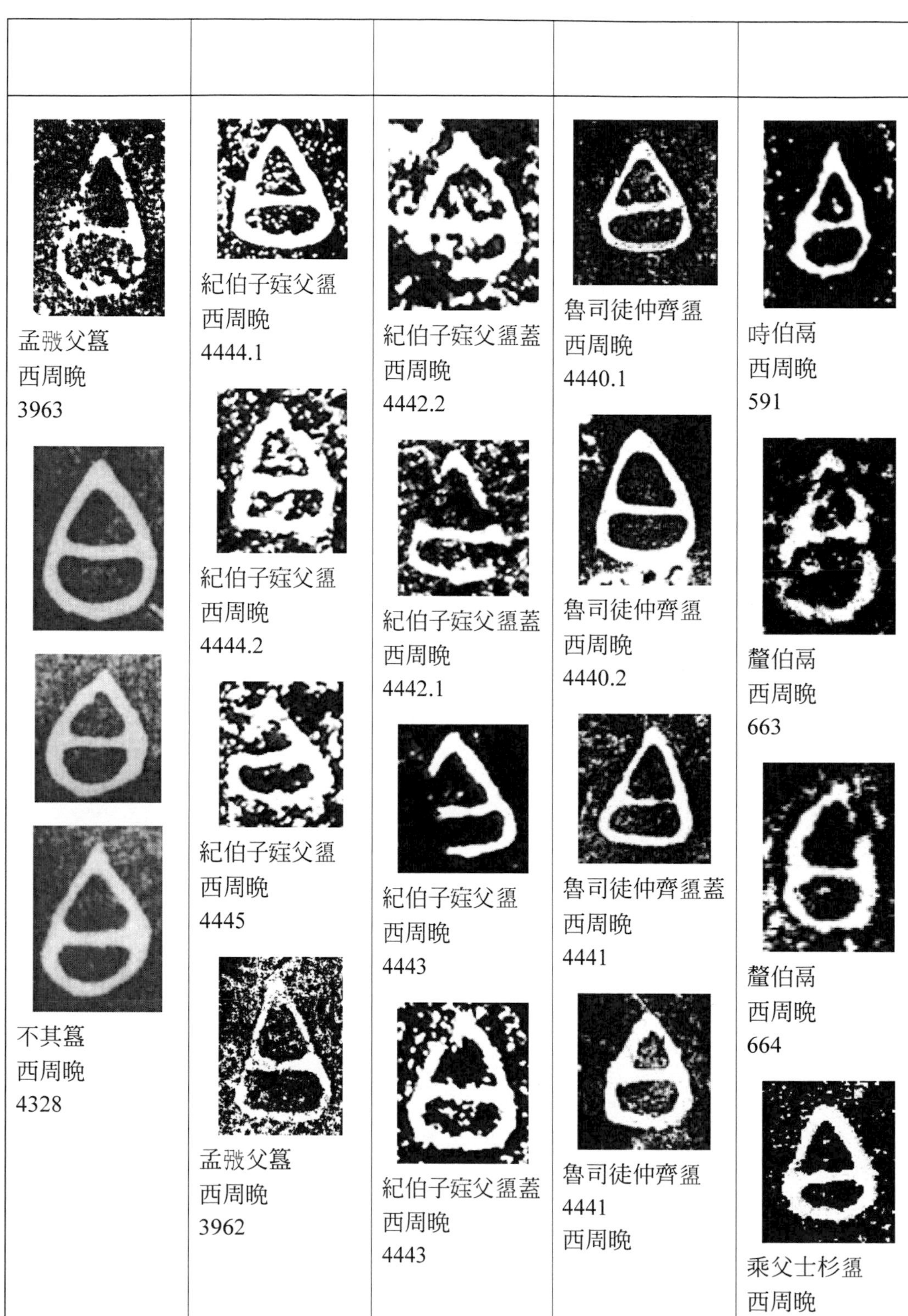

孟弢父簋
西周晚
3963

不其簋
西周晚
4328

紀伯子姪父盨
西周晚
4444.1

紀伯子姪父盨
西周晚
4444.2

紀伯子姪父盨
西周晚
4445

孟弢父簋
西周晚
3962

紀伯子姪父盨蓋
西周晚
4442.2

紀伯子姪父盨蓋
西周晚
4442.1

紀伯子姪父盨
西周晚
4443

紀伯子姪父盨蓋
西周晚
4443

魯司徒仲齊盨
西周晚
4440.1

魯司徒仲齊盨
西周晚
4440.2

魯司徒仲齊盨蓋
西周晚
4441

魯司徒仲齊盨
4441
西周晚

峕伯鬲
西周晚
591

鼄伯鬲
西周晚
663

鼄伯鬲
西周晚
664

乘父士杉盨
西周晚
4437

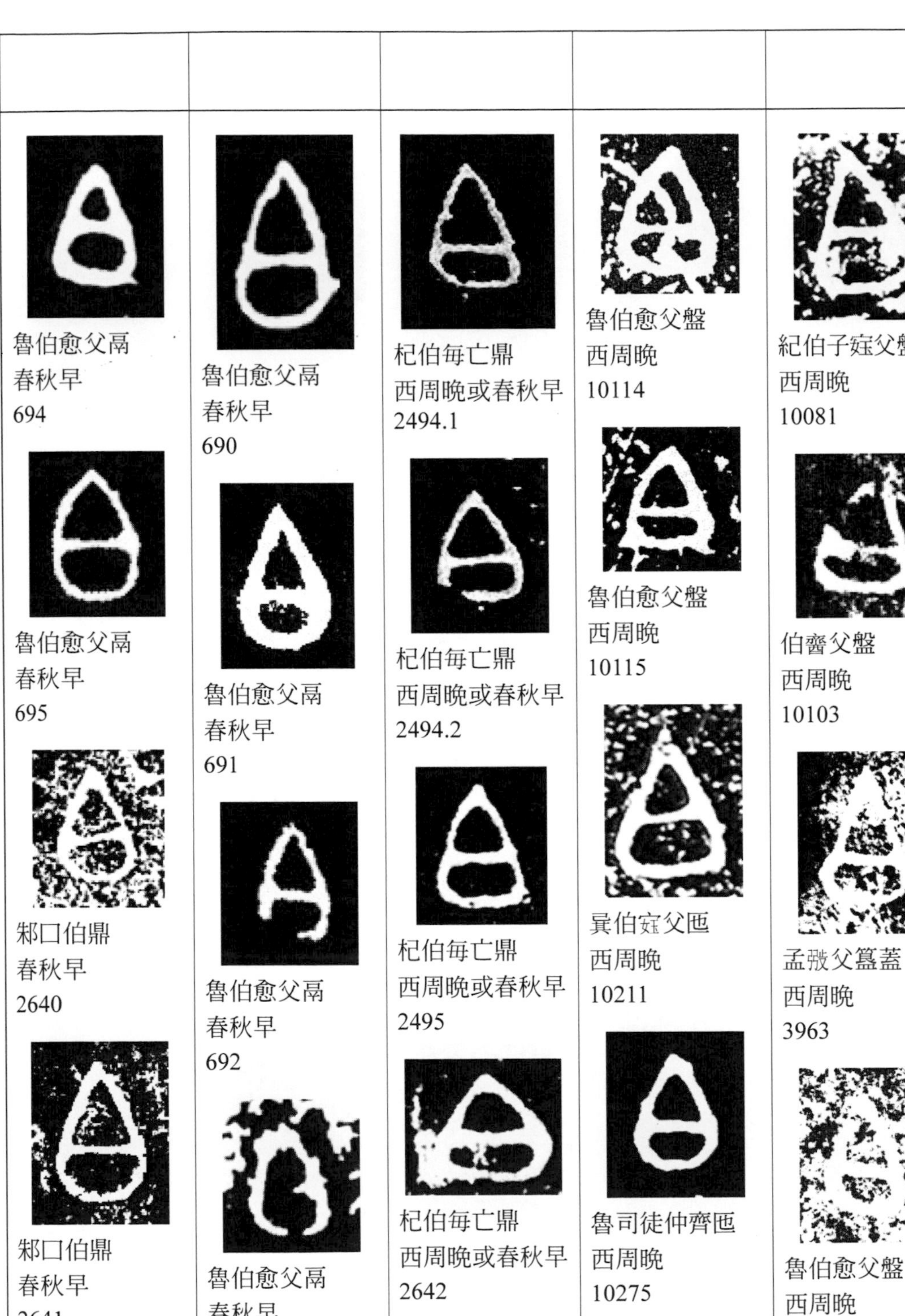

魯伯愈父鬲
春秋早
694

魯伯愈父鬲
春秋早
695

郳口伯鼎
春秋早
2640

郳口伯鼎
春秋早
2641

魯伯愈父鬲
春秋早
690

魯伯愈父鬲
春秋早
691

魯伯愈父鬲
春秋早
692

魯伯愈父鬲
春秋早
693

杞伯每亡鼎
西周晚或春秋早
2494.1

杞伯每亡鼎
西周晚或春秋早
2494.2

杞伯每亡鼎
西周晚或春秋早
2495

杞伯每亡鼎
西周晚或春秋早
2642

魯伯愈父盤
西周晚
10114

魯伯愈父盤
西周晚
10115

曩伯庭父匜
西周晚
10211

魯司徒仲齊匜
西周晚
10275

紀伯子庭父盤
西周晚
10081

伯亹父盤
西周晚
10103

孟㲉父簋蓋
西周晚
3963

魯伯愈父盤
西周晚
10113

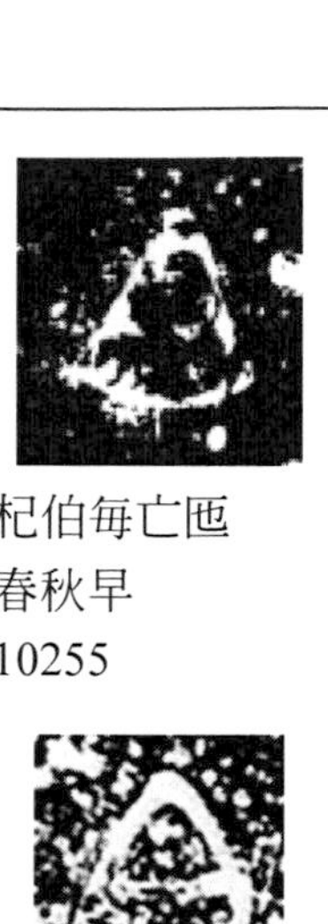 杞伯每亡匜 春秋早 10255	 杞伯每亡壺蓋 春秋早 9687	 魯伯大父簋 春秋早 3974	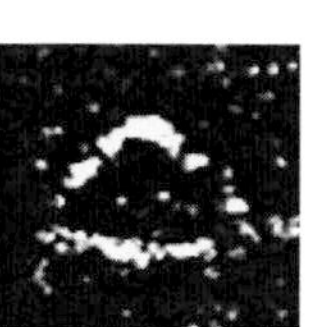 杞伯每亡簋蓋 春秋早 3899.1	 杞伯每亡鼎 春秋早 3879
 杞伯每亡盆 春秋早 10334	 杞伯每亡壺 春秋早 9688	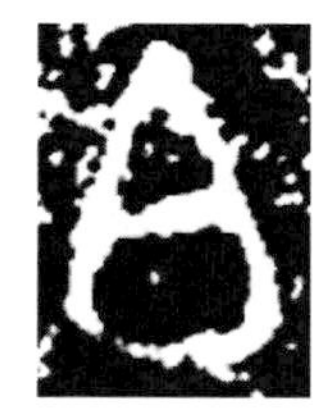 曹伯狄簋 春秋早 4019	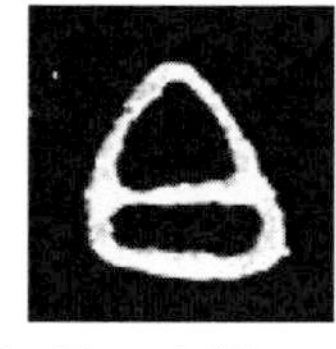 杞伯每亡簋 春秋早 3899.2	 杞伯每亡簋 春秋早 3897
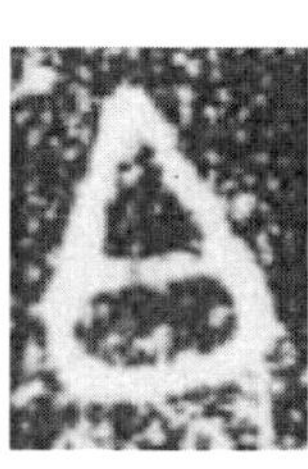 黄太子伯克盆 春秋 10338	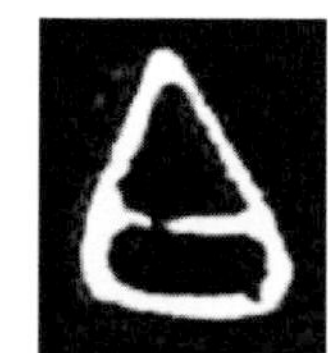 魯伯愈父匜 春秋早 10244	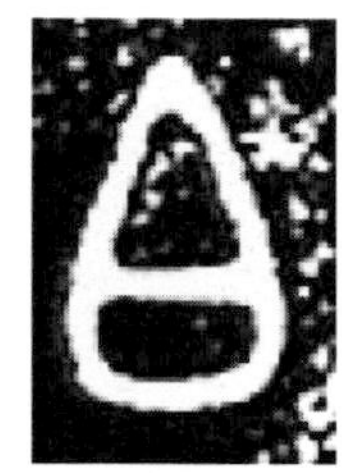 魯伯愈盨蓋 春秋早 4458	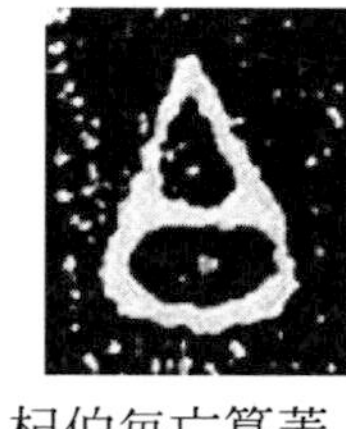 杞伯每亡簋蓋 春秋早 3900	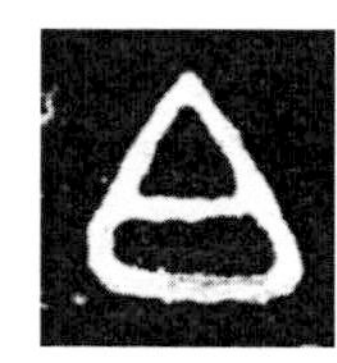 杞伯每亡簋蓋 春秋早 3898
 濫盂 春秋 新浪網	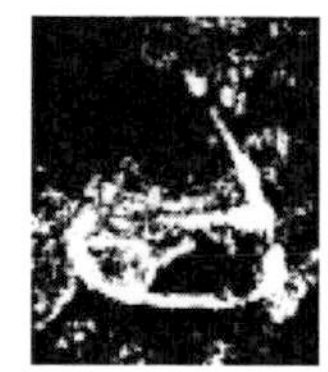 魯伯者父盤 春秋早 10087	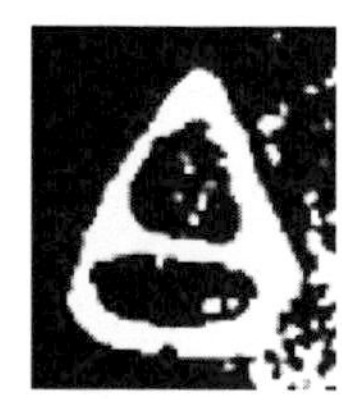 魯伯愈盨 春秋早 4458	 杞伯每亡簋 春秋早 3901	 杞伯每亡簋 春秋早 3898

⿰黹虘 500

			叔卣內底 西周早 新出金文與西周歷史 9 頁圖二.4 叔尊 西周早 新出金文與西周歷史 8 頁圖二.1（2）	邳伯缶 戰國早 10006 邳伯缶 戰國早 10007

山東出土金文編　卷八

人 501

保 502

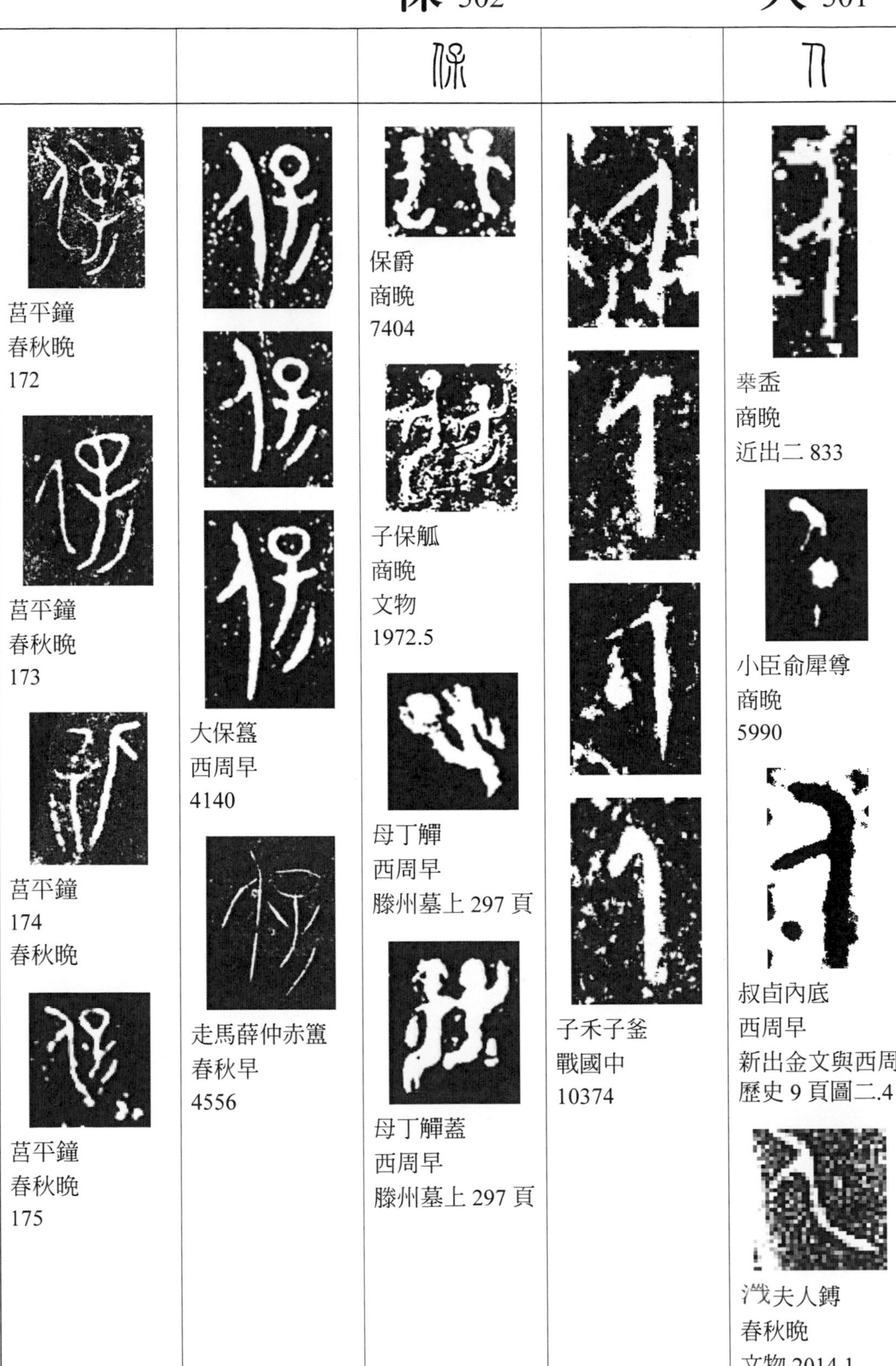

𢍰盉
商晚
近出二 833

小臣俞犀尊
商晚
5990

叔卣內底
西周早
新出金文與西周歷史 9 頁圖二.4

𣲖夫人鎛
春秋晚
文物 2014.1

子禾子釜
戰國中
10374

保爵
商晚
7404

子保觚
商晚
文物
1972.5

母丁觶
西周早
滕州墓上 297 頁

母丁觶蓋
西周早
滕州墓上 297 頁

大保簋
西周早
4140

走馬薛仲赤簠
春秋早
4556

莒平鐘
春秋晚
172

莒平鐘
春秋晚
173

莒平鐘
174
春秋晚

莒平鐘
春秋晚
175

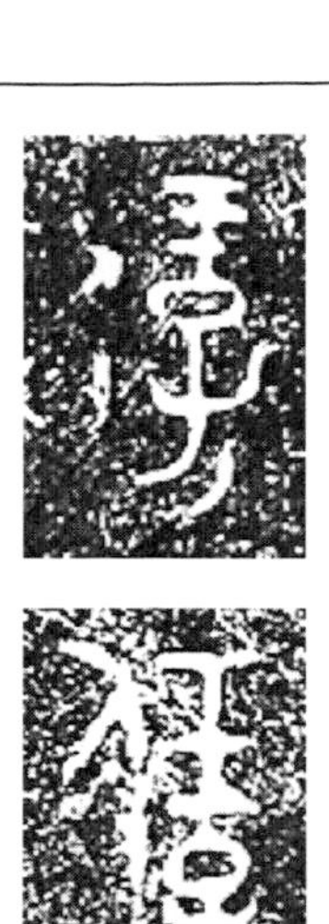 夆叔盤 春秋早 10163  郜公典盤 春秋中 近出 1009	 遣方鼎 西周早 2157  憲鼎 西周早 2749  遣方鼎 西周早 2159  大㑗方鼎 西周早 1735	 保晉戈 春秋 圖像集成 16525 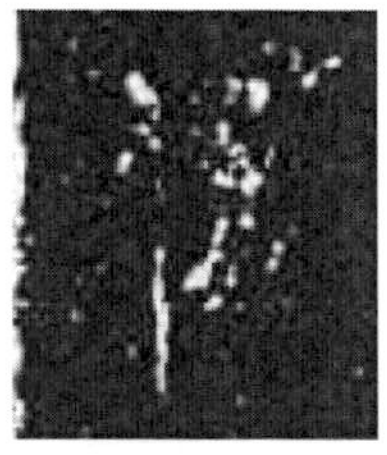 司馬楙編鎛 戰國 山東成 107  旅鼎 西周早 2728  遣方鼎 西周早 2158	 宋公圝鼎 春秋晚 文物 2014.1 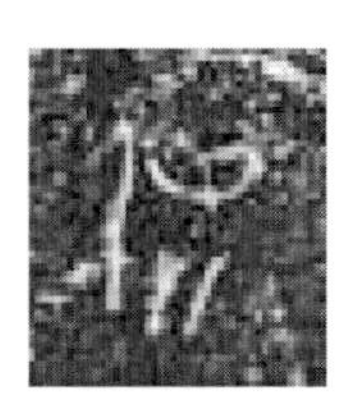 莒大叔壺 春秋晚 近出二 876  筥平壺 春秋晚 新收 1088 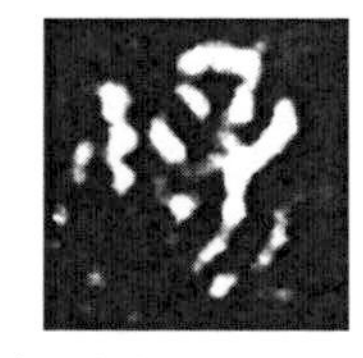 保晉戈 春秋 新收 1029	 莒平鐘 春秋晚 177  莒平鐘 春秋晚 179  莒平鐘 春秋晚 180 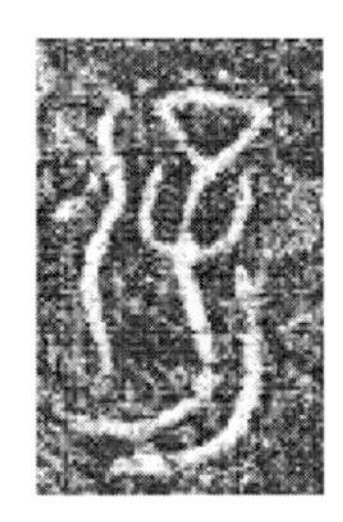 宋公圝簠 春秋晚 文物 2014.1

俅 503

 𠈷				
 𠼥台丘子俅戈 戰國晚 圖像集成 17063	  夆叔匜 春秋 10282	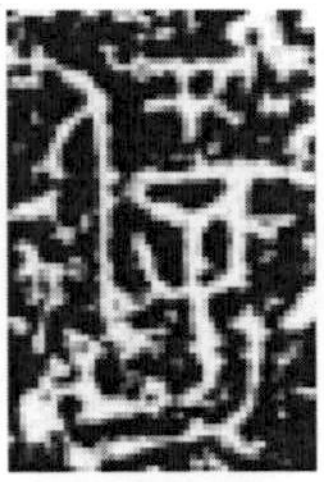  鮑子鼎 春秋晚 中國歷史文物 2009（2）51 頁  華孟子鼎 春秋 琅琊網	  叔夷鐘 春秋晚 285   公子土斧壺 春秋晚 9709	 齊侯盤 春秋中 10117  賈孫叔子屖盤 春秋晚 通鑒 14516   叔夷鐘 春秋晚 278

備 508	㑩 507	伊 506	仲 505	伯 504
 子備璋戈 戰國早 近出 1140	 紀仲觶 西周中 6511.1  紀仲觶 西周中 6511.2  叔夷鐘 春秋晚 277  叔夷鎛 春秋晚 285	 孫詒讓釋「伊」，認爲與《說文》古文形近。《清華簡·良辰》有伊字，與此寫法同。 叔夷鐘 春秋晚 276  叔夷鎛 春秋晚 285	 紀仲觶 西周中 6511.1  紀仲觶 西周中 6511.2  畢仲弁簠 春秋早 遺珍 48 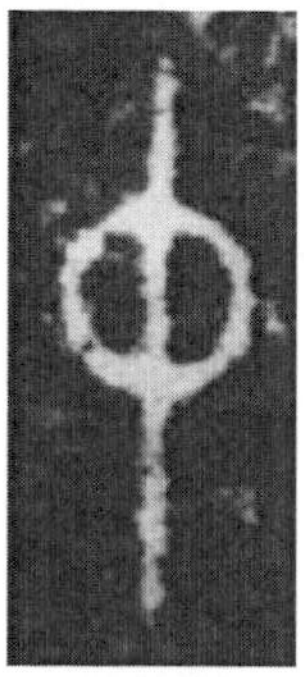 干氏叔子盤 春秋早 10131	 亞盉 商晚 近出二 833  [illegible]伯鼎 西周中 2044 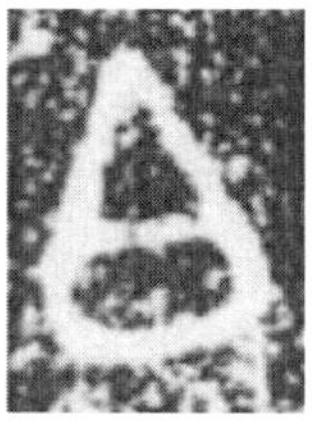 黄太子伯克盆 春秋 10338 （卷七「白」重見）

傳 512	使 511	付 510		倪 509
 傳作父戊尊 西周早 5925	 邿召簠 西周晚 近出 526  邿召簠 西周晚 近出 526	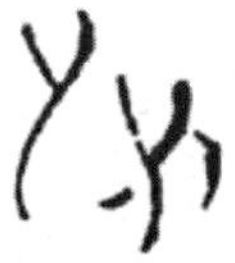 北付戈 春秋晚 圖像集成 16428	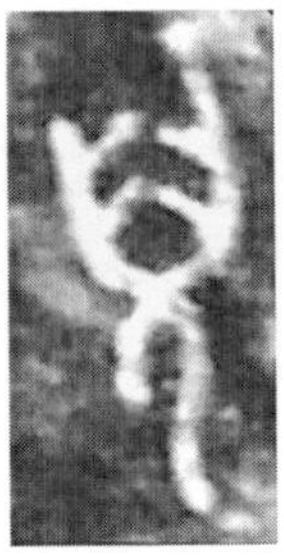 倪慶鬲 春秋早 遺珍 61 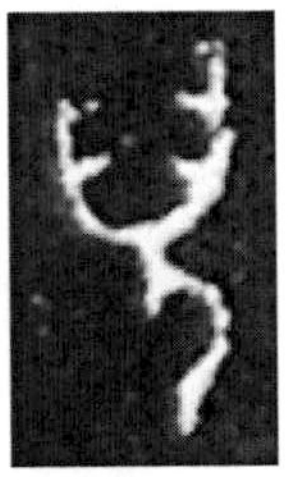 倪慶匜鼎 春秋早 遺珍 68-69	 倪慶鬲 春秋早 遺珍 40-41  倪慶鬲 春秋早 遺珍 40-41  倪慶鬲 春秋早 遺珍 59-60

弔 515		伐 514		傷 513
  辛嚚簋 西周早 新收 1148  叔父癸鼎 西周早 近出 238	 弔龜觶 商 桓臺文物 29  叔京簋 西周早 3486 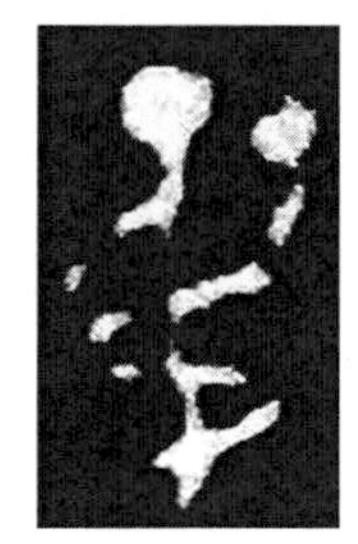 叔父癸鬲 西周早 近出 120	 叔夷鎛 春秋晚 285  摹本 戰國中 陳璋方壺 9703	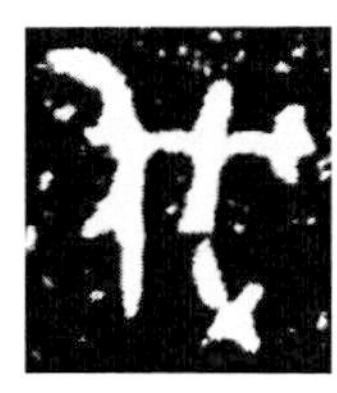 旅鼎 西周早 2728 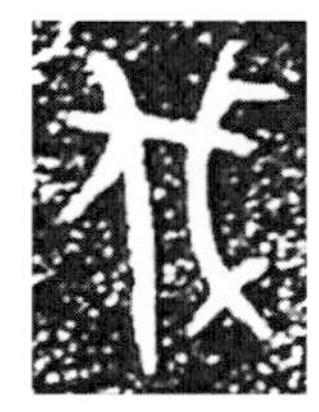 大保簋 西周早 4140 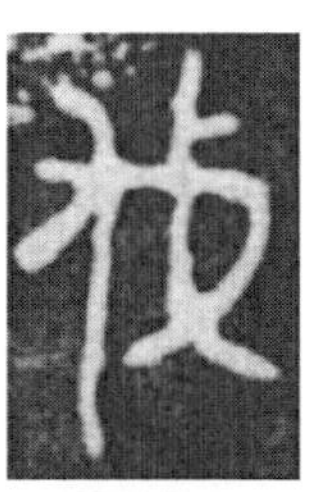  不嬰簋 西周晚 4328	 廿四年莒陽斧 戰國晚 近出 1244 用作陽。

鼄叔豸父簠 春秋早 4592 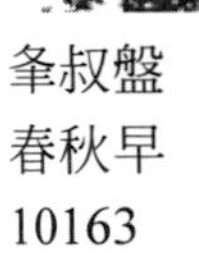 夆叔盤 春秋早 10163 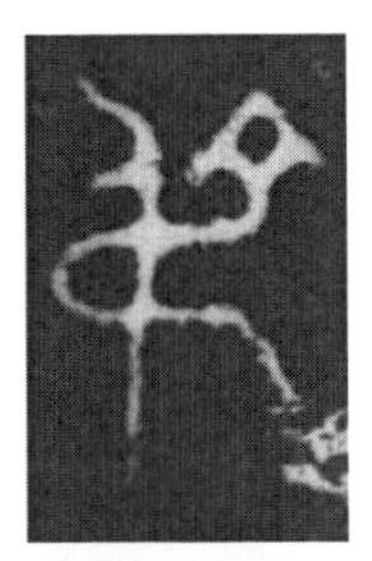 干氏叔子盤 春秋早 10131 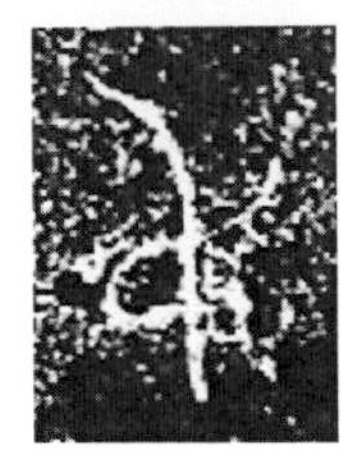 叔黑臣匜 春秋早 10217	 鑄子叔黑臣簠蓋 春秋早 4570.1 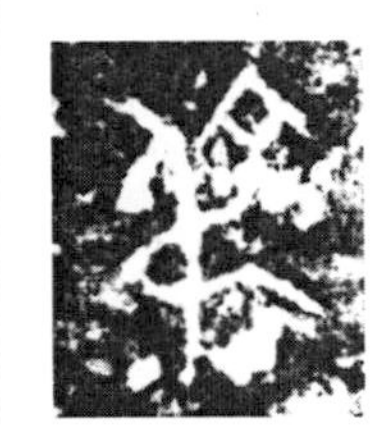 鑄子叔黑臣簠 春秋早 4570.2  鑄子叔黑臣鬲 春秋早 735  鑄子叔黑臣簠 春秋早 4571	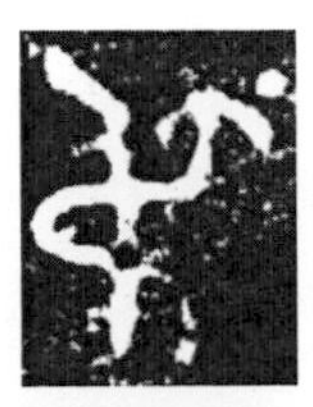  蔡姞簋 西周晚 4198  司馬南叔匜 西周晚 10241 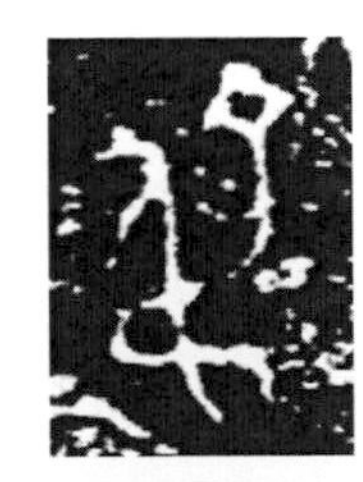 鑄子叔黑臣鼎 春秋早 2587	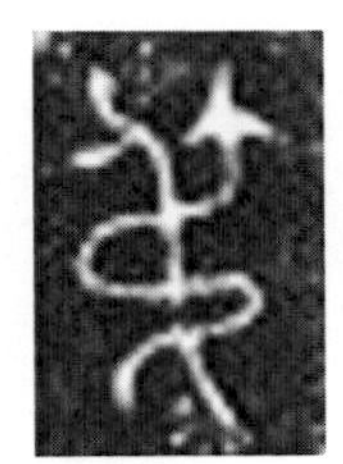 叔妃簋 西周中 3729.2  遣叔鼎 西周中 2212  鑄子叔黑臣簋 西周晚 3944	 叔父癸爵 西周早 近出 888 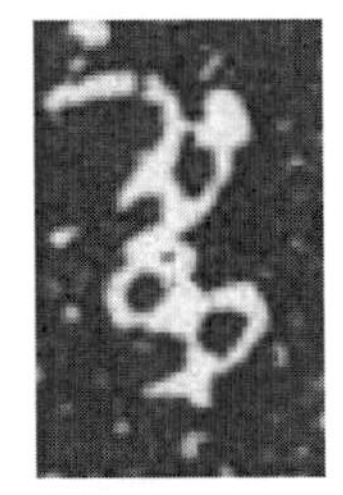 芮公叔簋蓋 西周早或中 近出 446  芮公叔簋器 西周早或中 近出 446 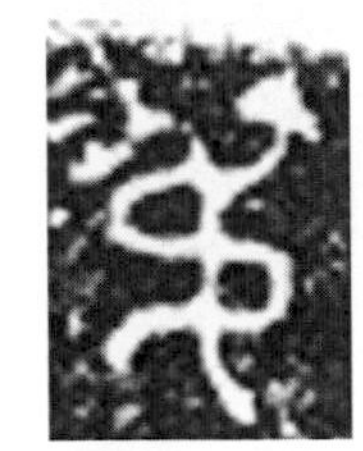 叔妃簋 西周中 3729.1

 夆叔匜 春秋 10282 鑄叔抯簠 春秋 海岱 90.10 賈孫叔子屖盤 春秋 山東成 675	叔夷鐘 春秋晚 275 叔夷鎛 春秋晚 285 莒大叔壺 春秋晚 近出二 876	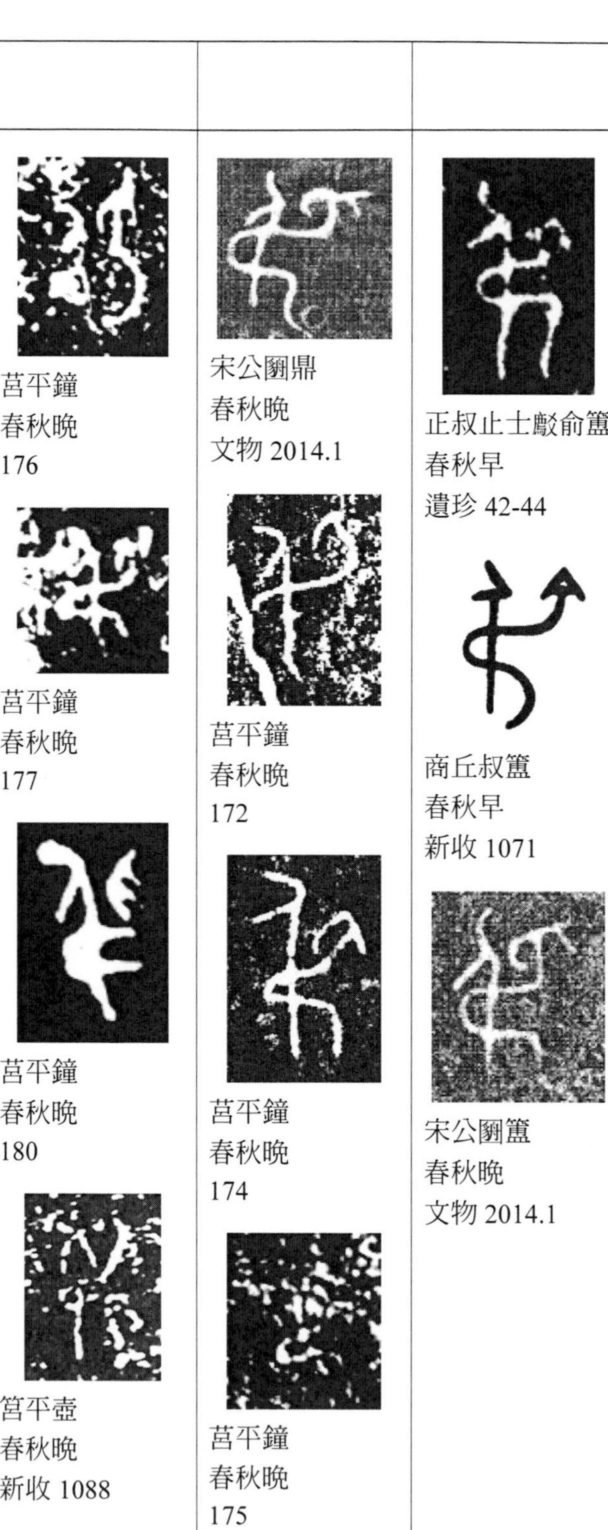 莒平鐘 春秋晚 176 莒平鐘 春秋晚 177 莒平鐘 春秋晚 180 筥平壺 春秋晚 新收 1088	宋公圞鼎 春秋晚 文物 2014.1 莒平鐘 春秋晚 172 莒平鐘 春秋晚 174 莒平鐘 春秋晚 175	正叔止士[illegible]俞簠 春秋早 遺珍 42-44 商丘叔簠 春秋早 新收 1071 宋公圞簠 春秋晚 文物 2014.1

从 518　頃 517　侖 516

作䎠從彝方鼎 西周早 通鑒 2240 作䎠从彝罍 西周早 圖像集成 13793	作䎠㐺彝方鼎 商或西周早 1981 從角 商晚 山東成 576 作䎠從彝觶 商 6435.1	⿰金會頃鑄戈 戰國晚 近出 1119	十年洱陽令戈 戰國 近出 1195	叔孫揠戈 戰國早 11040 司馬楙編鎛 戰國 山東成 105

北 520

從 519

 北付戈 春秋晚 圖像集成 16428  工盧王劍 春秋晚 11665	 遇甗 西周中 948  㝬鼎 西周中 2721  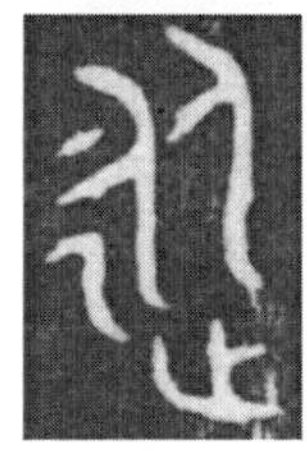 不嬰簋 西周晚 4328	 作耓從彝鼎盉蓋 西周早 通鑒 13665  啓卣蓋 西周早 5410  啓尊 西周早 5983  啓卣 西周早 5410	 作耓從彝盉 西周早 9384.2 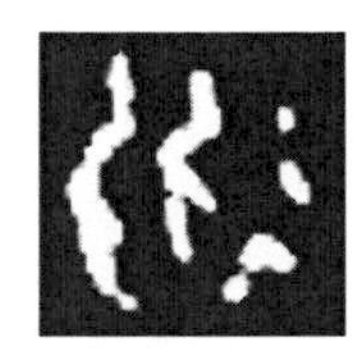 作耓從彝角 西周早 通鑒 8354 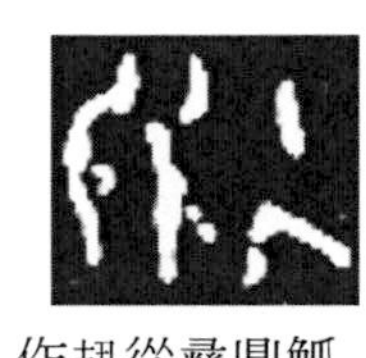 作耓從彝鼎觚 西周早 通鑒 9229  作耓從彝鼎盉蓋 西周早 通鑒 13665  作耓从彝觚 西周早 通鑒 9719	 作耓從彝觶 商 6435.2  作耓從彝角 西周早 通鑒 8353  作耓从彝壺 西周早 通鑒 12334

臨 524	監 523	重 522		丘 521
叔臨父簋 西周晚 3760	⿸广向監鼎 西周早 近出 297	四十年左工耳杯 戰國晚 新收 1078 十年洱陽令戈 戰國 近出 1195	廥丘子戟 戰國晚 近出 1153 偏將軍虎節 戰國 歷史博物館館刊 1993.2 辟大夫虎符 戰國 12107	商丘叔簠 春秋早 新收 1071 子禾子釜 戰國中 10374 ⿸厂享台丘子俅戈 戰國晚 圖像集成 17063

老 529	裘 528	卒 527	殷 526	身 525
 杞伯每亡壺 春秋早 9688  夆叔盤 春秋早 10163 用作考。  郜公典盤 春秋中 近出 1009	 侯母壺蓋 西周晚 9657.1 按：說文收爲裘古文。金文用作人名或祈求義。  侯母壺 西周晚 9657.2	 郜公典盤 春秋中 近出 1009	 上曾太子鼎 春秋早 2750 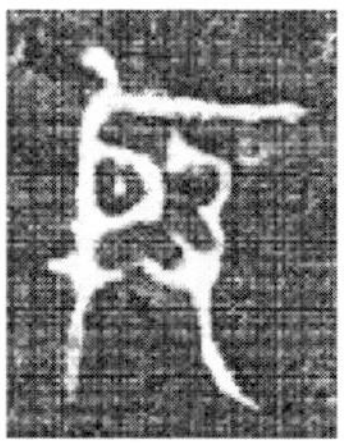 宋公𠭯鼎 春秋晚 文物 2014.1  宋公𠭯簠 春秋晚 文物 2014.1	 夆叔盤 春秋早 10163  公子土斧壺 春秋晚 9709  夆叔匜 春秋 10282

壽 530

		𦒷		
不嬰簋 西周晚 4328 蔡姞簋 西周晚 4198 鄩甘臺鼎 西周晚 新收 1091	魯仲齊鼎 西周晚 2639 魯仲齊甗 西周晚 939 鑄子叔黑叵簋 西周晚 3944	戍瑚無壽觚 商中 近出 757 紀仲觶 西周中 6511.1 紀仲觶 西周中 6511.2	夆叔匜 春秋 10282 賈孫叔子屖盤 春秋 山東成 675	荊公孫敦 春秋晚 近出 537 叔夷鐘 春秋晚 276 叔夷鎛 春秋晚 285

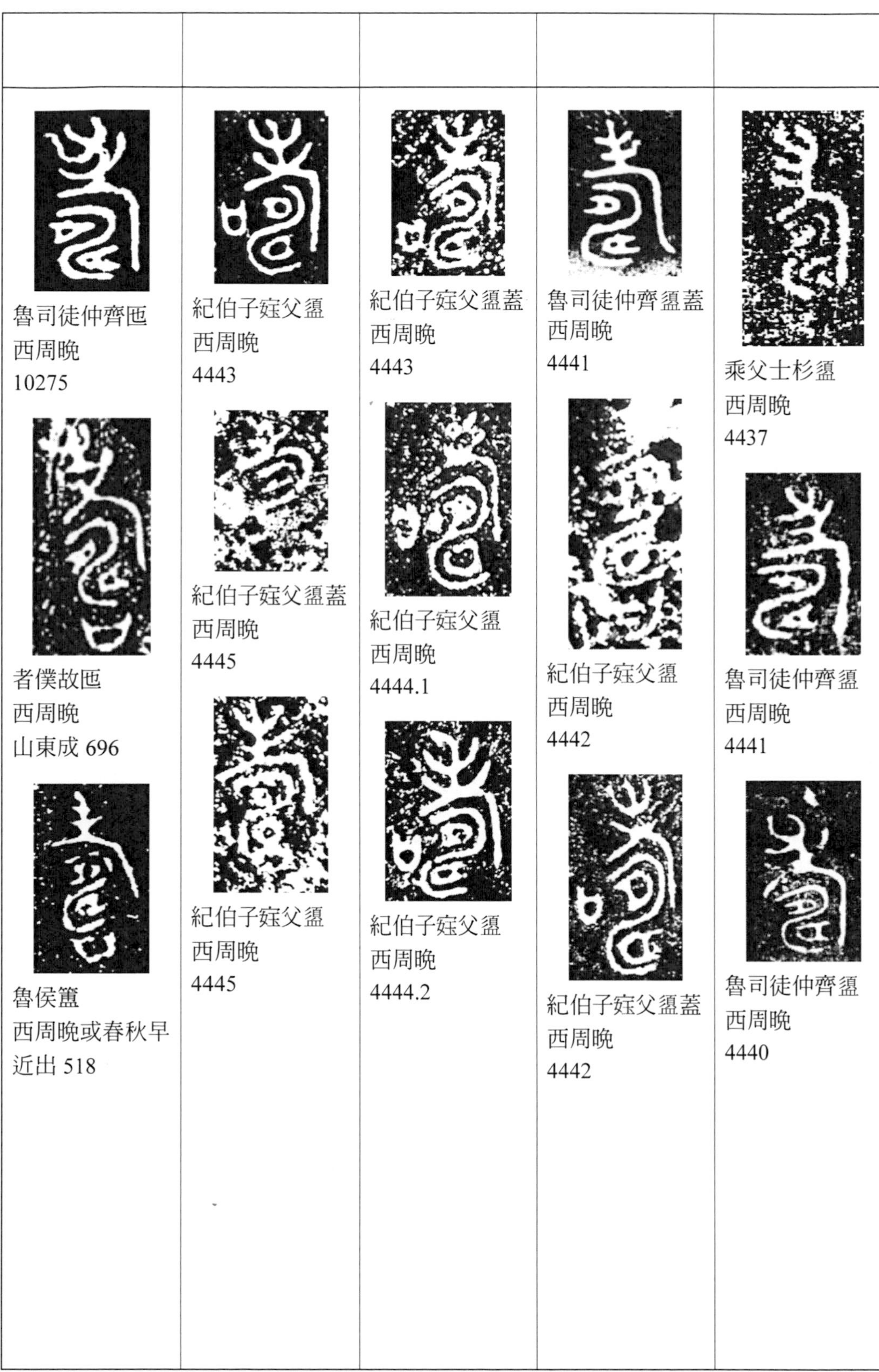

魯司徒仲齊匜
西周晚
10275

者僕故匜
西周晚
山東成 696

魯侯簠
西周晚或春秋早
近出 518

紀伯子庭父盨
西周晚
4443

紀伯子庭父盨蓋
西周晚
4445

紀伯子庭父盨
西周晚
4445

紀伯子庭父盨蓋
西周晚
4443

紀伯子庭父盨
西周晚
4444.1

紀伯子庭父盨
西周晚
4444.2

魯司徒仲齊盨蓋
西周晚
4441

紀伯子庭父盨
西周晚
4442

紀伯子庭父盨蓋
西周晚
4442

乘父士杉盨
西周晚
4437

魯司徒仲齊盨
西周晚
4441

魯司徒仲齊盨
西周晚
4440

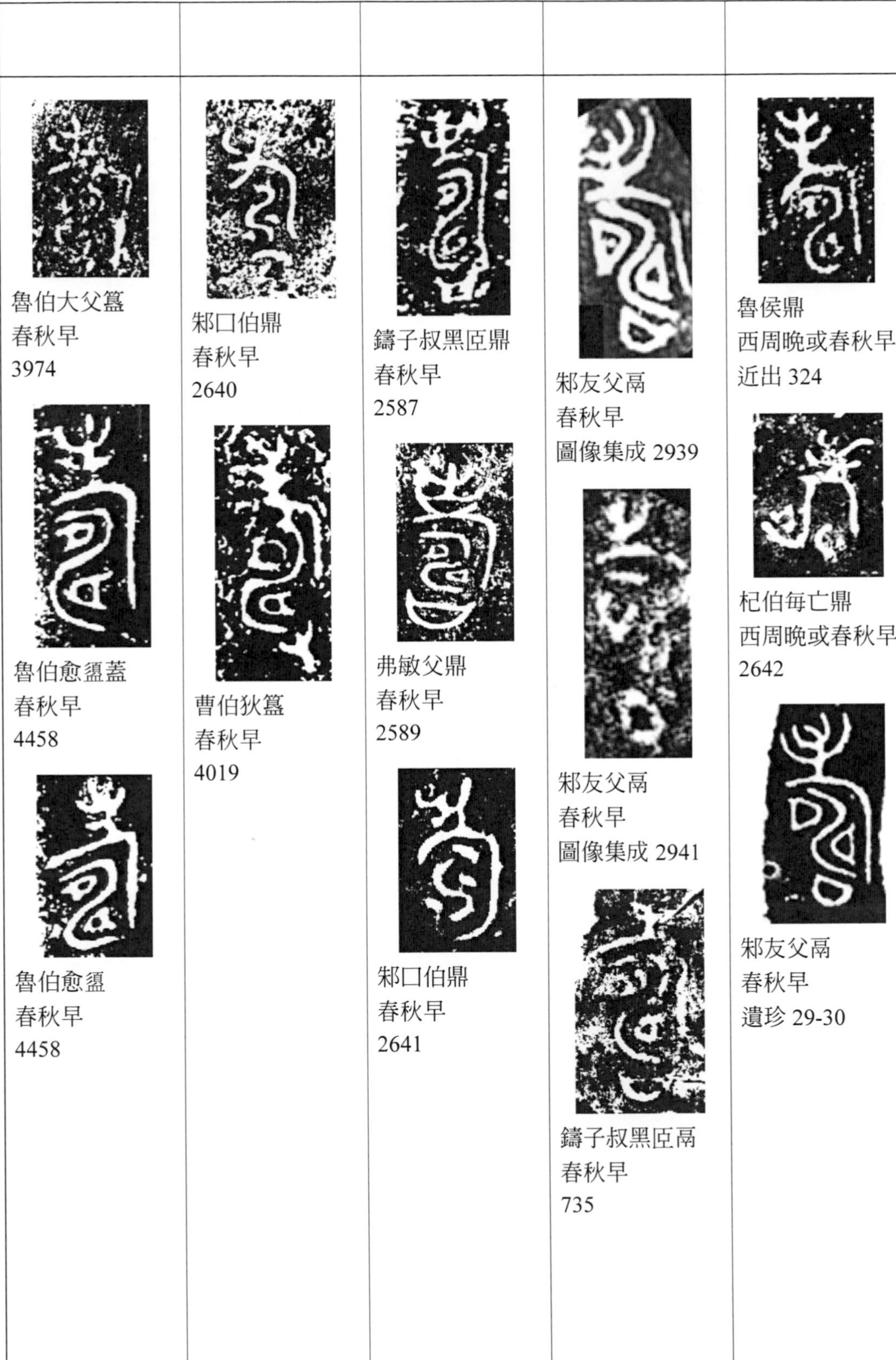

魯伯大父簋
春秋早
3974

魯伯愈盨蓋
春秋早
4458

魯伯愈盨
春秋早
4458

郳口伯鼎
春秋早
2640

曹伯狄簋
春秋早
4019

鑄子叔黑叵鼎
春秋早
2587

弗敏父鼎
春秋早
2589

郳口伯鼎
春秋早
2641

郳友父鬲
春秋早
圖像集成 2939

郳友父鬲
春秋早
圖像集成 2941

鑄子叔黑叵鬲
春秋早
735

魯侯鼎
西周晚或春秋早
近出 324

杞伯每亡鼎
西周晚或春秋早
2642

郳友父鬲
春秋早
遺珍 29-30

 邿君慶壺蓋 春秋早 遺珍 35-38  邿君慶壺 春秋早 遺珍 35-38  魯大司徒厚氏元盂 春秋早 10316	 魯大司徒厚氏元簠蓋 春秋早 4691  魯大司徒厚氏元簠 春秋早 4691 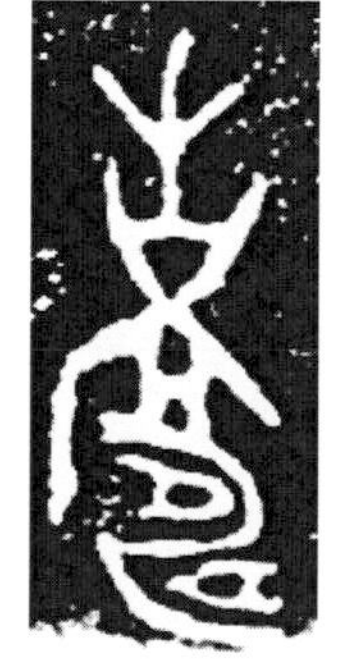 杞伯每亡壺蓋 春秋早 9687	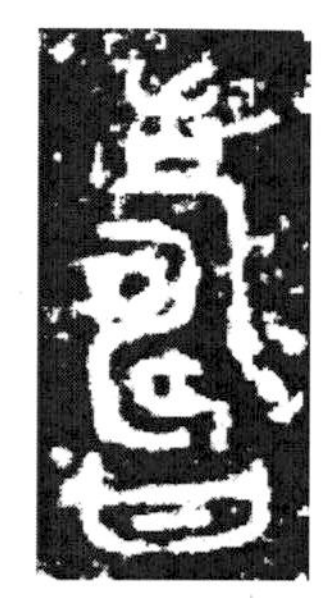 魯大司徒厚氏元簠 春秋早 4689 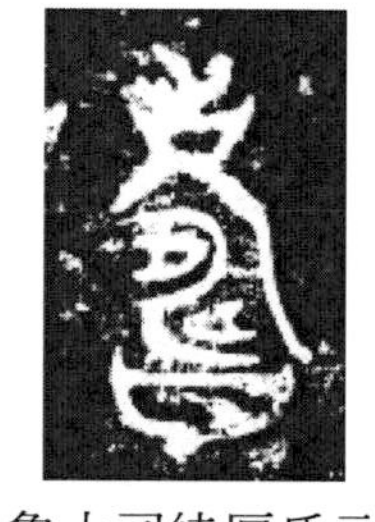 魯大司徒厚氏元簠蓋 春秋早 4690.1  魯大司徒厚氏元簠 春秋早 4690.2	 鑄子叔黑臣簠 春秋早 4571.1 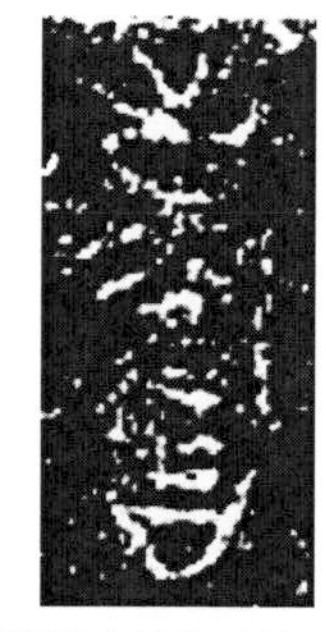 鑄子叔黑臣簠 春秋早 4571.2 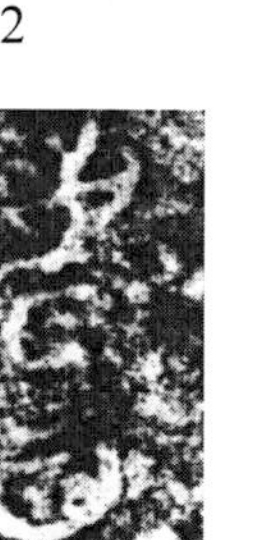 鼄叔豸父簠 春秋早 4592	 鑄子叔黑臣簠蓋 春秋早 4570.1 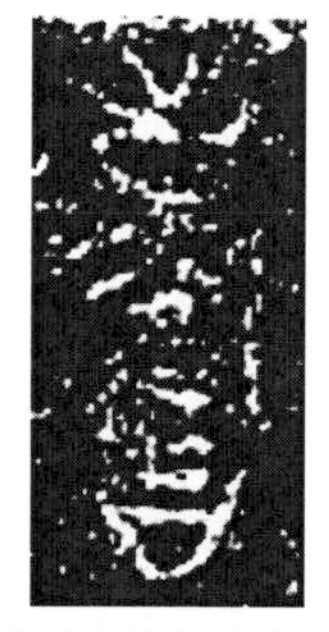 鑄子叔黑臣簠 春秋早 4570.2  鑄公簠蓋 春秋早 4574

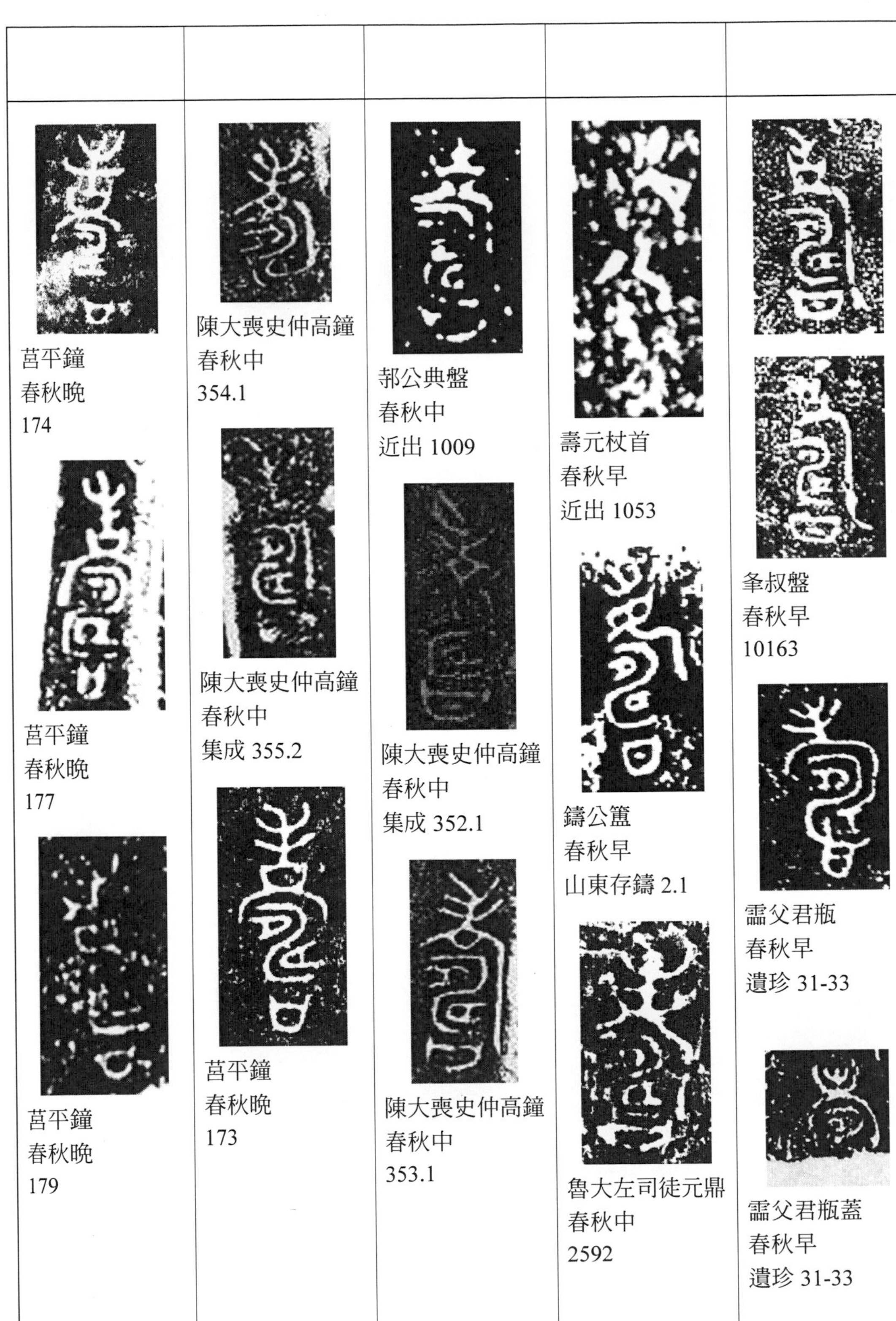

莒平鐘 春秋晚 174	陳大喪史仲高鐘 春秋中 354.1	郚公典盤 春秋中 近出 1009	壽元杖首 春秋早 近出 1053	夆叔盤 春秋早 10163
莒平鐘 春秋晚 177	陳大喪史仲高鐘 春秋中 集成 355.2	陳大喪史仲高鐘 春秋中 集成 352.1	鑄公簠 春秋早 山東存鑄 2.1	霝父君瓶 春秋早 遺珍 31-33
莒平鐘 春秋晚 179	莒平鐘 春秋晚 173	陳大喪史仲高鐘 春秋中 353.1	魯大左司徒元鼎 春秋中 2592	霝父君瓶蓋 春秋早 遺珍 31-33

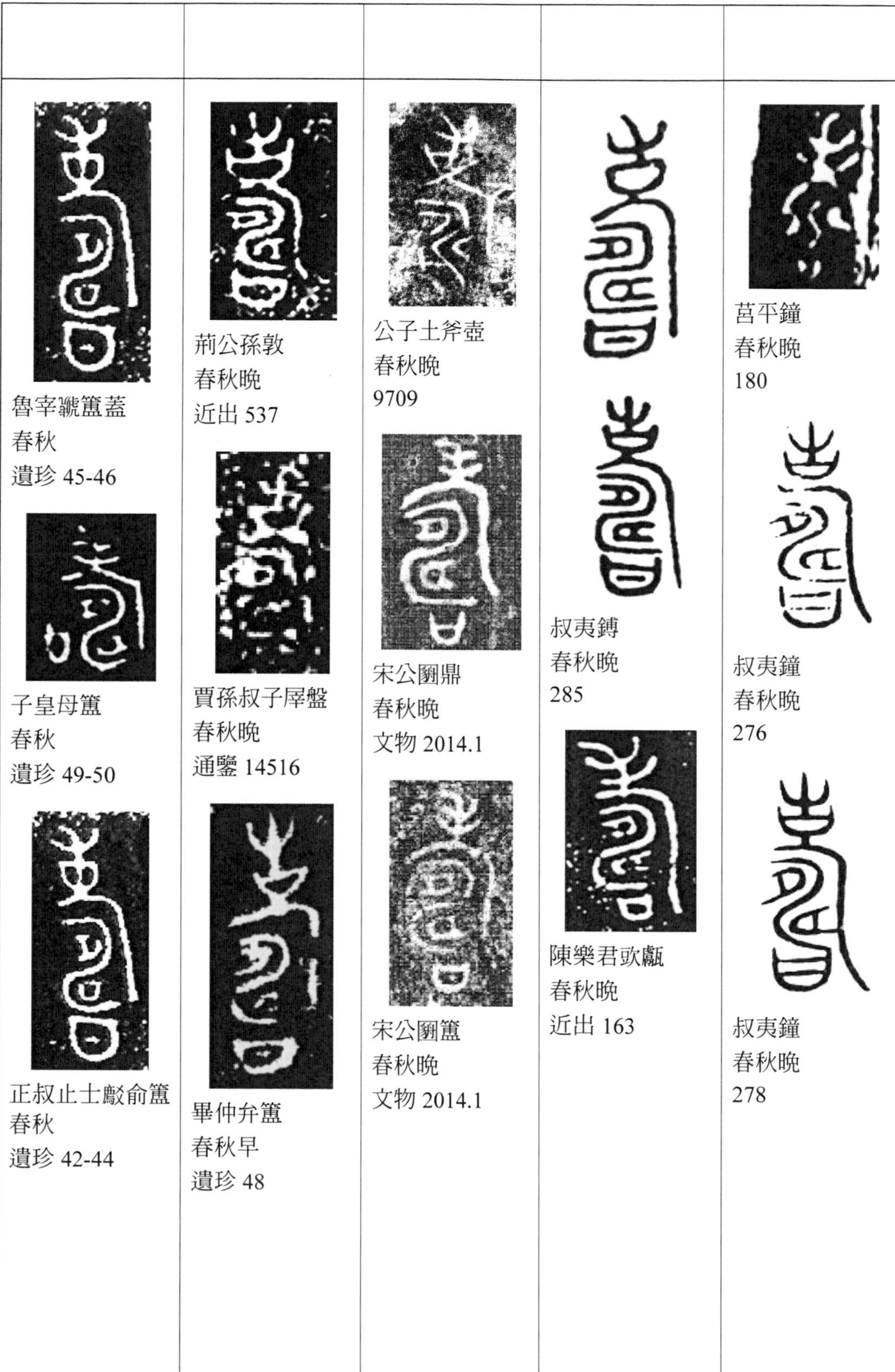

魯宰虢簠蓋 春秋 遺珍 45-46 子皇母簠 春秋 遺珍 49-50 正叔止士𩏩俞簠 春秋 遺珍 42-44	荊公孫敦 春秋晚 近出 537 賈孫叔子屖盤 春秋晚 通鑒 14516 畢仲弁簠 春秋早 遺珍 48	公子土斧壺 春秋晚 9709 宋公𫊸鼎 春秋晚 文物 2014.1 宋公𫊸簠 春秋晚 文物 2014.1	叔夷鎛 春秋晚 285 陳樂君𣪘甗 春秋晚 近出 163	莒平鐘 春秋晚 180 叔夷鐘 春秋晚 276 叔夷鐘 春秋晚 278

考 531

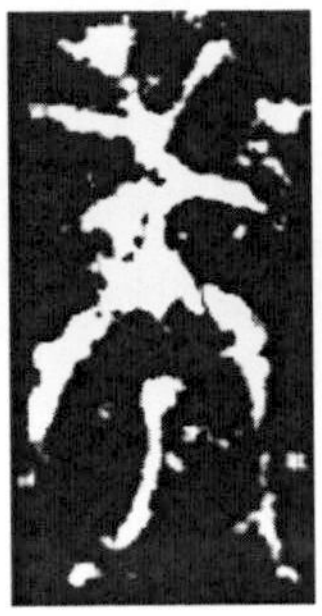

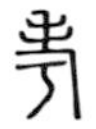				
斿鼎 西周早 2347	永祿休德鈹 春秋晚 山東成 903	濫盂 春秋 新浪網	夆叔匜 春秋 10282	鼄公子害簠 春秋早 遺珍 67
斿鼎 西周早 山東成 140	者斿故匜 周代 山東成 696	邳伯缶 戰國早 10006	黃太子伯克盆 春秋 10338	鼄公子害簠蓋 春秋早 遺珍 67
伯口卣 西周早 5393		邳伯缶 戰國早 10007		郳公子害簠 春秋 遺珍 67

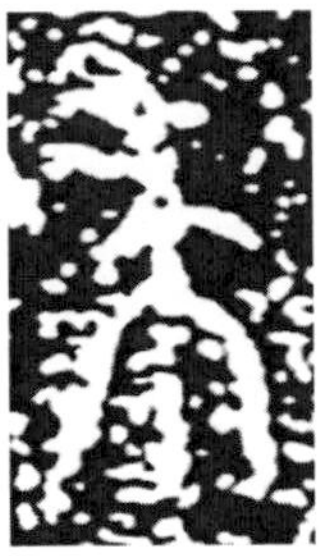

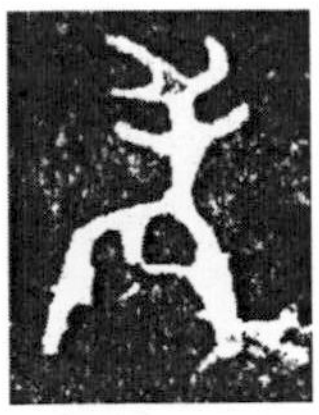

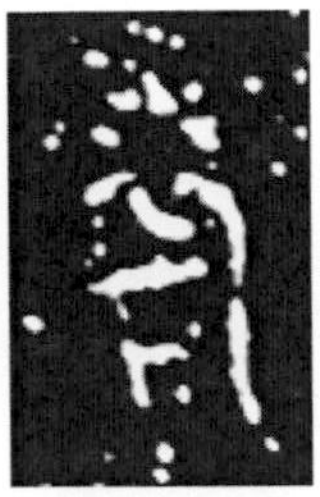

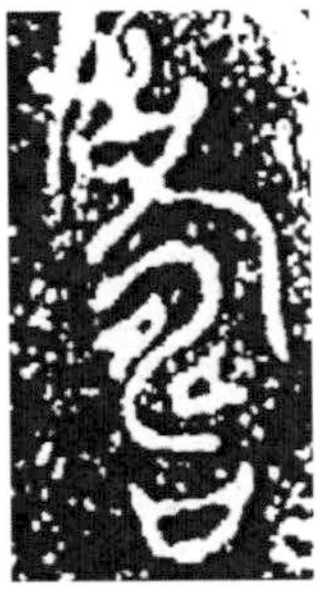

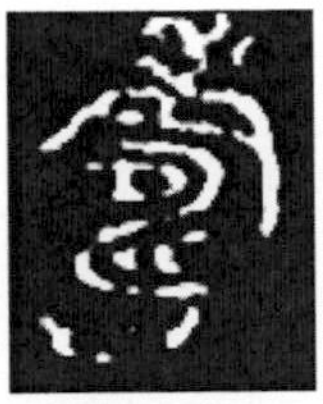

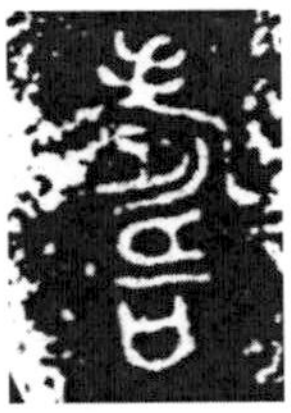

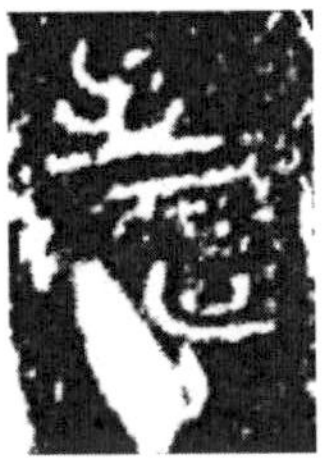

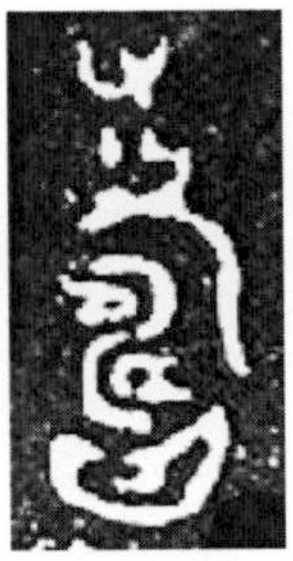

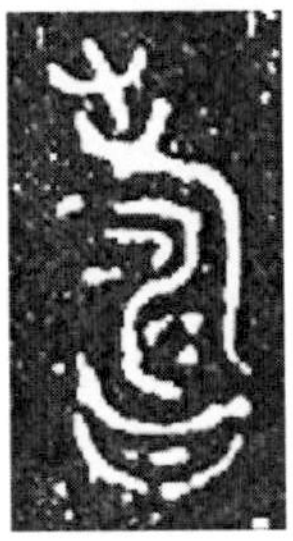

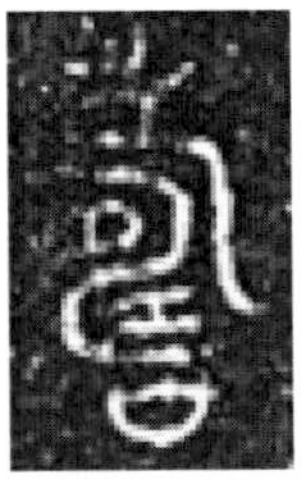

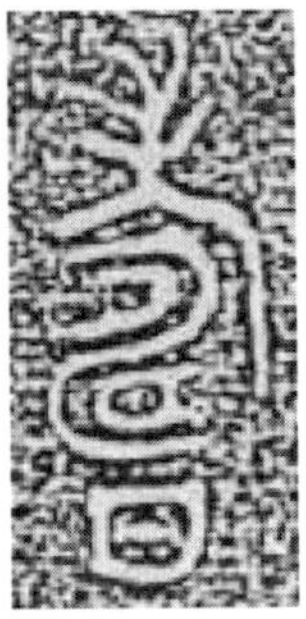

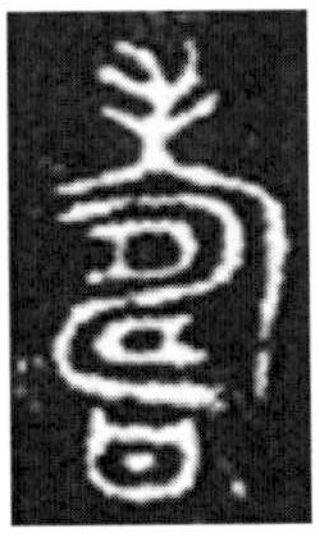

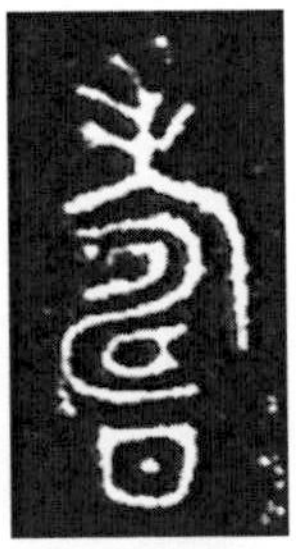

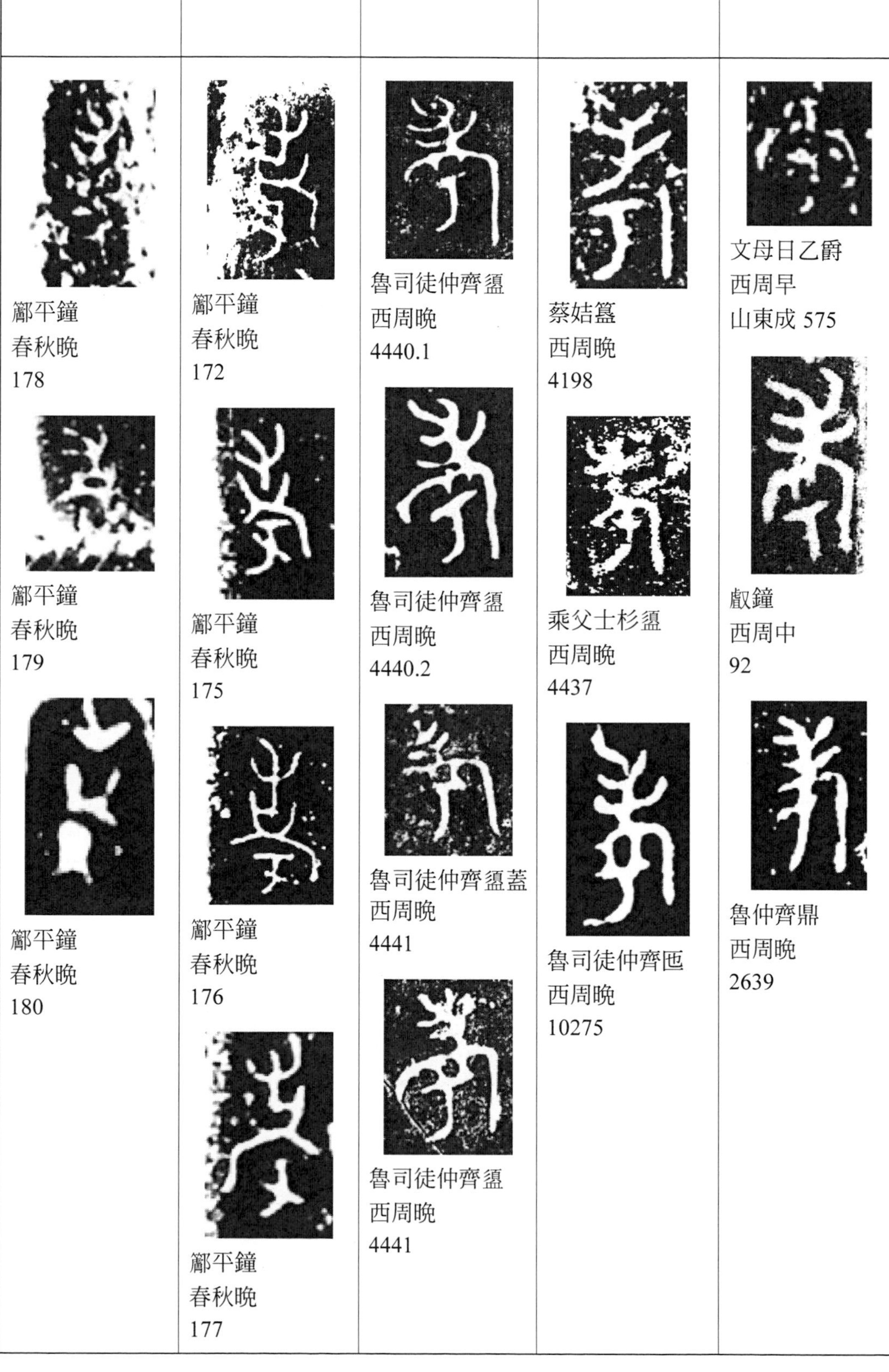

鄘平鐘 春秋晚 178	鄘平鐘 春秋晚 172	魯司徒仲齊盨 西周晚 4440.1	蔡姞簋 西周晚 4198	文母日乙爵 西周早 山東成 575
鄘平鐘 春秋晚 179	鄘平鐘 春秋晚 175	魯司徒仲齊盨 西周晚 4440.2	乘父士杉盨 西周晚 4437	叡鐘 西周中 92
鄘平鐘 春秋晚 180	鄘平鐘 春秋晚 176	魯司徒仲齊盨蓋 西周晚 4441	魯司徒仲齊匜 西周晚 10275	魯仲齊鼎 西周晚 2639
	鄘平鐘 春秋晚 177	魯司徒仲齊盨 西周晚 4441		

孝 532

		 𦒱		
 郜遣簋 春秋早 4040·1   魯伯愈盨 春秋早 4458	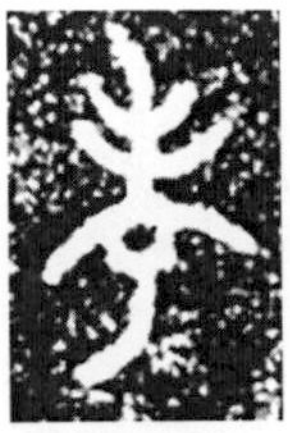 上曾太子鼎 春秋早 2750 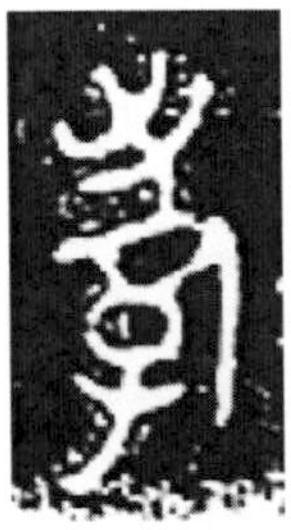 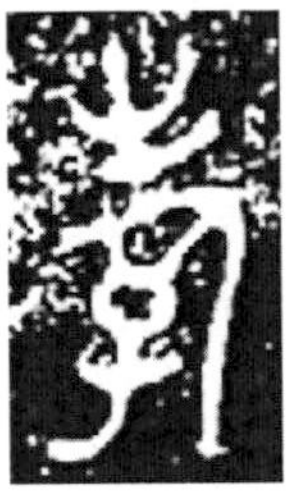 魯伯愈盨蓋 春秋早 4458	 𪒠鐘 西周中 88  𪒠鐘 西周中 89  𪒠鐘 西周中 90	 叔夷鐘 春秋晚 278  司馬楙編鎛 戰國 山東成 105  司馬楙編鎛 戰國 山東成 107	 叔夷鐘 春秋晚 276   叔夷鎛 春秋晚 285

𡰥534 耆533

		𡰥		
  叔夷鐘 春秋晚 273	  叔夷鐘 春秋晚 272	 旅鼎 西周早 2728	 滕侯耆戈 春秋晚 11077	 邿遣簋 春秋早 4040・2  邿遣簋 春秋早 通鑒 5277  筥平壺 春秋晚 新收 1088  莒大叔壺 春秋晚 近出二 876

叔夷鎛 春秋晚 285		叔夷鐘 春秋晚 275	叔夷鐘 春秋晚 276 叔夷鐘 春秋晚 279	叔夷鐘 春秋晚 274

舟 539	肩 538	屍 537	犀 536	屍 535
亞秋舟爵 商晚 8782  舟父戊爵 西周早 9012 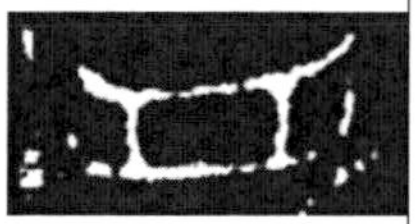 舟父戊爵 西周早 9013	 廔尿節 戰國 12088  遹甗 西周中 948	  楚高缶 戰國 9989   楚高缶 戰國 9990	 賈孫叔子犀盤 春秋晚 通鑒 14516  叔夷鐘 春秋晚 277  叔夷鎛 春秋晚 285	 摹本 丁之十耳杯 戰國晚 新收 1079  少司馬耳杯 戰國晚 新收 1080

朕 541　　兪 540

朕 541				兪 540
單簋 西周晚 近出 452 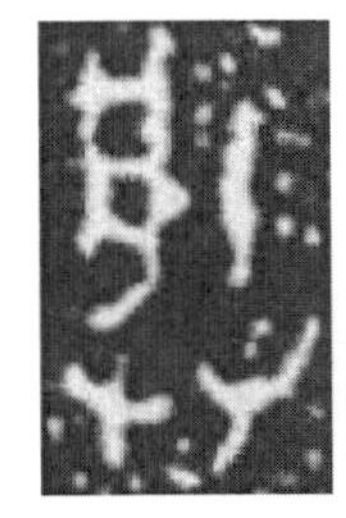 單簋 西周晚 近出二 407  魯侯簠 西周晚或春秋早 近出 518 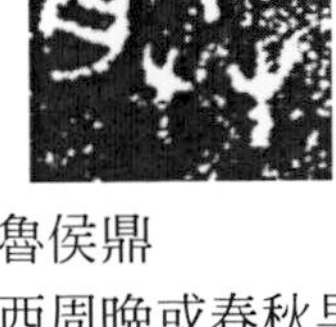 魯侯鼎 西周晚或春秋早 近出 324	 魯伯愈父盤 西周晚 10114  魯伯愈父盤 西周晚 10113 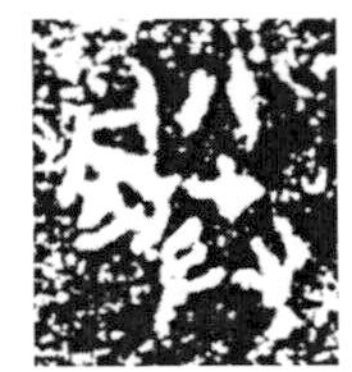 魯伯愈父盤 西周晚 10115  不嬰簋 西周晚 4328	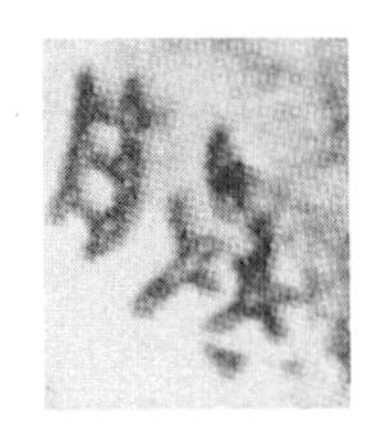 叔尊 西周早 新出金文與西周歷史 8 頁圖二.1  鈇仲簠 西周晚 4534  伯𪒠父盤 西周晚 10103 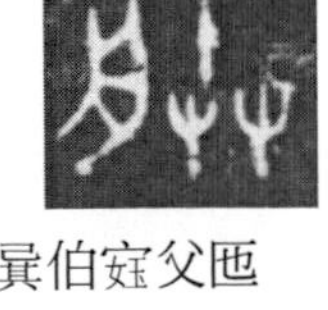 㠱伯[illegible]父匜 西周晚 10211	 司馬南叔匜 西周晚 10241 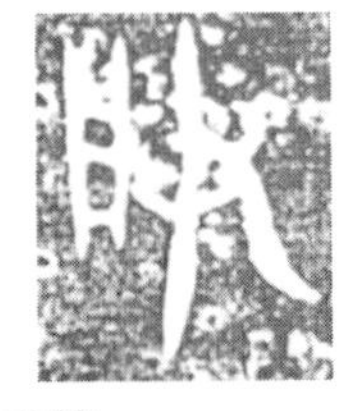 𩰫簋 西周早 國博館刊 2012.1 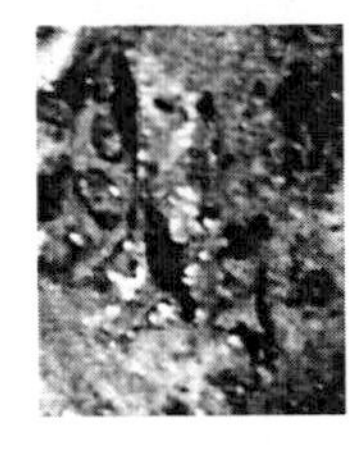 叔卣內底 西周早 新出金文與西周歷史 9 頁圖二.4	 小臣俞犀尊 商晚 5990  俞伯尊 西周早 5849  不嬰簋 西周晚 4328  正叔止士𠭯俞簠 春秋早 遺珍 42-44

 陳侯壺 春秋早 9633.2  陳侯壺蓋 春秋早 9634.1 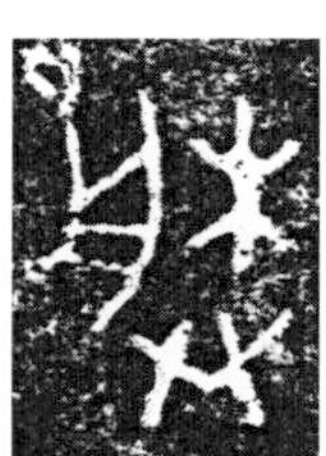 陳侯壺 春秋早 9634.2	 魯伯者父盤 春秋早 10087  魯伯愈父匜 春秋早 10244  陳侯壺蓋 春秋早 9633.1	 邾友父鬲 春秋早 圖像集成 2939 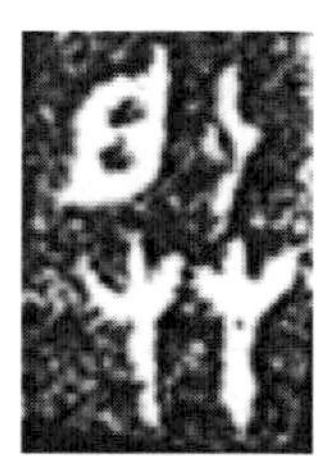 邾友父鬲 春秋早 圖像集成 2941 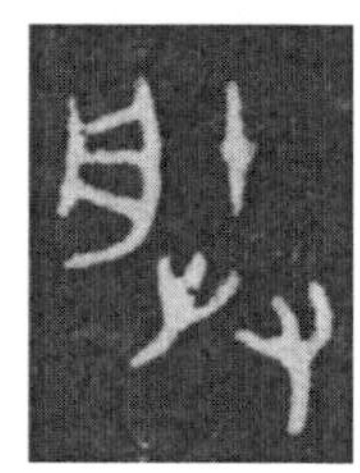 鑄公簠蓋 春秋早 4574	 魯伯愈父鬲 春秋早 693  魯伯愈父鬲 春秋早 694  魯伯愈父鬲 春秋早 695  邾友父鬲 春秋早 遺珍 29-30	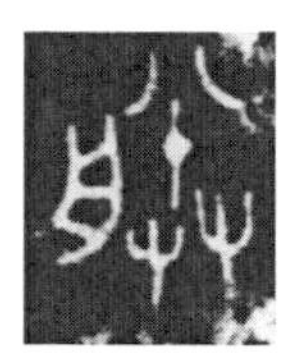 紀伯子婝父盤 西周晚 10081  魯伯愈父鬲 春秋早 690  魯伯愈父鬲 春秋早 691  魯伯愈父鬲 春秋早 692

兒 546	方 545	服 544	般 543	肆 542
余購遜兒鐘 春秋晚 183 者兒戈 古研 23 輯 98 頁	小臣俞犀尊 商晚 5990 𠦪盉 商晚 近出二 833 𠦪盉 西周早 滕墓上 303 頁圖 218 不嬰簋 西周晚 4328	[illegible]簋 西周早 國博館刊 2012.1	上曾太子鼎 春秋早 2750 （槃字重見）	[illegible]伯鼎 西周中 2460

暜 549		兄 548	允 547	
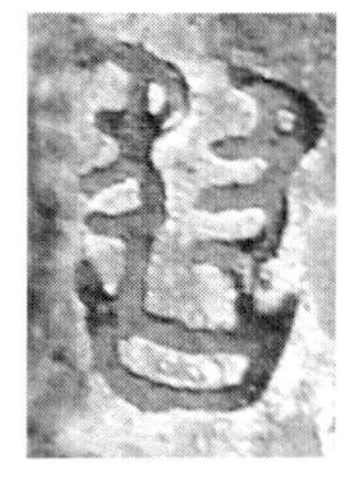 叔卣內底 西周早 新出金文與西周歷史 9 頁圖二.4 卷五重出 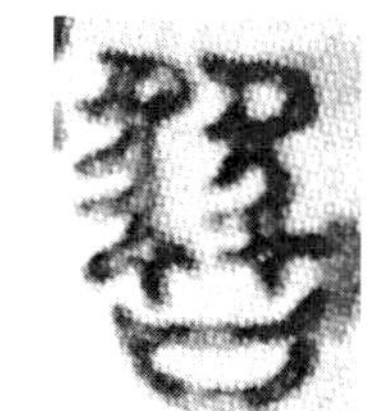 叔尊 西周早 新出金文與西周史 8 頁圖二.1	 余贎徲兒鐘 春秋晚 183 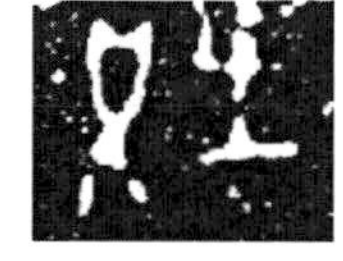 郜召簠 西周晚 近出 526 按：加注「㞷」聲。 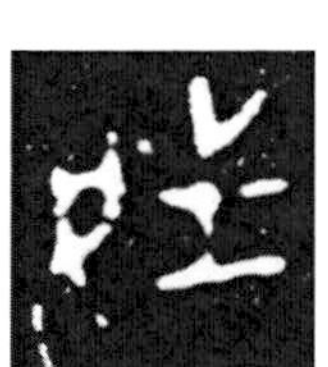 郜召簠蓋 西周晚 近出 526	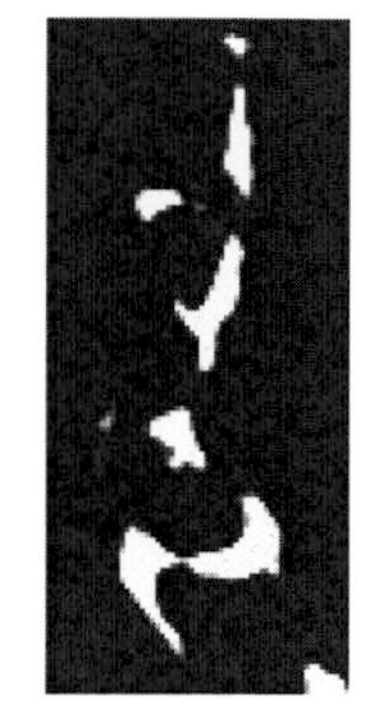 癸兄婦囗尊 西周早 滕墓上 272 頁圖 194.2  丁兄簋 西周早 國博館刊 2012 蔡姞簋 西周晚 4198	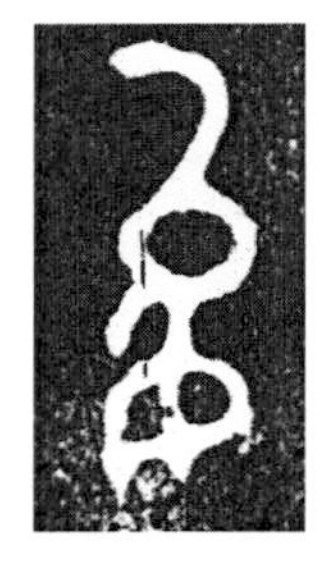 不其簋 西周晚 4328	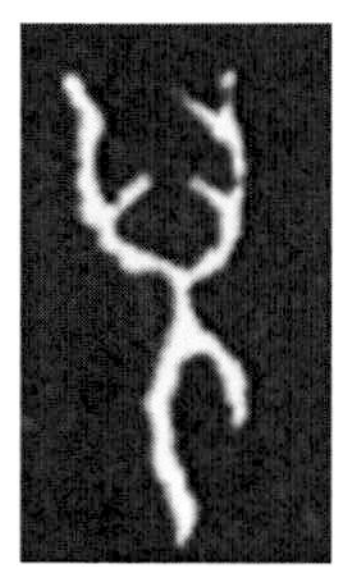 倪慶鬲 春秋早 圖像集成 2866 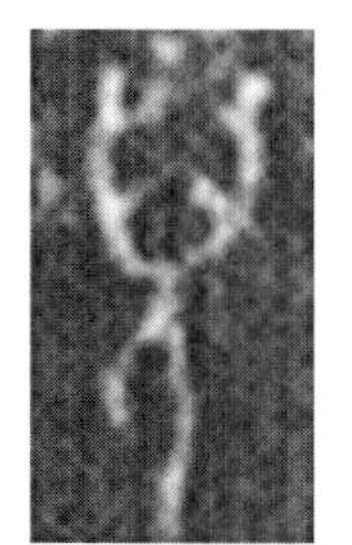 倪慶鬲 春秋早 圖像集成 2867 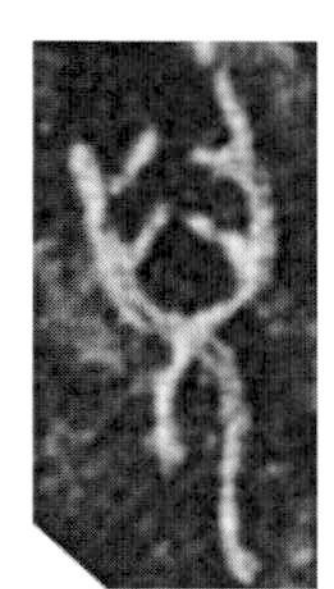 倪慶鬲 春秋早 圖像集成 2868

尋553	親 552	見 551		先 550

 子禾子釜 戰國 10374	 瘃戈 春秋 近出 1149	 曾爵 商晚 滕州墓 256 頁  曾觚 商晚 海岱 169.1	  叔夷鎛 春秋晚 285	 叔夷鐘 春秋晚 272  叔夷鐘 春秋晚 275

歙555 歃 554

			𩡧	
			魯大司徒厚氏元盂 春秋早 10316 佫侯慶鼎 春秋早 近出 290	陳樂君歃甗 春秋晚 近出 163

山東出土金文編　卷九

顯 556

乘父士杉盨 西周晚 4437 魯司徒仲齊盨 西周晚 4441 㠱伯子⿰女庭父盨蓋 西周晚 4442	鑄子叔黑臣簠 西周晚 3944 魯司徒仲齊匜 西周晚 10275 魯司徒仲齊盨蓋 西周晚 4441	魯司徒仲齊盨 西周晚 4440 者僕故匜 西周晚 山東成 696 不嬰簋 西周晚 4328	魯仲齊鼎 西周晚 2639 蔡姞簋 西周晚 4198 魯仲齊甗 西周晚 939	郜仲簠 西周中晚 新收 1046 郜仲簠蓋 西周中晚 新收 1045 郜仲簠 西周中晚 新收 1045

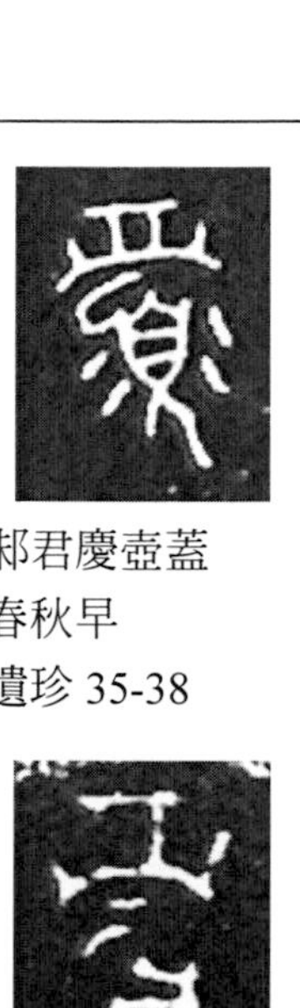 郳君慶壺蓋 春秋早 遺珍 35-38  鼄公子害簠 春秋早 遺珍 67 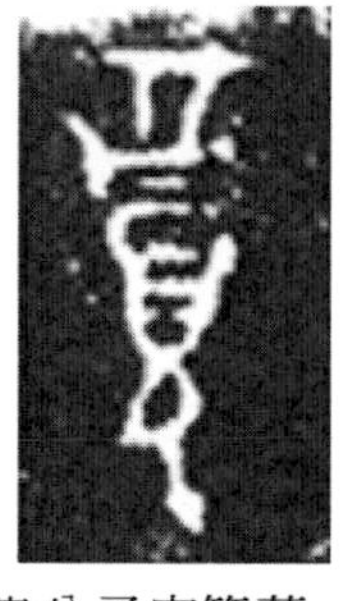 鼄公子害簠蓋 春秋早 遺珍 67	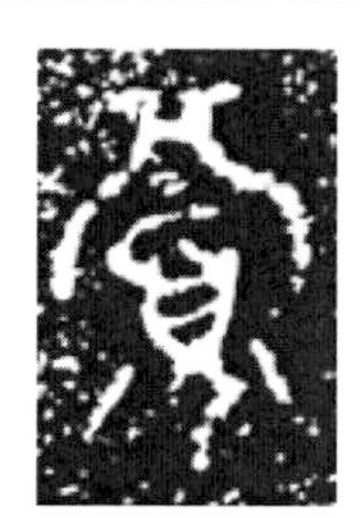 魯侯鼎 西周晚或春秋早 近出 324  伯鼎 春秋早 2602 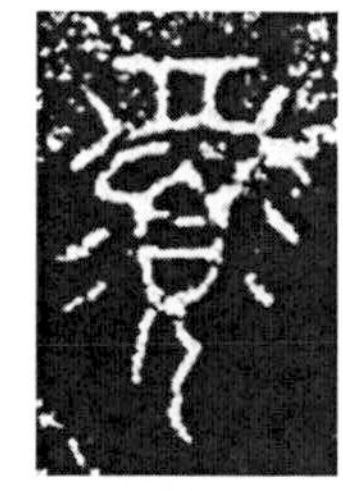 郳君慶壺 春秋早 遺珍 35-38	 弗敏父鼎 春秋早 2589  杞伯每亡鼎 西周晚或春秋早 2642 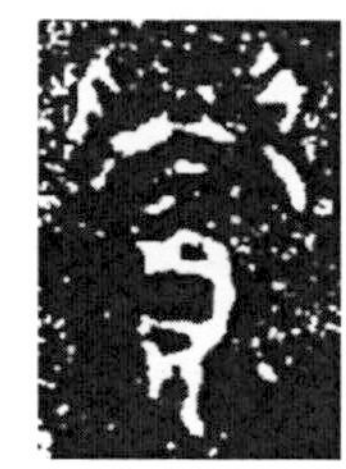 魯侯簠 西周晚或春秋早 近出 518	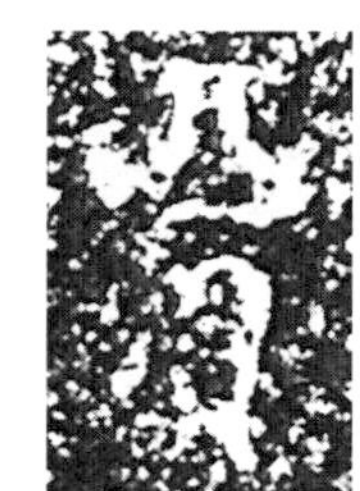 曩伯子庭父盨 西周晚 4444.1  曩伯子庭父盨 西周晚 4445・1 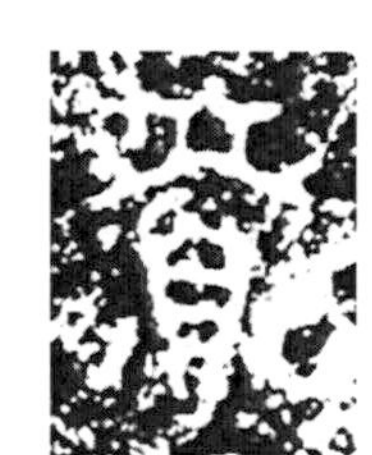 曩伯子庭父盨 西周晚 4445・2	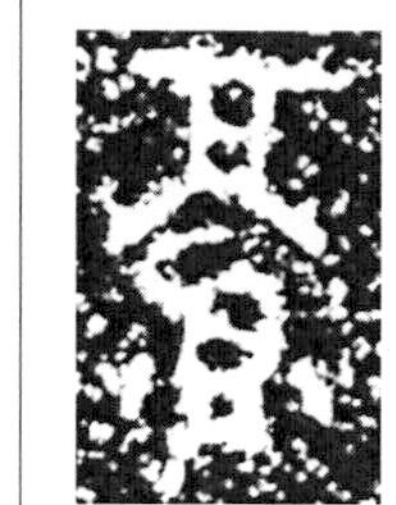 曩伯子庭父盨蓋 西周晚 4443 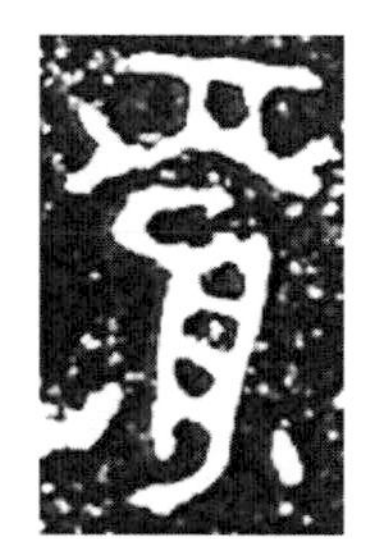 曩伯子庭父盨 西周晚 4443  曩伯子庭父盨 西周晚 4444.2

 鑄公簠蓋 春秋早 4574  夆叔盤 春秋早 10163  鑄子叔黑𦣞鼎 春秋早 2587	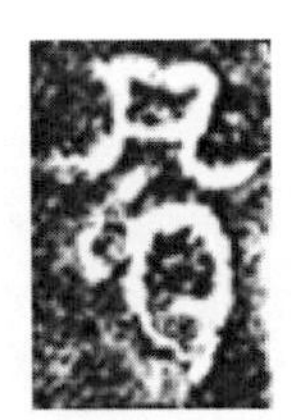 郳友父鬲 春秋早 圖像集成 2941 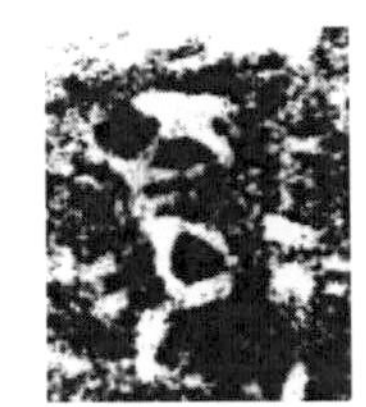 鼄叔豸父簠 春秋早 4592  鑄公簠 春秋早 山東存鑄 2.1	 魯伯大父簋 春秋早 3974  郳友父鬲 春秋早 遺珍 29-30 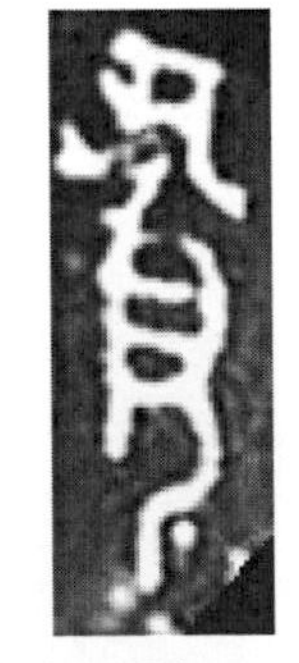 郳友父鬲 春秋早 圖像集成 2939	 畢仲弁簠 春秋早 遺珍 48  霝父君瓶 春秋早 遺珍 31-33  霝父君瓶蓋 春秋早 遺珍 31-33	 郳口伯鼎 春秋早 2640  郳口伯鼎 春秋早 2641 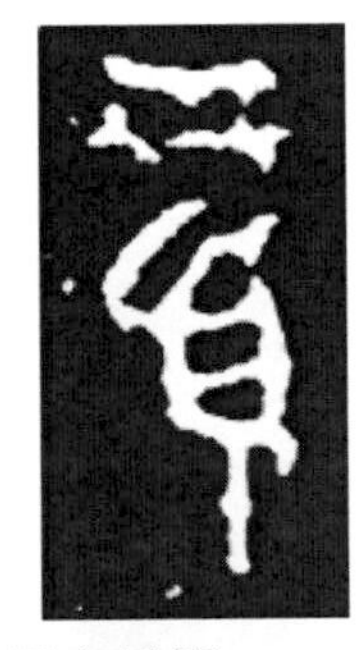 子皇母簠 春秋早 遺珍 49-50

 魯大司徒厚氏 元簠蓋 春秋早 4691  曹伯狄簋 春秋早 4019  鄩甘辜鼎 春秋早 新收 1091	 魯大司徒厚氏元 簠 春秋早 4690.2 魯大司徒厚氏 元簠蓋 春秋早 4690.1  魯大司徒厚氏 元簠 春秋早 4691	 魯伯愈盨 春秋早 4458  魯伯愈盨蓋 春秋早 4458  魯大司徒厚氏元 簠 春秋早 4689	 鑄子叔黑叵簠 春秋早 4571.1  杞伯每亡壺 春秋早 9688 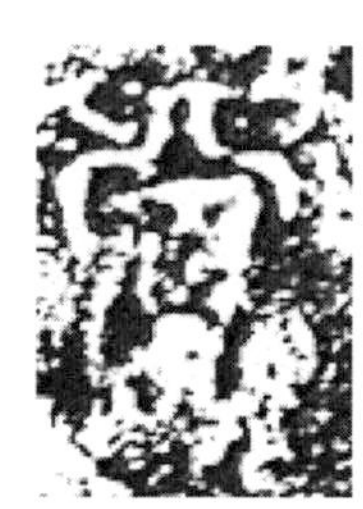 魯大司徒厚氏 元盂 春秋早 10316	 鑄子叔黑叵簠蓋 春秋早 4570・1 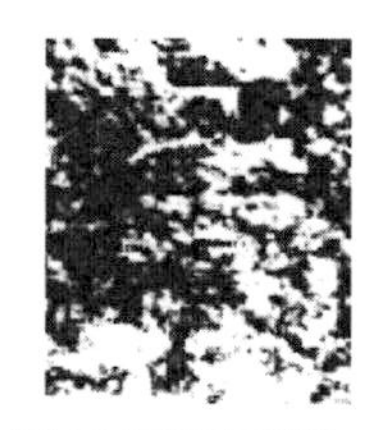 鑄子叔黑叵簠 春秋早 4570.2  鑄子叔黑叵簠 春秋早 4571.2

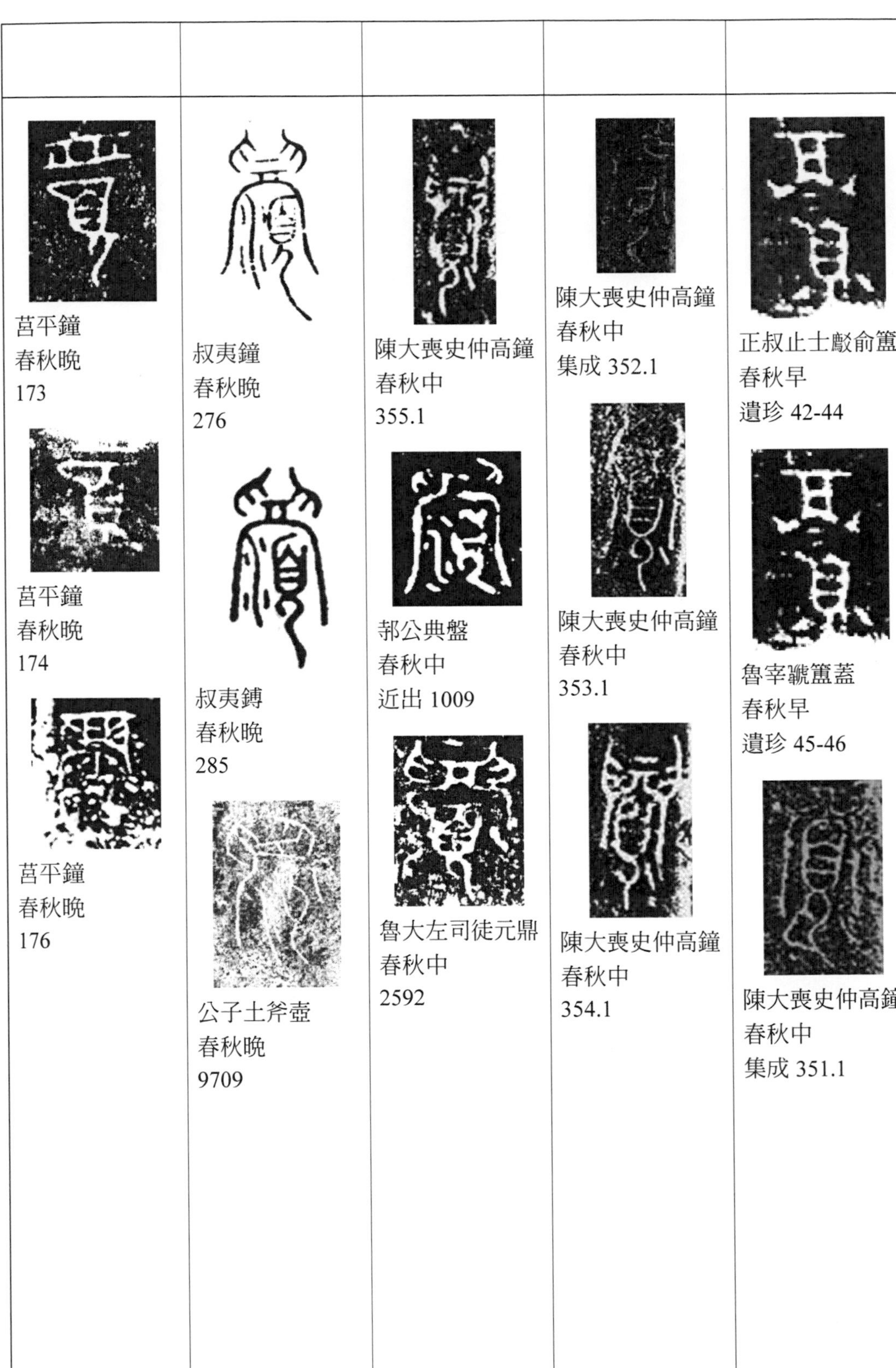

莒平鐘
春秋晚
173

莒平鐘
春秋晚
174

莒平鐘
春秋晚
176

叔夷鐘
春秋晚
276

叔夷鎛
春秋晚
285

公子土斧壺
春秋晚
9709

陳大喪史仲高鐘
春秋中
355.1

郜公典盤
春秋中
近出 1009

魯大左司徒元鼎
春秋中
2592

陳大喪史仲高鐘
春秋中
集成 352.1

陳大喪史仲高鐘
春秋中
353.1

陳大喪史仲高鐘
春秋中
354.1

正叔止士戱俞簠
春秋早
遺珍 42-44

魯宰虢簠蓋
春秋早
遺珍 45-46

陳大喪史仲高鐘
春秋中
集成 351.1

順 557

從竟，林澐釋。 啓卣 西周早 5410.1	邳伯缶 戰國早 10007	濫盂 春秋 新浪網	宋公固鼎 春秋晚 文物 2014.1	莒平鐘 春秋晚 177
啓卣 西周早 5410.2	者斿故匜 周代 山東成 696	黄太子伯克盆 春秋 10338	宋公固簠 春秋晚 文物 2014.1	莒平鐘 春秋晚 178
		邳伯缶 戰國早 10006	夆叔匜 春秋 10282	莒平鐘 春秋晚 180

首 560			顯 559	頪 558

  不嬰簋蓋 西周晚 4329  郜公典盤 春秋中 近出 1009  叔夷鐘 春秋晚 273	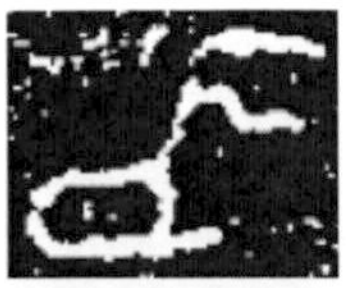 㚔盉 商晚 近出二 833  戲鐘 西周中 92  引簋 西周中晚 海岱 37.6   不嬰簋 西周晚 4328	 叔夷鐘 春秋晚 283   叔夷鎛 春秋晚 285 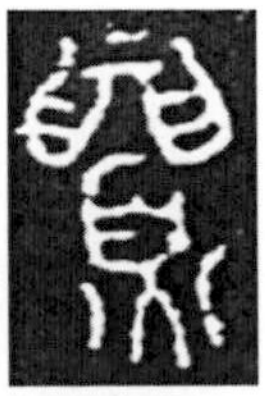 陳樂君歌甗 春秋晚 近出 163	 戲鐘 西周中 92  叔夷鐘 春秋晚 275  叔夷鐘 春秋晚 276	 叔夷鐘 春秋晚 277  叔夷鎛 春秋晚 285

靧 563　縣 562　䜭561

	 縣		 䜭	
 殳季良父壺 西周 9713 䁃靧，讀爲婚媾。	 叔夷鐘 春秋晚 273  叔夷鎛 春秋晚 285	 叔夷鐘 春秋晚 282   叔夷鎛 春秋晚 285	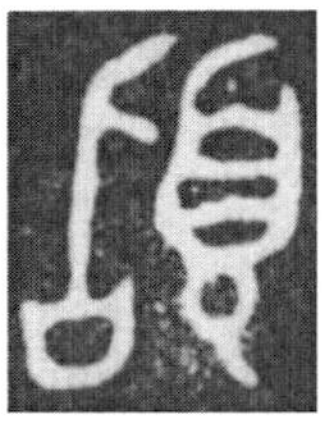 不嬰簋 西周晚 4328  叔夷鐘 春秋晚 273	 叔夷鐘 春秋晚 282  叔夷鐘 春秋晚 275 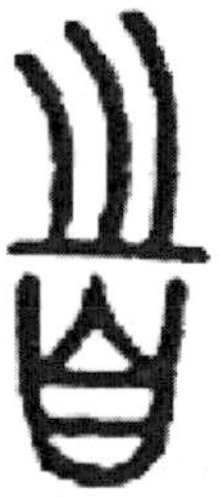  叔夷鎛 春秋晚 285

文 564

文

婦闖罍蓋
商
9820

[illegible]婦闖斝
商
總集 4342

仲子觥
商或西周早
9298.1

仲子觥
商或西周早
9298.2

文母日乙爵
西周早
山東成 575

伯口卣
西周早
5393

斿鼎
西周早
山東成 140

斿鼎
西周早
2347

服方尊
西周中
總集 4845

豐卣
西周中
考古 2010.8

觳鐘
西周中
92

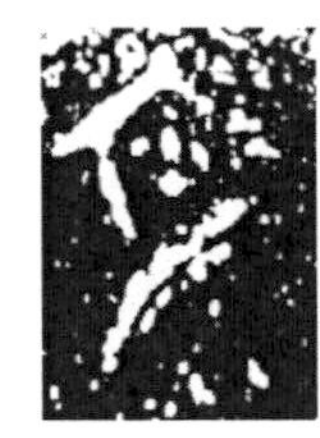
口邵爵
西周
山東成 575

滕侯盨
春秋早
遺珍 99 頁

司 565

司

右司工錛
西周早
新收 1125

叔夷鐘
春秋晚
275

叔夷鎛
春秋晚
285

卿 569	⿹𠃌台 568		令 567	詞 566
叔夷鐘 春秋晚 274 叔夷鎛 春秋晚 285	莒平鐘 春秋晚 172 莒平鐘 春秋晚 175 莒平鐘 春秋晚 177 莒平鐘 春秋晚 180	⿱夆鬲簋 西周早 國博館刊 2012.1 不其簋 西周晚 4328 蔡姞簋 西周晚 4198	大保簋 西周早 4140 ⿱夆鬲鼎 西周早 國博館刊 2012.1	少司馬耳杯 戰國晚 新收 1080 司馬楙編鎛 戰國 山東成 106 十年洱陽令戈 戰國 近出 1195

敬 573	苟 572	冢 571		辟 570
 敬	 苟	 冢		 辟
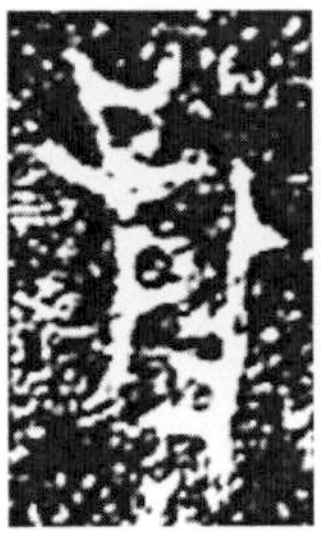 引簋 西周中晚 海岱 37.6  叔夷鐘 春秋晚 273  叔夷鐘 春秋晚 285	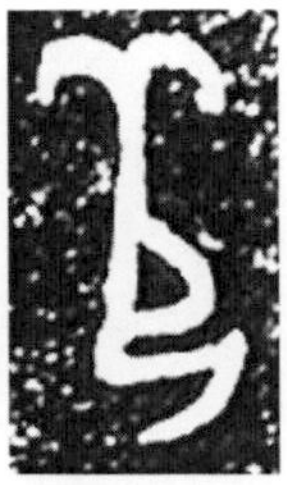 大保簋 西周早 4140	 少司馬耳杯 戰國晚 新收 1080 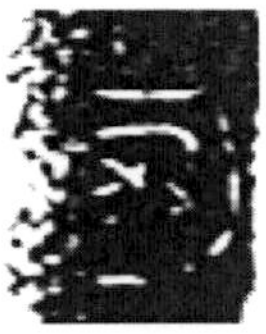  丁之十杯 戰國晚 近出 1047  陞冢龔戈 戰國晚 近出 1118	 子禾子釜 戰國中 10374   辟大夫虎符 戰國 12107	 叔夷鐘 春秋晚 273  叔夷鐘 春秋晚 275   叔夷鐘 春秋晚 285

庫 578	𩫖 577	府 576	山 575	畏 574
 庫	 𩫖	 府	 山	 畏
 郛州戈 春秋晚 11074  平陽左庫戈 春秋 11017 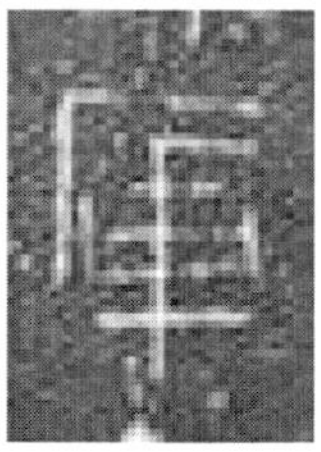 廿四年莒陽斧 戰國晚 近出 1244	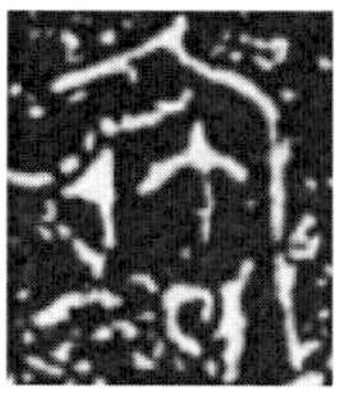 宋左大帀鼎 戰國 山東成 213	 弗敏父鼎 春秋早 2589	 啓作祖丁尊 西周早 5983  良山戈 西周早 山東成 762 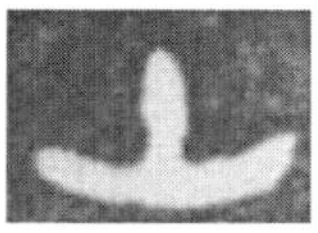 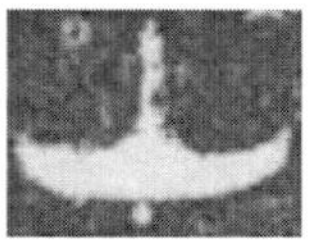 啓卣 西周早 5410.1 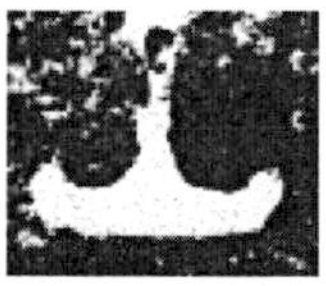  啓卣 西周早 5410.2	 叔夷鐘 春秋晚 272  叔夷鎛 春秋晚 285

⿸广疋 581　　庶 580　　廦 579

		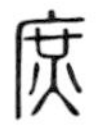	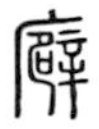	
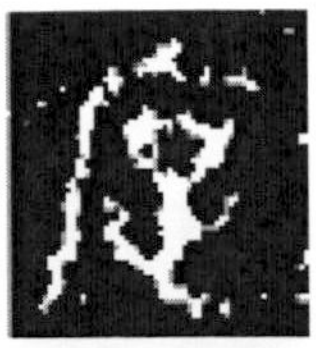 右⿸广疋之戈 中國歷史文物 2007（5）16 頁 圖三 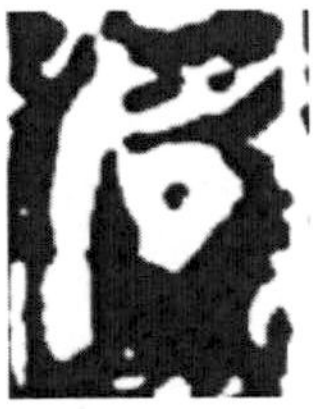 郗右⿸广疋戈 戰國晚 近出 1116 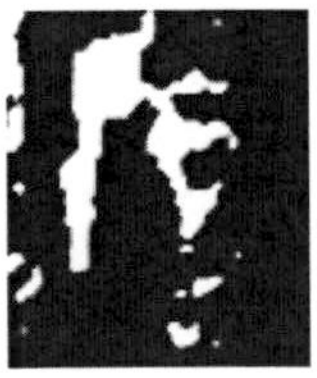 郗右⿸广疋戈 戰國 10997	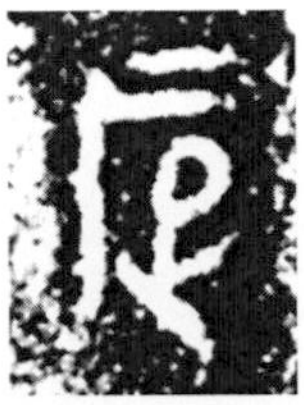 郳右⿸广疋戈 春秋 10969 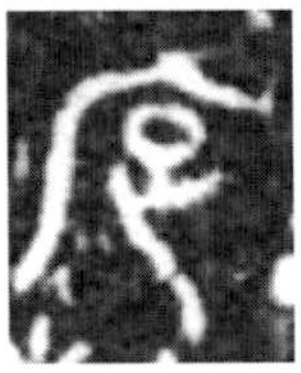 曹右⿸广疋戈 春秋 11070 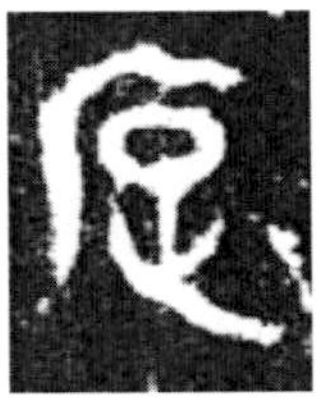 亳⿸广疋戈 春秋晚 11085	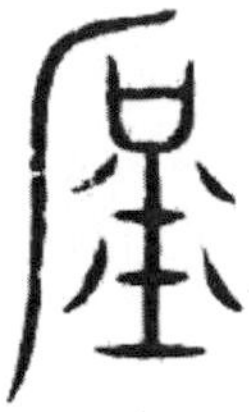 叔夷鐘 春秋晚 272 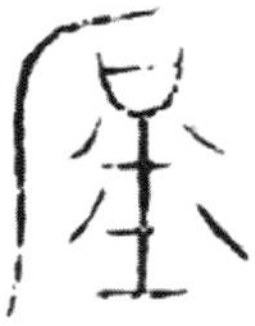 叔夷鐘 春秋晚 279 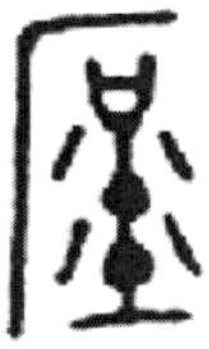 叔夷鎛 春秋晚 285	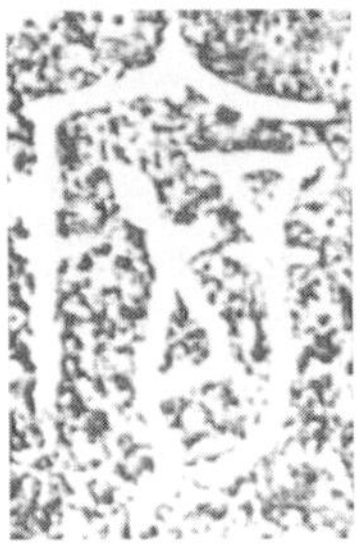 ⿱㚘鬲簋 西周早 國博館刊 2012.1	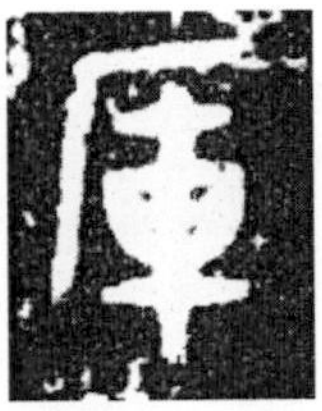 陰平劍 戰國 11609 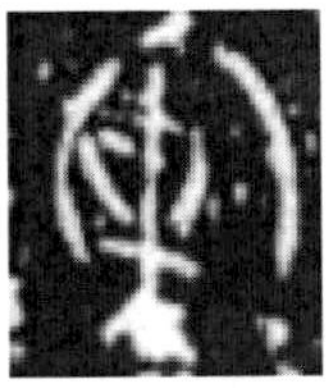 十年洱陽令戈 戰國 近出 1195 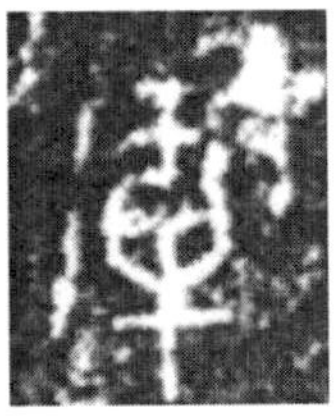 永世取庫干劍 戰國 新收 1500

勿 586	長 585	㕓 584	㝑 583	廣 582
郜公典盤 春秋中 近出 1009 鮑子鼎 春秋晚 中國歷史文物 2009.2	十年洱陽令戈 戰國 近出 1195	不嬰簋 西周晚 4328	㝑監鼎 西周早 近出 297	不嬰簋 西周晚 4328

而 588　昜 587

			而	昜
 叔夷鐘 春秋晚 281   子禾子釜 戰國中 10374	    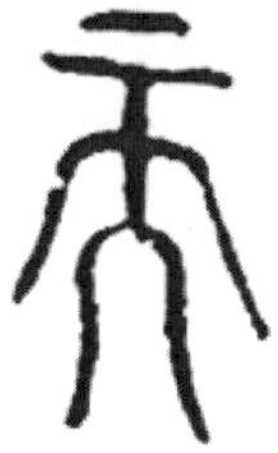 叔夷鎛 春秋晚 285	  叔夷鐘 春秋晚 277  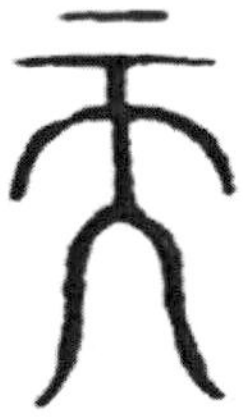 叔夷鐘 春秋晚 280	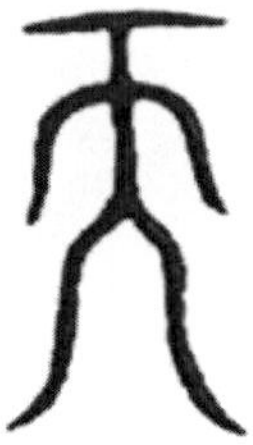 叔夷鐘 春秋晚 272  叔夷鐘 春秋晚 275  叔夷鐘 春秋晚 278	 宋公差戈 春秋晚 11289

	易 592	彖 591	絺 590	豖 589
  （董珊摹本） 叔卣蓋 西周早 古研 29 輯 311 頁圖四  旅鼎 西周早 2728	  小臣俞犀尊 商晚 5990 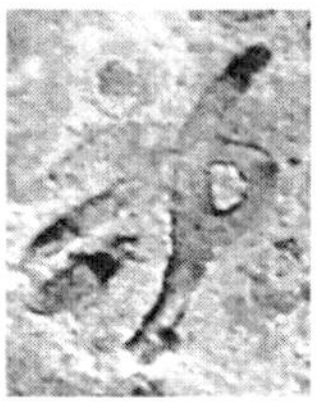 叔卣內底 西周早 新出金文與西周歷史 9 頁圖二.4  叔尊 西周早 新出金文與西周歷史 8 頁圖二.1	  叔夷鐘 春秋晚 272  叔夷鎛 春秋晚 285	 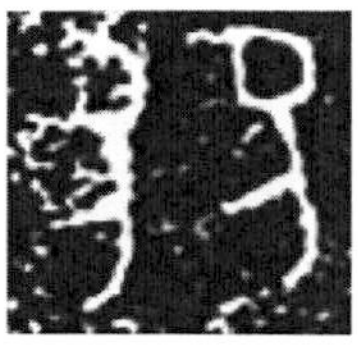 子絺父丁簋 西周早 3322	 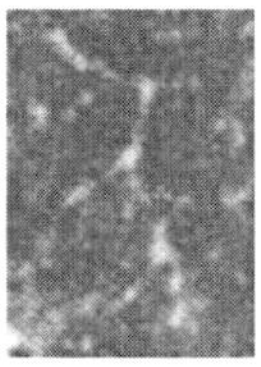 鴌鼎 西周早 國博館刊 2012.1

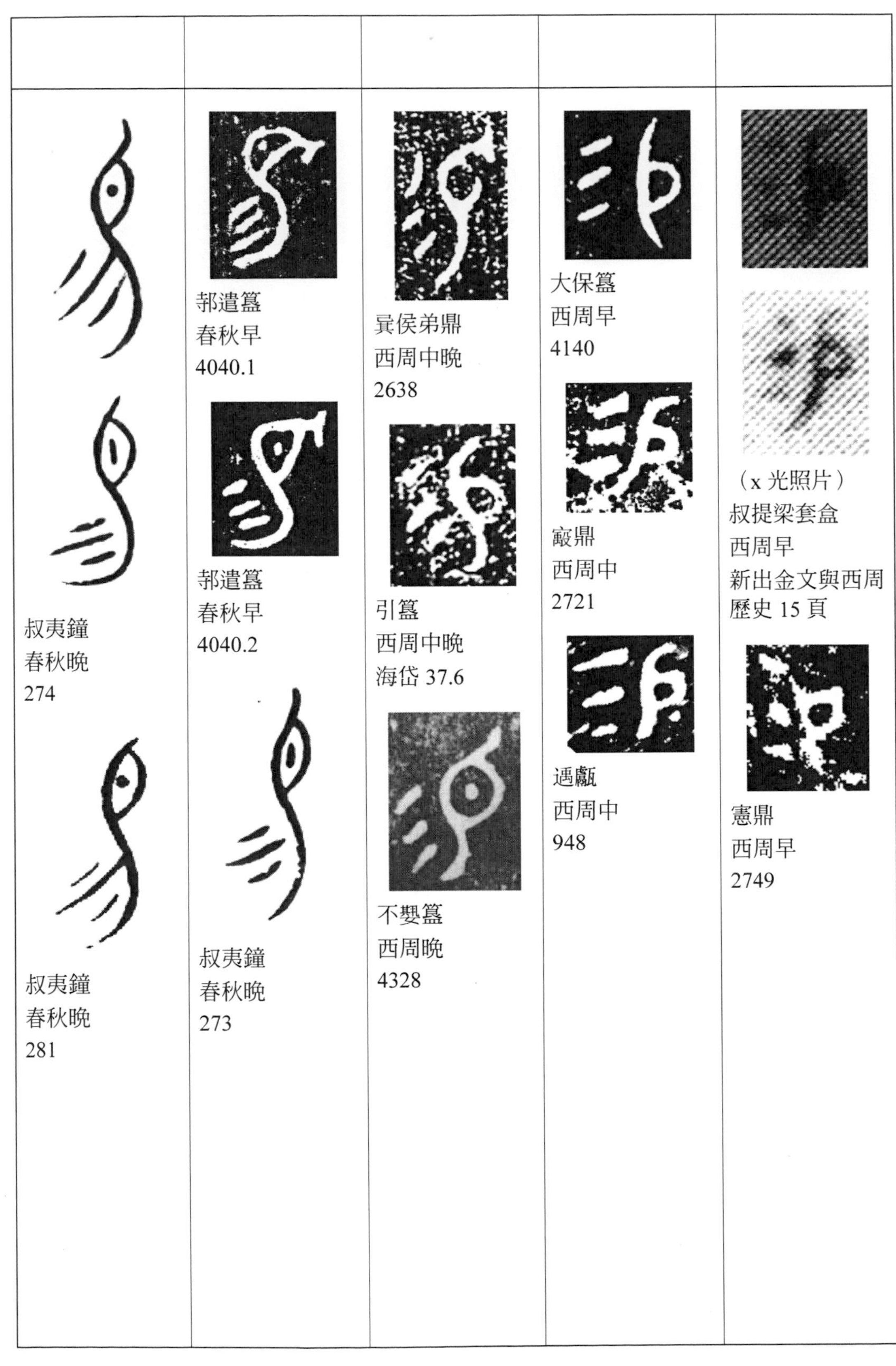
叔夷鐘 春秋晚 274
叔夷鐘 春秋晚 281
郜遣簋 春秋早 4040.1
郜遣簋 春秋早 4040.2
叔夷鐘 春秋晚 273
曩侯弟鼎 西周中晚 2638
引簋 西周中晚 海岱 37.6
不嬰簋 西周晚 4328
大保簋 西周早 4140
寂鼎 西周中 2721
遇甗 西周中 948
（x 光照片）
叔提梁套盒 西周早 新出金文與西周歷史 15 頁
憲鼎 西周早 2749

豫 593

		 𨽍		
		 郳州戈 春秋晚 11074	 叔夷鎛 春秋晚 285	 叔夷鐘 春秋晚 275  叔夷鐘 春秋晚 282

山東出土金文編　卷十

駟 596	駒 595			馬 594
 伯齍父盤 西周晚 10103   魯宰駟父鬲 春秋早 707 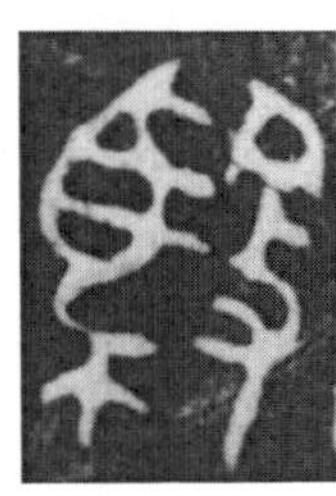 不其簋 西周晚 4328	 仲姜敦 戰國 山東成 437	 郳大司馬戈 春秋晚 11206  平陽高馬里戈 春秋晚 11156  少司馬耳杯 戰國晚 新收 1080	 司馬南叔匜 西周晚 10241  走馬薛仲赤簠 春秋早 4556  叔夷鐘 春秋晚 275  叔夷鎛 春秋晚 285	 揚方鼎 西周早 2613  叔尊 西周早 新出金文與西周史 8 頁圖二.1  叔卣 西周早 新出金文與西周史 8 頁圖二.4  引簋 西周中晚 海岱 37.6

獻 601	[illegible] 600	[illegible] 599	瀼 598	[illegible] 597
(小篆)	(小篆)		(小篆)	
魯仲齊甗 西周晚 939 不嬰簋 西周晚 4328 陳樂君歌甗 春秋晚 近出 163	[illegible]尿節 戰國 12088	史[illegible]簋 西周晚 山東成 377 史唏簋 西周晚 山東成 377	叔夷鐘 春秋晚 275 叔夷鎛 春秋晚 285 司馬楙編鎛 戰國 山東成 105	正叔止士[illegible]俞簋 春秋早 遺珍 42-44

光 606	能 605	⿰犭無 604	猶 603	狄 602
憲鼎 西周早 2749	  能奚方壺 西周早 1100	 鑄叔⿰犭無簠 春秋 海岱 90.10	 陳純釜 戰國 10371	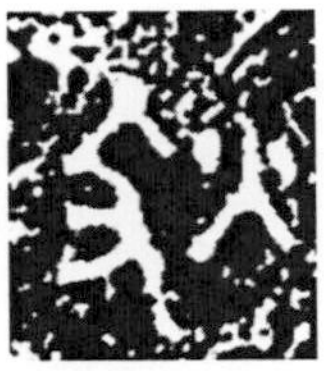 曹伯狄簋 春秋早 4019
叔夷鐘 春秋晚 275	叔夷鐘 春秋晚 274			
叔夷鎛 春秋晚 285	叔夷鎛 春秋晚 285			

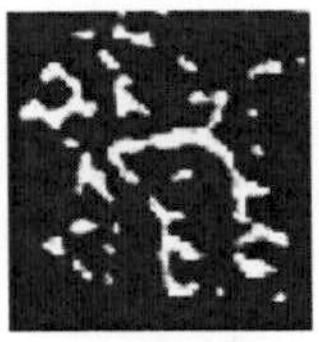

	黑 610	烕 609	[illegible]608	滅 607
	[seal script]			[seal script]
鑄子叔黑叵簠 春秋早 4570.2 鑄子叔黑叵簠蓋 春秋早 4570.1	鑄子叔黑叵簋 西周晚 3944 鑄子叔黑叵鬲 春秋早 735 鑄子叔黑叵鼎 春秋早 2587	曩侯弟鼎 西周晚 2638	鐘磬架銅構件 臨淄商王墓地 42-43 頁	子禾子釜 戰國中 10374

滕 613　赤 612　熒 611

滕侯簋 西周早 3670 滕侯盨 春秋早 遺珍 99 頁	吾作滕公鬲 西周早 565 滕侯方鼎 西周早 2154 滕侯方鼎蓋 西周早 2154	走馬薛仲赤簠 春秋早 4556 頌簋 西周晚 4334	榮鬥父辛觶蓋 商晚 新收 1165 榮鬥父辛觶 商晚 新收 1165 （榮字重見）	鑄子叔黑叵簠 春秋早 4571 鑄子叔黑叵簠蓋 春秋早 4571 叔黑叵匜 春秋早 10217

大 615　　熄 614

	大			
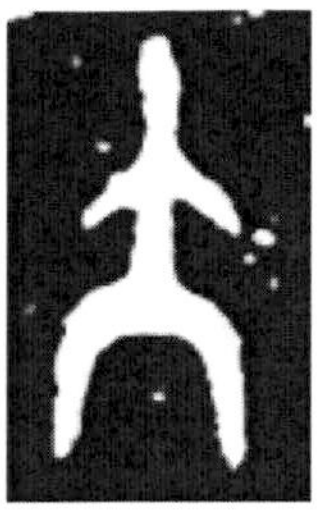 遣方鼎 西周早 2158  遣方鼎 西周早 2159 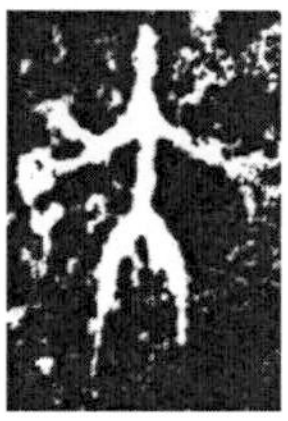 大史友甗 西周早 915	 亞醜者姛匜 商 總集 6815  大保方鼎 西周早 1735 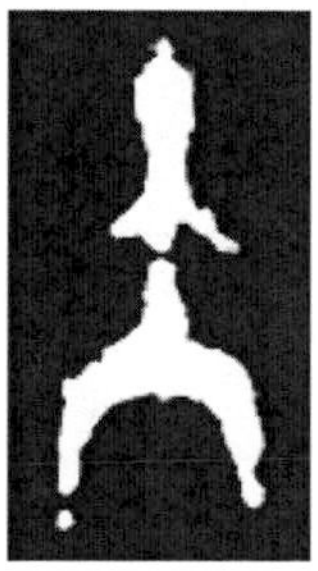 遣方鼎 西周早 2157	 濫公鼎 春秋晚 文物 2014.1	 司馬楙編鎛 戰國 山東成 104  司馬楙編鎛 戰國 山東成 105	 滕侯昃敦 春秋晚 4635  滕侯耆戈 春秋晚 11077  滕侯昃戈 春秋晚 11079

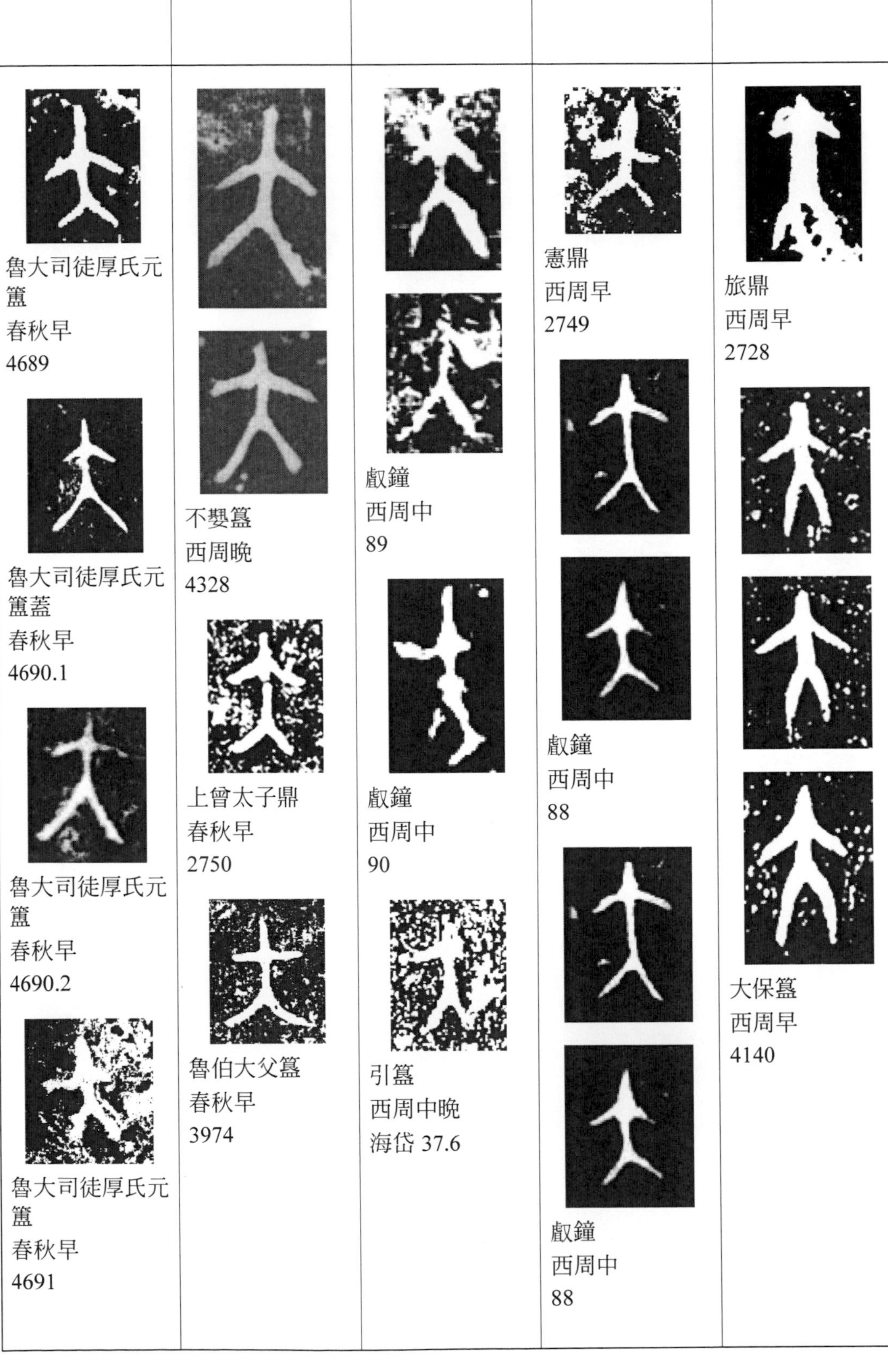

魯大司徒厚氏元簠 春秋早 4689	不嬰簋 西周晚 4328	叡鐘 西周中 89	憲鼎 西周早 2749	旅鼎 西周早 2728
魯大司徒厚氏元簠蓋 春秋早 4690.1	上曾太子鼎 春秋早 2750	叡鐘 西周中 90	叡鐘 西周中 88	大保簋 西周早 4140
魯大司徒厚氏元簠 春秋早 4690.2	魯伯大父簋 春秋早 3974	引簋 西周中晚 海岱 37.6	叡鐘 西周中 88	
魯大司徒厚氏元簠 春秋早 4691				

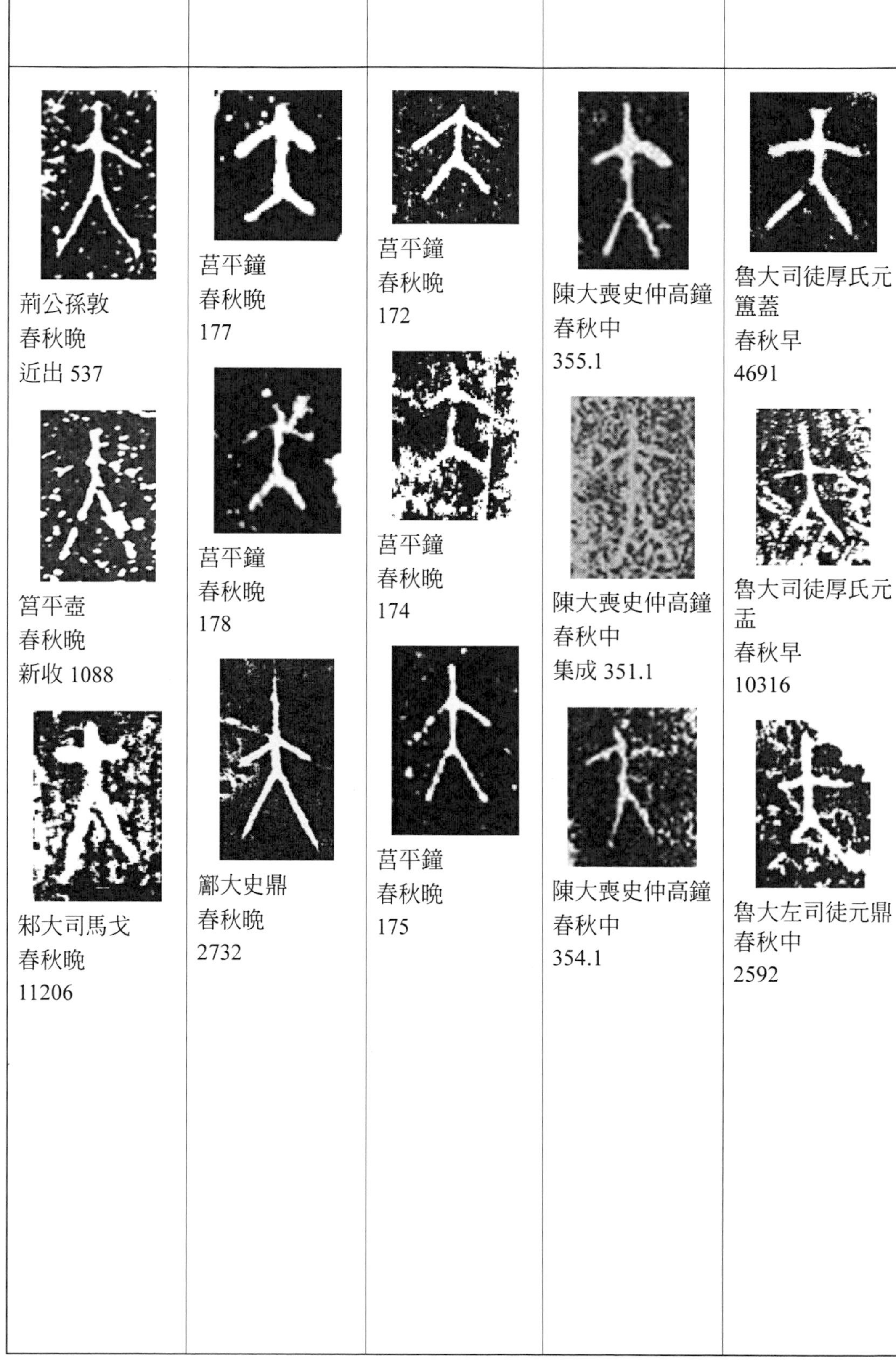

荊公孫敦 春秋晚 近出 537	莒平鐘 春秋晚 177	莒平鐘 春秋晚 172	陳大喪史仲高鐘 春秋中 355.1	魯大司徒厚氏元簠蓋 春秋早 4691
筥平壺 春秋晚 新收 1088	莒平鐘 春秋晚 178	莒平鐘 春秋晚 174	陳大喪史仲高鐘 春秋中 集成 351.1	魯大司徒厚氏元盂 春秋早 10316
郳大司馬戈 春秋晚 11206	鄬大史鼎 春秋晚 2732	莒平鐘 春秋晚 175	陳大喪史仲高鐘 春秋中 354.1	魯大左司徒元鼎 春秋中 2592

壺 618　　喬 617　　亦 616

能奚壺 西周早 新收 1100 紀仲觶 西周中 6511.1 紀仲觶 西周中 6511.2	取子鉞 西周早 11757	亦母爵 商晚 桓臺文物 27 司馬楙編鎛 戰國 山東成 105 叔尊 西周早 新出金文與西周史 8 頁圖二.1 叔卣 西周早 新出金文與西周歷史 9 頁圖二.4	黄太子伯克盆 春秋 10338 少司馬耳杯 戰國晚 新收 1080	莒大叔壺 春秋晚 近出二 876 叔夷鎛 春秋晚 285

 筥平壺 春秋晚 新收 1088 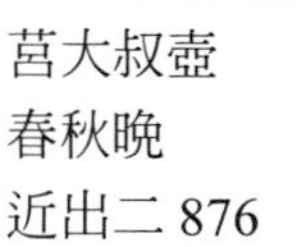 莒大叔壺 春秋晚 近出二 876 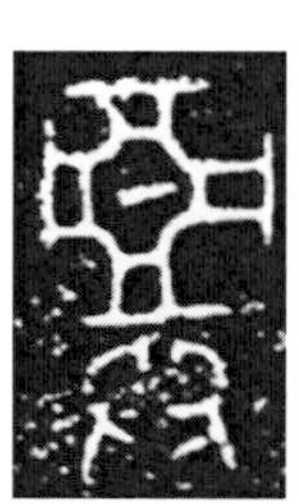 昆君婦媿霝壺 春秋 遺珍 63-65  公鑄壺 春秋 9513	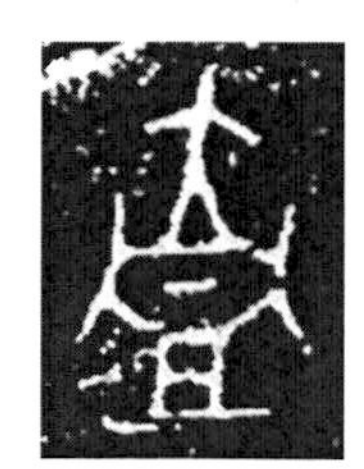 郳君慶壺 春秋早 遺珍 35-38 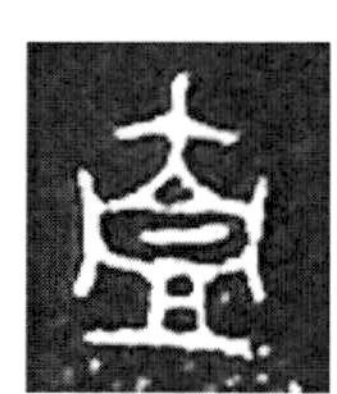 郳君慶壺蓋 春秋早 遺珍 35-38  公子土斧壺 春秋晚 9709	 陳侯壺蓋 春秋早 9633・1  陳侯壺 春秋早 9633・2 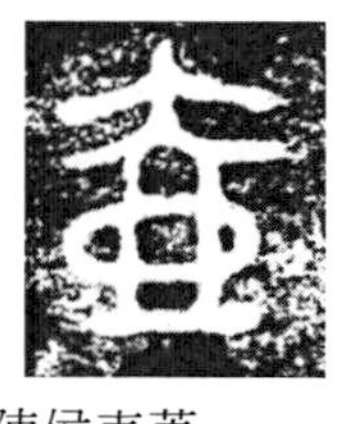 陳侯壺蓋 春秋早 9634・1 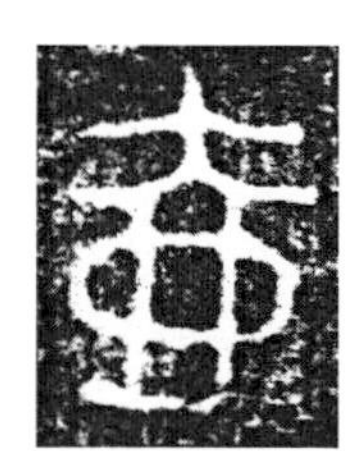 陳侯壺 春秋早 9634・2	 杞伯每亡壺蓋 春秋早 9687 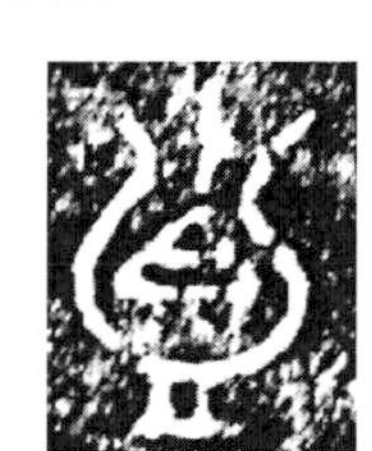 杞伯每亡壺 春秋早 9688  薛侯行壺 春秋早 近出 951	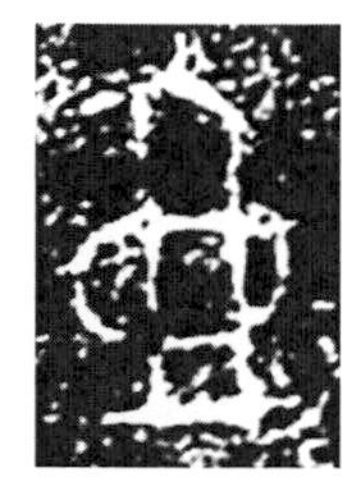 己侯壺 西周晚 9632 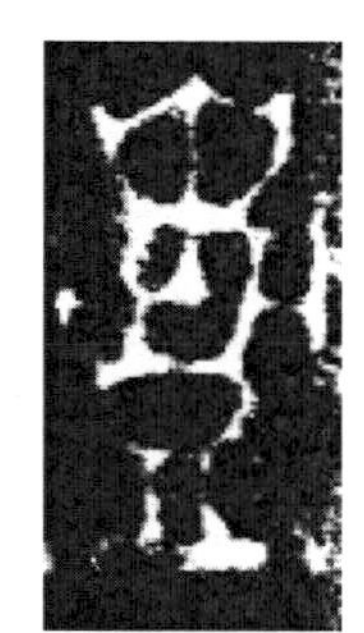 侯母壺蓋 西周晚 9657・1  侯母壺 西周晚 9657・2

報 622	盩 621		執 620	懿 619
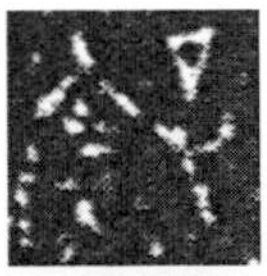  十年鈹 戰國 11685	 旅鼎 西周早 2728	 叔夷鐘 春秋晚 272  叔夷鐘 春秋晚 281  叔夷鎛 春秋晚 285	  不嬰簋 西周晚 4328	 紀仲觶 西周中 6511.1  紀仲觶 西周中 6511.2  禾簋 春秋晚 3939  司馬楙編鎛 戰國早 山東成 105

⿰害夫 626		夫 625	奚 624	𡘳 623

 ⿱宀𣪕鼎 西周中 2721  ⿱宀𣪕甗 西周中 948	 子禾子釜 戰國中 10374 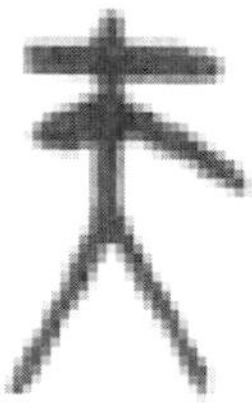 攻吳王夫差劍 戰國 新收 1523 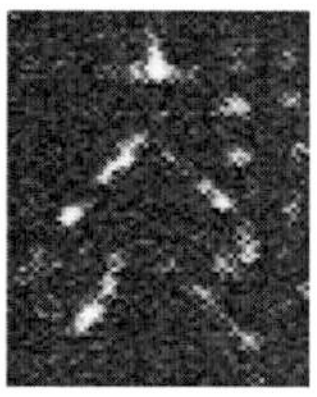  十年鈹 戰國 11685	 小夫卣 西周中 近出 598   攻敔王夫差劍 春秋晚 近出 1226  洀夫人鎛 春秋晚 文物 2014.1	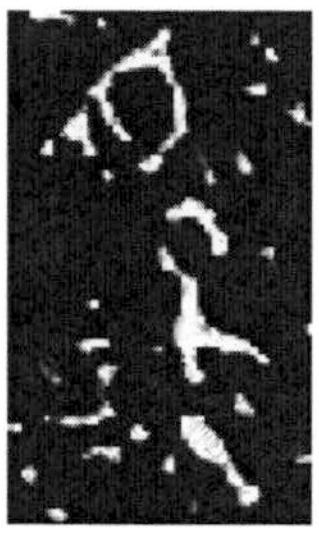 能奚壺 西周早 新收 1100	 𡘳盉 商晚 近出二 833

立 627

公子土斧壺
春秋晚
9709

覽右工戈
春秋晚
11259

公孫潮子編鐘
戰國早
近出 5

公孫潮子編鐘
戰國早
近出 7

陳璋方壺
戰國中
9703

陳純釜
戰國中
10371

子禾子釜
戰國中
10374

情 628

上曾太子鼎
春秋早
2750

心 629

上曾太子鼎
春秋早
2750

叔夷鐘
春秋晚
272

叔夷鐘
春秋晚
275

叔夷鐘
春秋晚
281

叔夷鎛
春秋晚
285

司馬楙編鎛
戰國早
山東成
104-108

	慶 633	憼 632	憲 631	慎 630
㠱伯子娗父盨 西周晚 4444・1 㠱伯子娗父盨 西周晚 4444・2 㠱伯子娗父盨 西周晚 4445・1 㠱伯子娗父盨 西周晚 4445・2	㠱伯子娗父盨 西周晚 4442・1 㠱伯子娗父盨 西周晚 4442・2 㠱伯子娗父盨 西周晚 4443・1 㠱伯子娗父盨 西周晚 4443・2	叔夷鐘 春秋晚 272 叔夷鎛 春秋晚 285	憲鼎 西周早 2749 伯憲盉 西周早 9430 伯憲盉蓋 西周早 9430	叔夷鐘 春秋晚 273 叔夷鎛 春秋晚 285

愉 635　　悆 634

 愉				
 魯伯愈父盤 西周晚 10113  魯伯愈父盤 西周晚 10114  魯伯愈父盤 西周晚 10115  魯伯愈父鬲 春秋早 690	   魯伯悆盨蓋 春秋早 4458・2	   魯伯悆盨蓋 春秋早 4458・1	 竈慶簋 春秋早 遺珍 116  兒慶匜鼎 春秋早 遺珍 68-69  郳君慶壺 春秋早 遺珍 35-38  郳君慶壺蓋 春秋早 遺珍 35-38	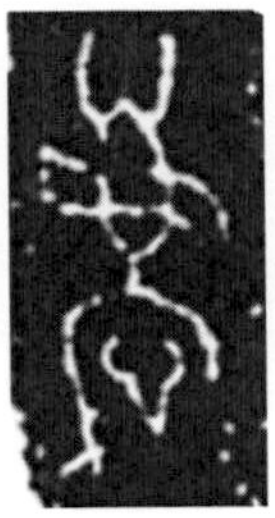 倪慶鬲 春秋早 圖像集成 2866 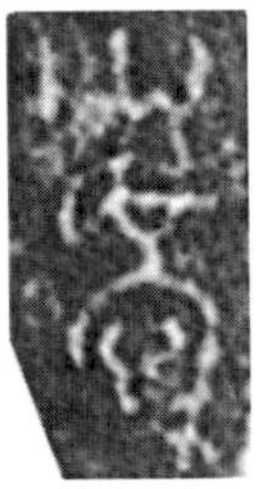 倪慶鬲 春秋早 圖像集成 2867 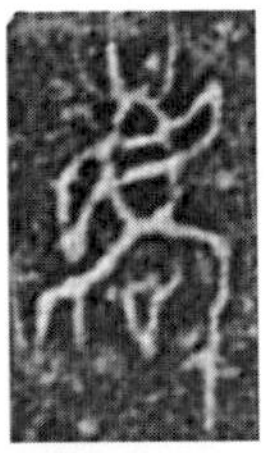 倪慶鬲 春秋早 圖像集成 2868  竈慶簋 春秋早 遺珍 116

⿱吁心 638　　⿱日忌 637　　忌 636

		𢖇		
悍距末 戰國 11915	相公子矰戈 戰國 11285	叔夷鐘 春秋晚 272 叔夷鎛 春秋晚 285 梁白可忌豆 戰國 近出 543	魯伯愈父鬲 春秋早 693 魯伯愈父鬲 春秋早 694 魯伯愈父鬲 春秋早 695	魯伯愈父鬲 春秋早 691 魯伯愈父鬲 春秋早 692 魯伯愈父匜 西周晚 10244

山東出土金文編　卷十一

水 639	江 640	沱 641	淠 642	濼 643
啓作祖丁尊 西周早 5983	工䱷王劍 春秋晚 11665	曹公子沱戈 春秋早 11120	𨟭淠需散戈 春秋早 11065	莒平鐘 春秋晚 172 莒平鐘 春秋晚 174 莒平鐘 春秋晚 175 莒平鐘 春秋晚 177

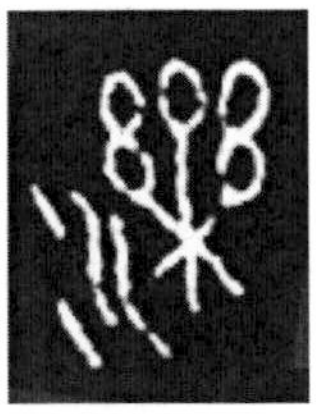

汭 647	湻 646	衍 645	湩 644	
余子汆鼎 春秋中 2390	公孫潮子編鐘 戰國早 近出 4 公孫潮子編鐘 戰國早 近出 5 十年鈹 戰國 11685	裘錫圭先生從林義光釋。 大保簋 西周早 4140	叔夷鐘 春秋晚 272 叔夷鎛 春秋晚 285	莒平鐘 春秋晚 178 莒平鐘 春秋晚 179 莒平鐘 春秋晚 180

沫 652	淵 651	測 650	淪 649	滕 648

 魯伯愈父盤 西周晚 10113  魯伯愈父盤 西周晚 10114  魯伯愈父盤 西周晚 10115  魯伯愈父匜 春秋早 10244	 子泉聠戟 戰國 11105	 上曾太子鼎 春秋早 2750	 伯賓父盤 西周晚 10103	 吾作滕公鬲 西周早 565 从火，周代國名，典籍用滕字。 𦝫字重見。

汉 657	浒 656	淄 655	濯 654	汲 653

  摹本 齊城左戈 戰國晚 新收 1167	 啓尊 西周早 5983	 叔夷鐘 春秋晚 272 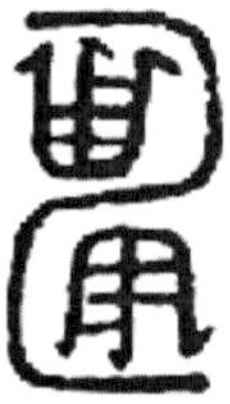 叔夷鎛 春秋晚 285	 右濯戈 戰國早 10978	 己侯壺 西周晚 9632

永 662	州 661	川 660	洱 659	瀸 658
 𣲖	 𡿧	 𡿨		 瀸
 𣪘鐘 西周中 92  伯旬鼎 西周中 2414  曩侯弟鼎 西周中晚 2638  郣仲簠蓋 西周中晚 新收 1045	 叔夷鐘 春秋晚 275  叔夷鐘 春秋晚 283  叔夷鎛 春秋晚 285  郱州戈 春秋晚 11074	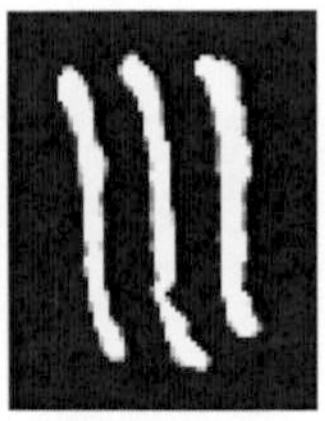 啓卣蓋 西周早 5410  啓卣 西周早 5410	 十年洱陽令戈 戰國 近出 1195	 宜脂鼎 春秋晚 文物 2014.1  宋公䜌鼎 春秋晚 文物 2014.1  宋公固簠 春秋晚 文物 2014.1

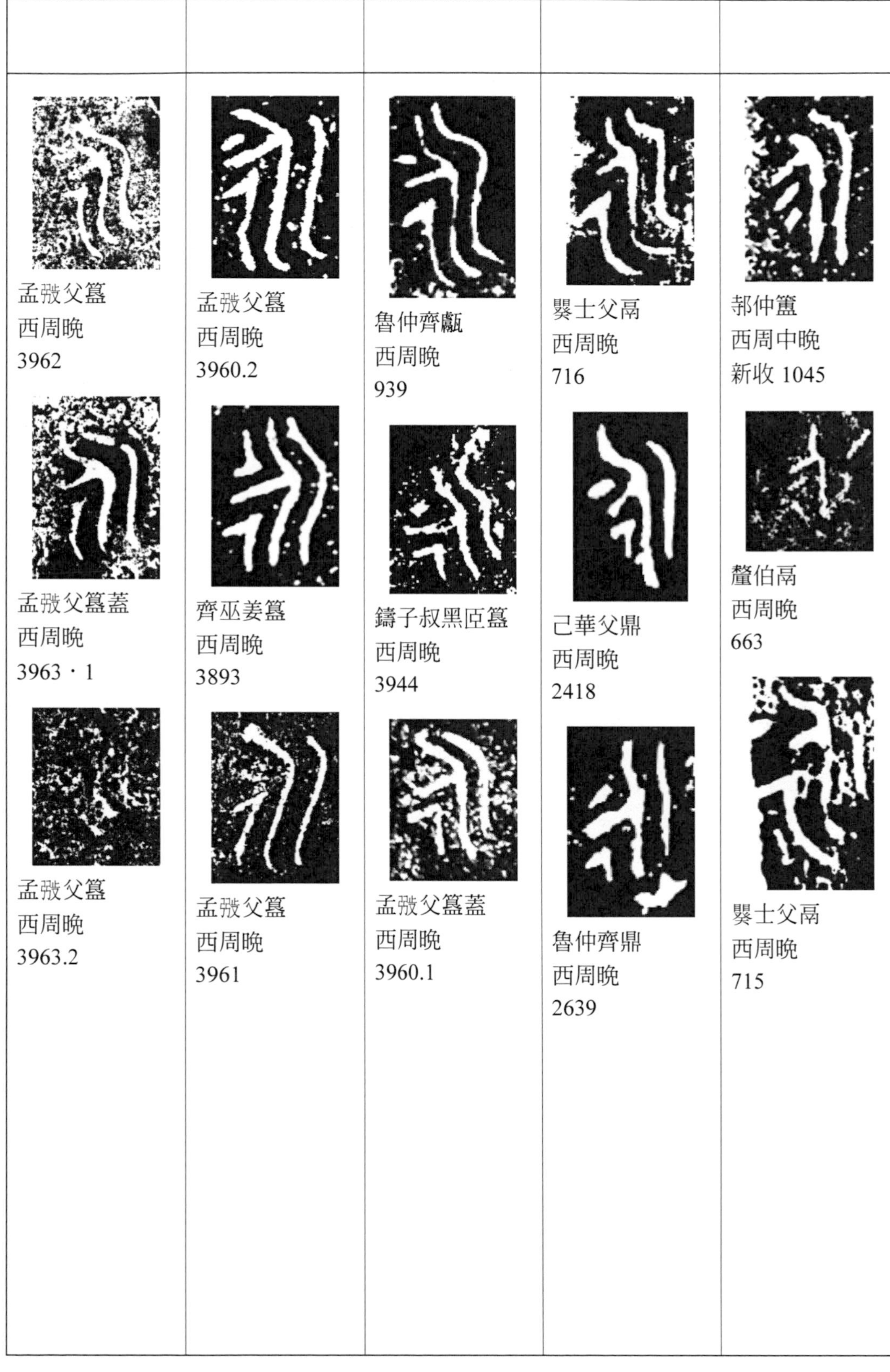

孟殁父簋 西周晚 3962	孟殁父簋 西周晚 3960.2	魯仲齊甗 西周晚 939	𡢁士父鬲 西周晚 716	郝仲簠 西周中晚 新收 1045
孟殁父簋蓋 西周晚 3963・1	齊巫姜簋 西周晚 3893	鑄子叔黑臣簋 西周晚 3944	己華父鼎 西周晚 2418	鼄伯鬲 西周晚 663
孟殁父簋 西周晚 3963.2	孟殁父簋 西周晚 3961	孟殁父簋蓋 西周晚 3960.1	魯仲齊鼎 西周晚 2639	𡢁士父鬲 西周晚 715

 魯司徒仲齊盨 西周晚 4441.2  冑簋 西周晚 4532  口謏簋 西周晚 4533	 魯司徒仲齊盨 西周晚 4440.1  魯司徒仲齊盨 西周晚 4440.2  魯司徒仲齊盨蓋 西周晚 4441.1	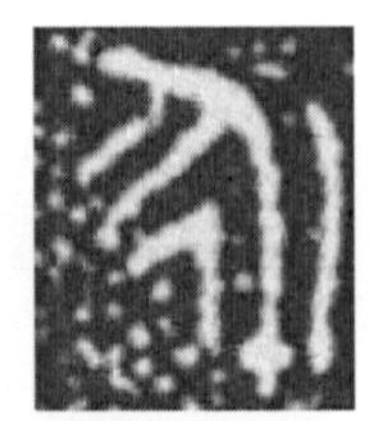 單簋 西周晚 近出二 407 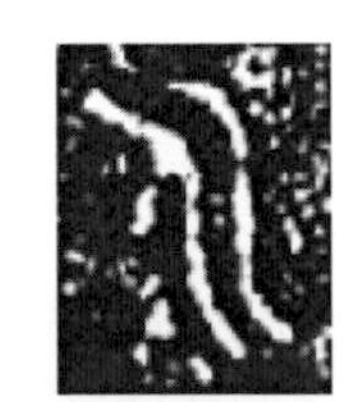 者僕故匜 西周晚 山東成 696  乘父士杉盨 西周晚 4437	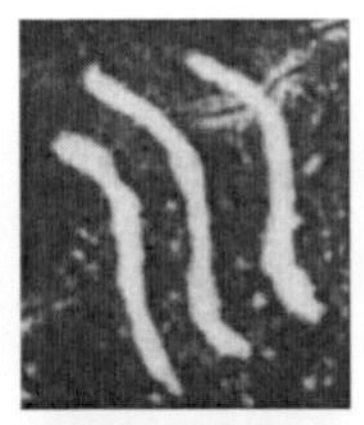 不嬰簋 西周晚 4328  單簋 西周晚 近出 452	 鄩甘𦎫鼎 西周晚 新收 1091   蔡姞簋 西周晚 4198

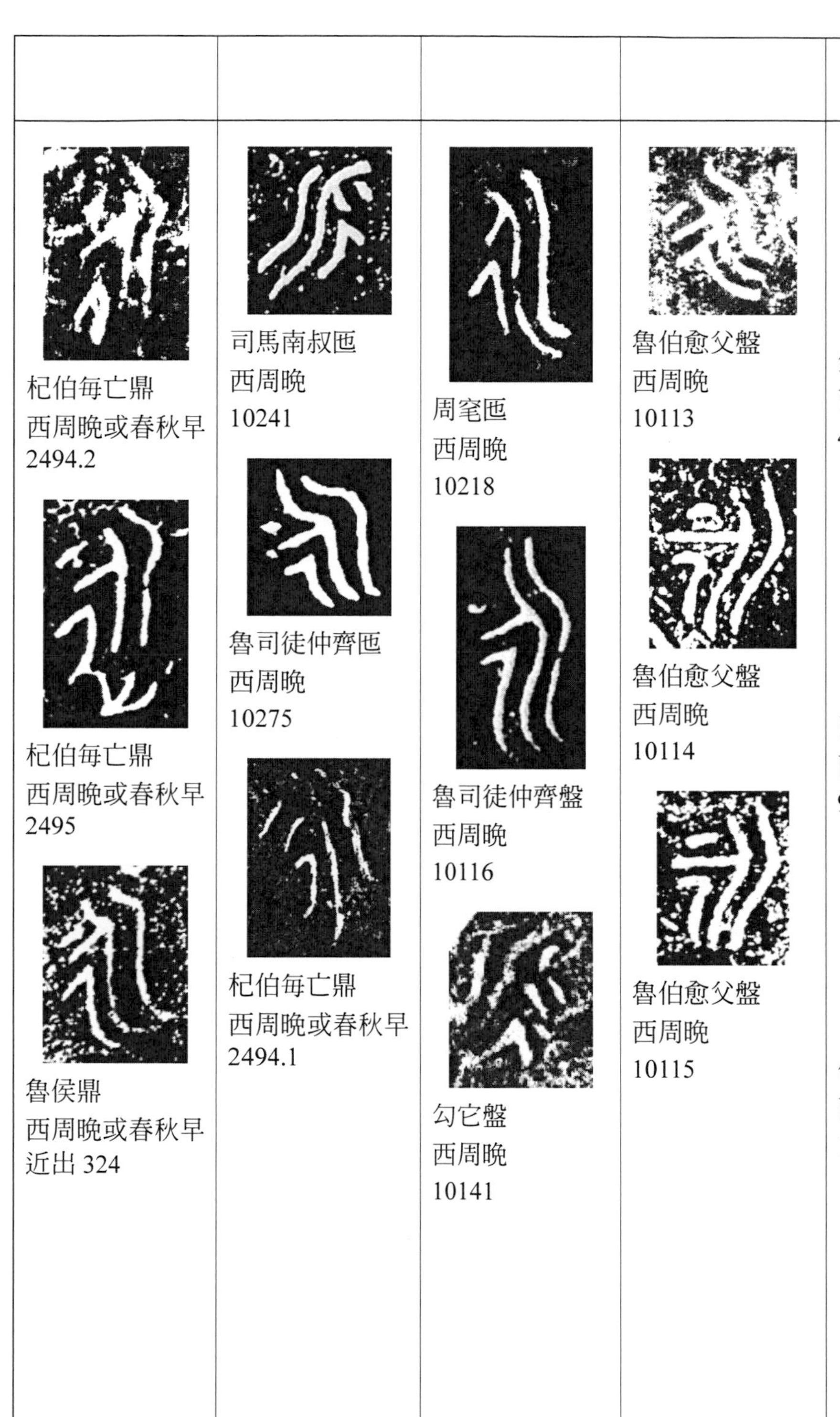

杞伯每亡鼎 西周晚或春秋早 2494.2 杞伯每亡鼎 西周晚或春秋早 2495 魯侯鼎 西周晚或春秋早 近出 324	司馬南叔匜 西周晚 10241 魯司徒仲齊匜 西周晚 10275 杞伯每亡鼎 西周晚或春秋早 2494.1	周笔匜 西周晚 10218 魯司徒仲齊盤 西周晚 10116 勾它盤 西周晚 10141	魯伯愈父盤 西周晚 10113 魯伯愈父盤 西周晚 10114 魯伯愈父盤 西周晚 10115	鈘仲簠 西周晚 4534 己侯壺 西周晚 9632 伯頵父盤 西周晚 10103

 魯伯愈父鬲 春秋早 695  魯宰駟父鬲 春秋早 707 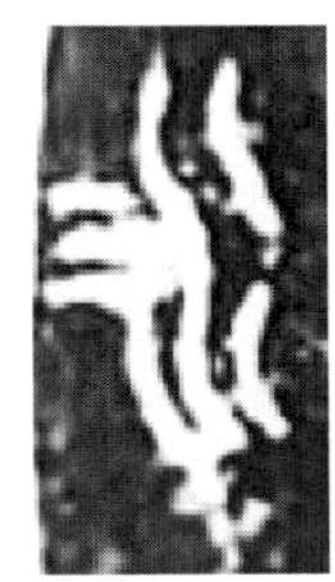 郳友父鬲 春秋早 圖像集成 2939	 魯伯愈父鬲 春秋早 692  魯伯愈父鬲 春秋早 693  魯伯愈父鬲 春秋早 694	 齊趫父鬲 春秋早 686 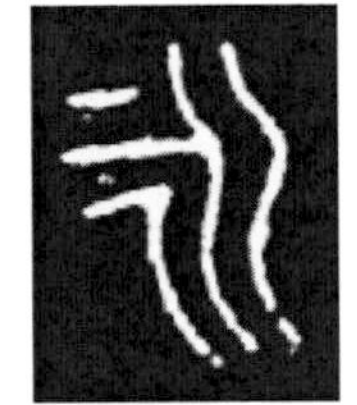 魯伯愈父鬲 春秋早 690  魯伯愈父鬲 春秋早 691	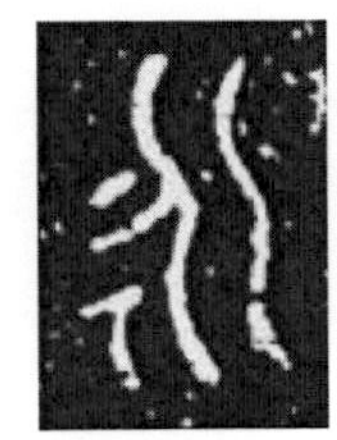 史㝬簠 西周 山東成 377  甯[illegible]生鼎 春秋早 2524  齊趫父鬲 春秋早 685	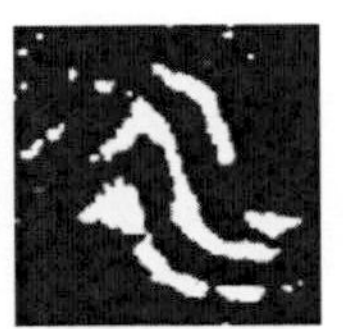 魯侯簠 西周晚或春秋早 近出 518 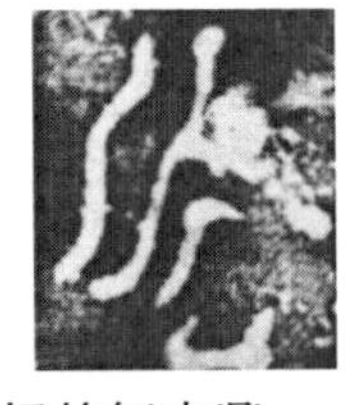 杞伯每亡鼎 西周晚或春秋早 2642 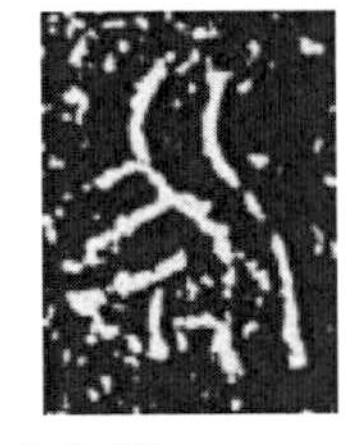 史㝬簠 西周 山東成 377

 杞伯每亡簋蓋 春秋早 3898 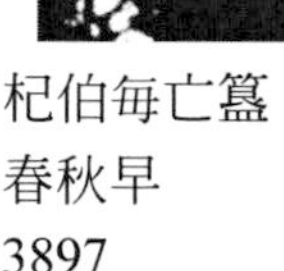 杞伯每亡簋 春秋早 3897  杞伯每亡簋蓋 春秋早 3899.1	 郳口伯鼎 春秋早 2640  郳口伯鼎 春秋早 2641  兒慶匜鼎 春秋早 遺珍 68-69	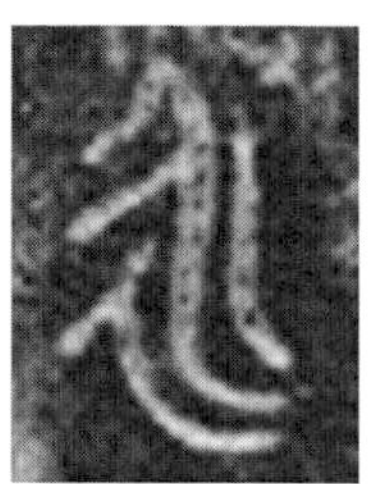 倪慶鬲 春秋早 圖像集成 2868  鑄子叔黑叵鼎 春秋早 2587 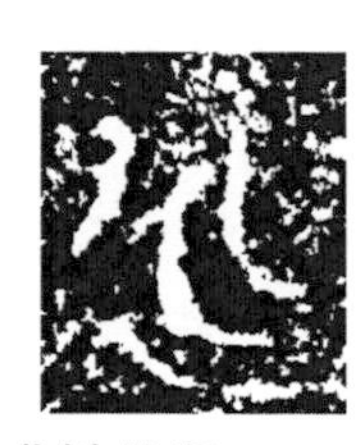 弗敏父鼎 春秋早 2589	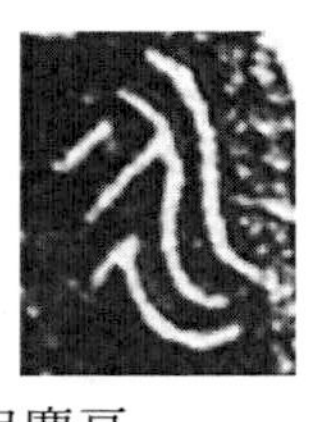 兒慶鬲 春秋早 遺珍 59-60 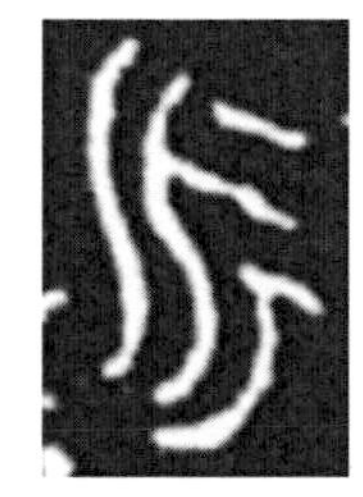 倪慶鬲 春秋早 圖像集成 2866 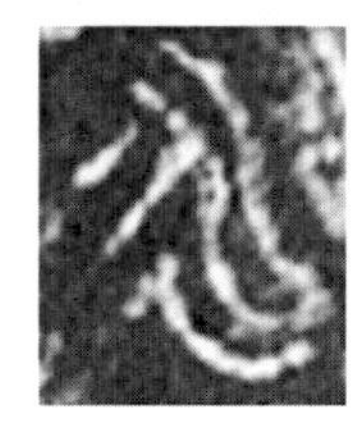 倪慶鬲 春秋早 圖像集成 2867	 郳友父鬲 春秋早 圖像集成 2941  鑄子叔黑叵鬲 春秋早 735  郳友父鬲 春秋早 遺珍 29-30

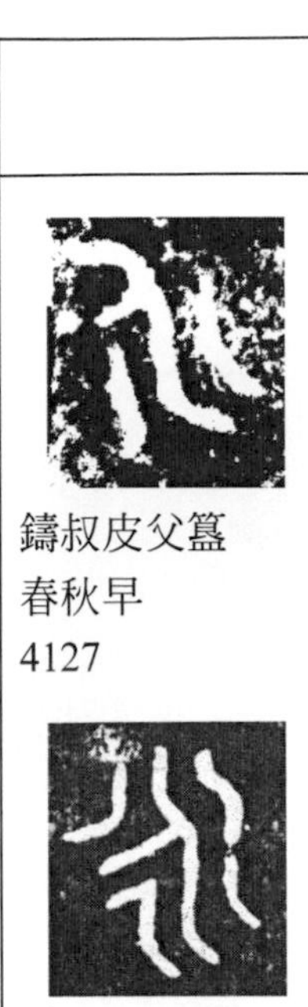 鑄叔皮父簋 春秋早 4127 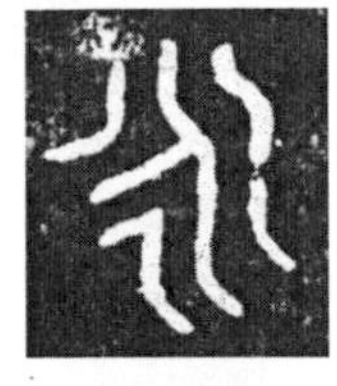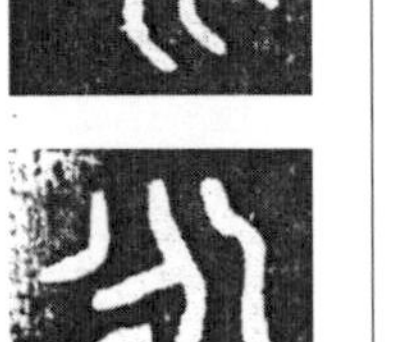  邿遣簋 春秋早 4040.2	 魯士㕇簠 春秋早 4518 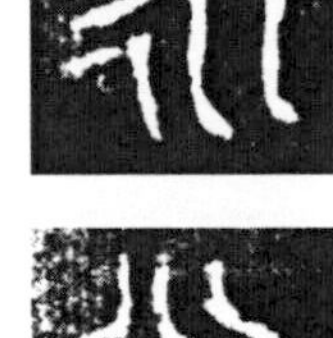 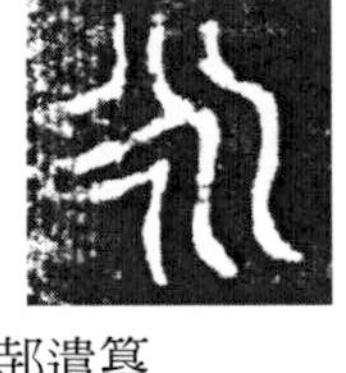 邿遣簋 春秋早 4040.1	 杞伯每亡簋 春秋早 3901  魯伯大父簋 春秋早 3974  曹伯狄簋 春秋早 4019	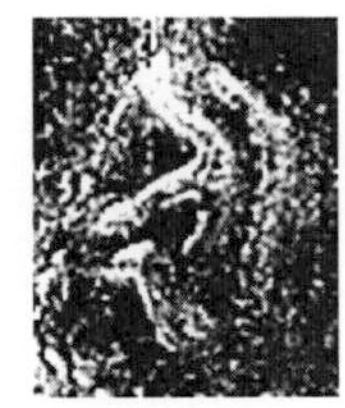 滕侯盨 春秋早 遺珍 99 頁  杞伯每亡簋 春秋早 3899.2 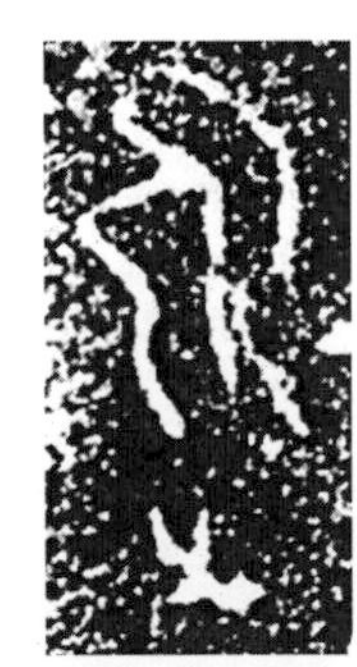 杞伯每亡簋蓋 春秋早 3900	 杞伯每亡簋 春秋早 3898 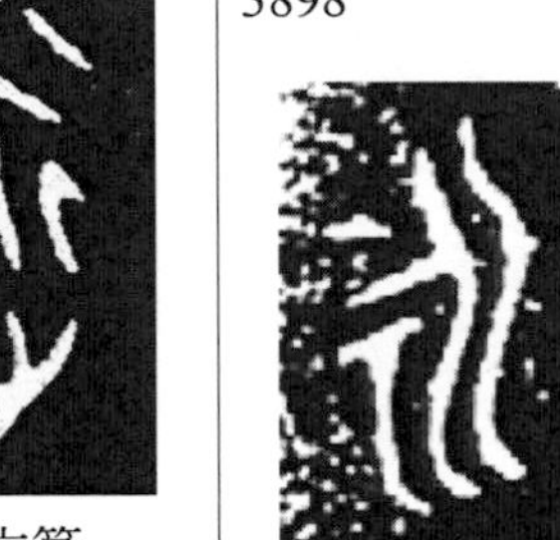 魯伯愈盨蓋 春秋早 4458 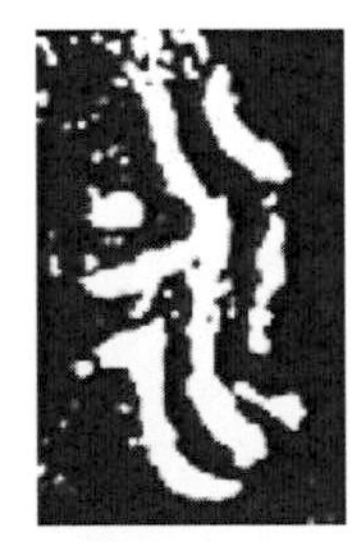 魯伯愈盨 春秋早 4458

 正叔止士敼俞簠 春秋早 遺珍 42-44 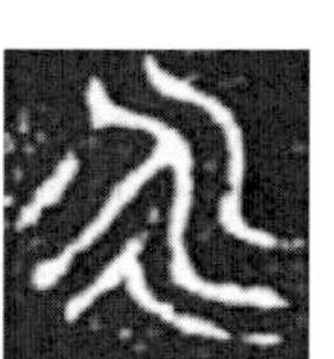 正叔止士敼俞簠蓋 春秋早 遺珍 42-44  鑄公簠 春秋早 山東存鑄 2.1	 魯大司徒厚氏元簠 春秋早 4690・1  魯大司徒厚氏元簠蓋 春秋早 4691.1  魯大司徒厚氏元簠 春秋早 4691.2	 鼄叔彡父簠 春秋早 4592  魯大司徒厚氏元簠 春秋早 4689  魯大司徒厚氏元簠 春秋早 4690・2	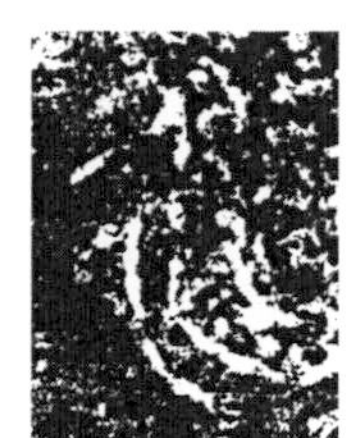 鑄子叔黑臣簠 春秋早 4571.1 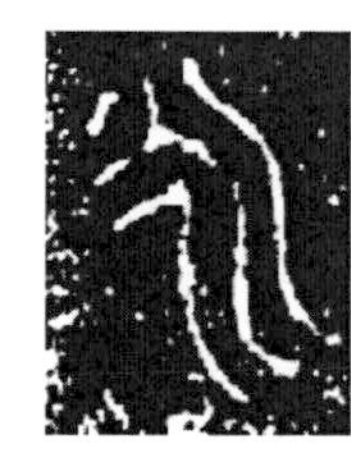 鑄子叔黑臣簠 春秋早 4571.2  鑄公簠蓋 春秋早 4574	 走馬薛仲赤簠 春秋早 4556  鑄子叔黑臣簠蓋 春秋早 4570.1  鑄子叔黑臣簠 春秋早 4570.2

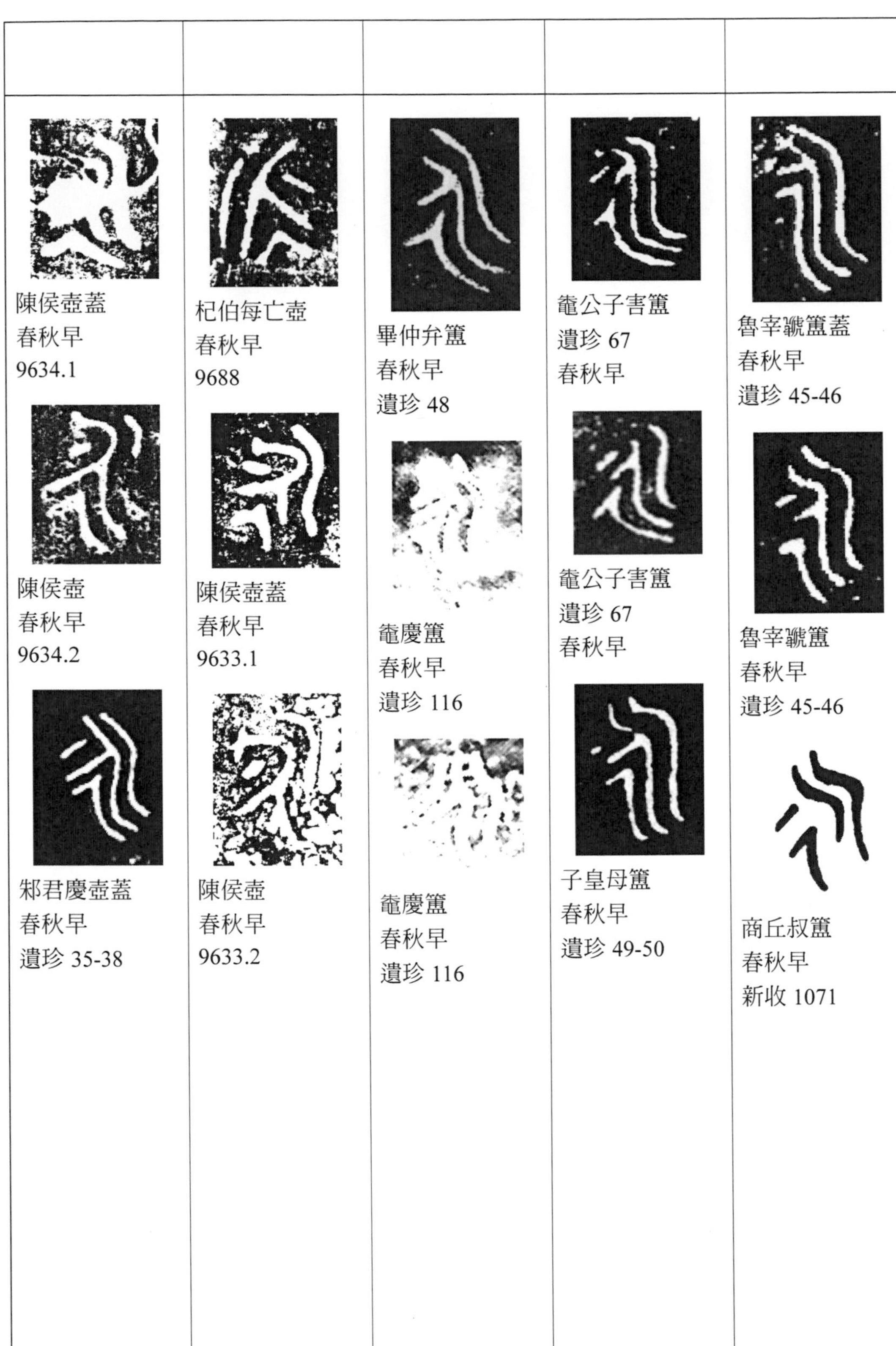

陳侯壺蓋 春秋早 9634.1	杞伯每亡壺 春秋早 9688	畢仲弁簠 春秋早 遺珍 48	鼄公子害簠 遺珍 67 春秋早	魯宰虢簠蓋 春秋早 遺珍 45-46
陳侯壺 春秋早 9634.2	陳侯壺蓋 春秋早 9633.1	鼄慶簠 春秋早 遺珍 116	鼄公子害簠 遺珍 67 春秋早	魯宰虢簠 春秋早 遺珍 45-46
郳君慶壺蓋 春秋早 遺珍 35-38	陳侯壺 春秋早 9633.2	鼄慶簠 春秋早 遺珍 116	子皇母簠 春秋早 遺珍 49-50	商丘叔簠 春秋早 新收 1071

 杞伯每亡盆 春秋早 10334 从止。  霝父君瓶蓋 春秋早 遺珍 31-33  霝父君瓶 春秋早 遺珍 31-33	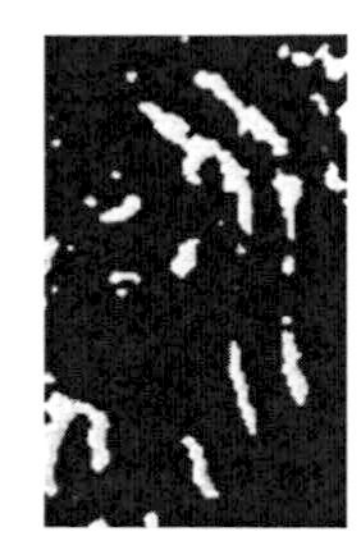 孟嬴匜 春秋早 山東存邾 3.3  尋仲匜 春秋早 10266  魯大司徒厚氏元盂 春秋早 10316	 齊侯子行匜 春秋早 10233 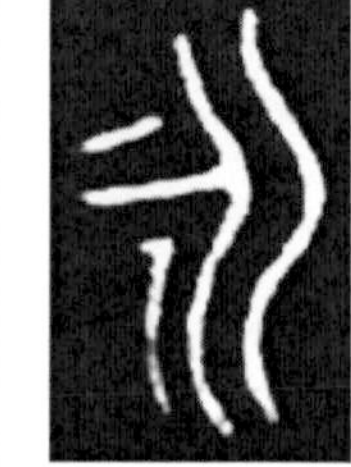 魯伯愈父匜 春秋早 10244 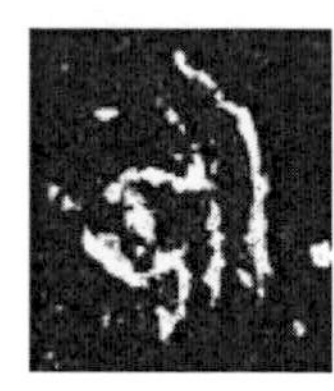 杞伯每亡匜 春秋早 10255	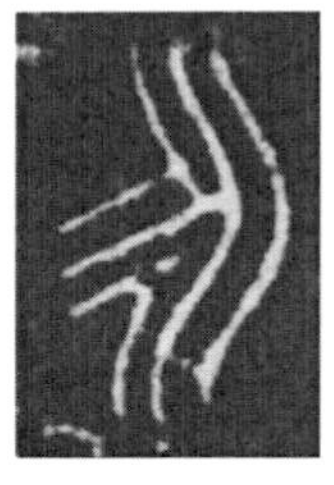 干氏叔子盤 春秋早 10131  尋仲盤 春秋早 10135 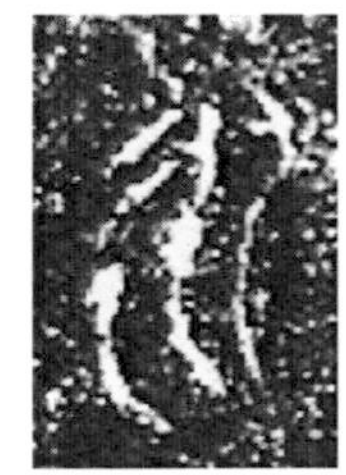 叔黑叵匜 春秋早 10217	 郳君慶壺 春秋早 遺珍 35-38  昆君婦媿霝壺 春秋早 遺珍 63-65   夆叔盤 春秋早 10163

 莒平鐘 春秋晚 177	 莒平鐘 春秋晚 174	 余王鼎 春秋晚 文物 2014.1	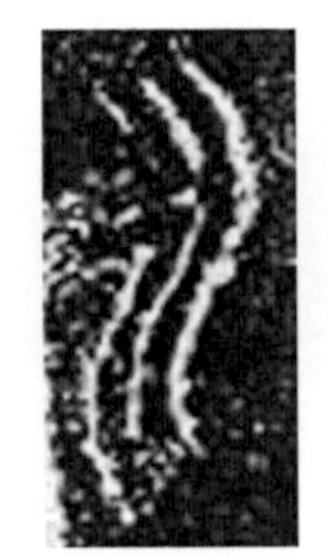 陳大喪史仲高鐘 春秋中 集成 353.2	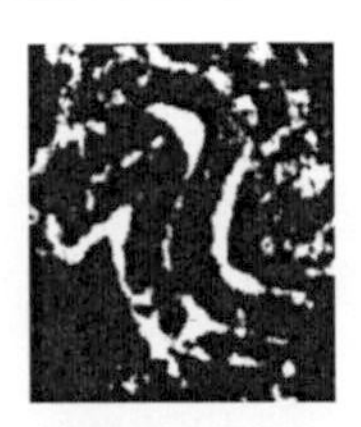 魯大左司徒元鼎 春秋中 2592
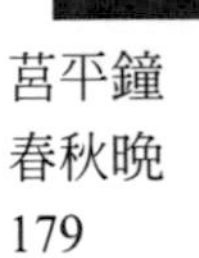 莒平鐘 春秋晚 179	 莒平鐘 春秋晚 175	 莒平鐘 春秋晚 172	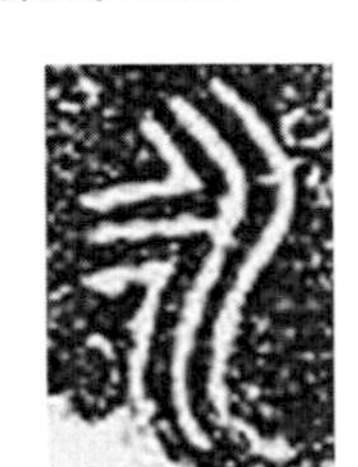 陳大喪史仲高鐘 春秋中 集成 354.2	 郜公典盤 春秋中 近出 1009
 莒平鐘 春秋晚 180	 陳樂君歌甗 春秋晚 近出 163	 莒平鐘 春秋晚 173	 陳大喪史仲高鐘 春秋中 集成 355.2	 齊侯盤 春秋中 10117

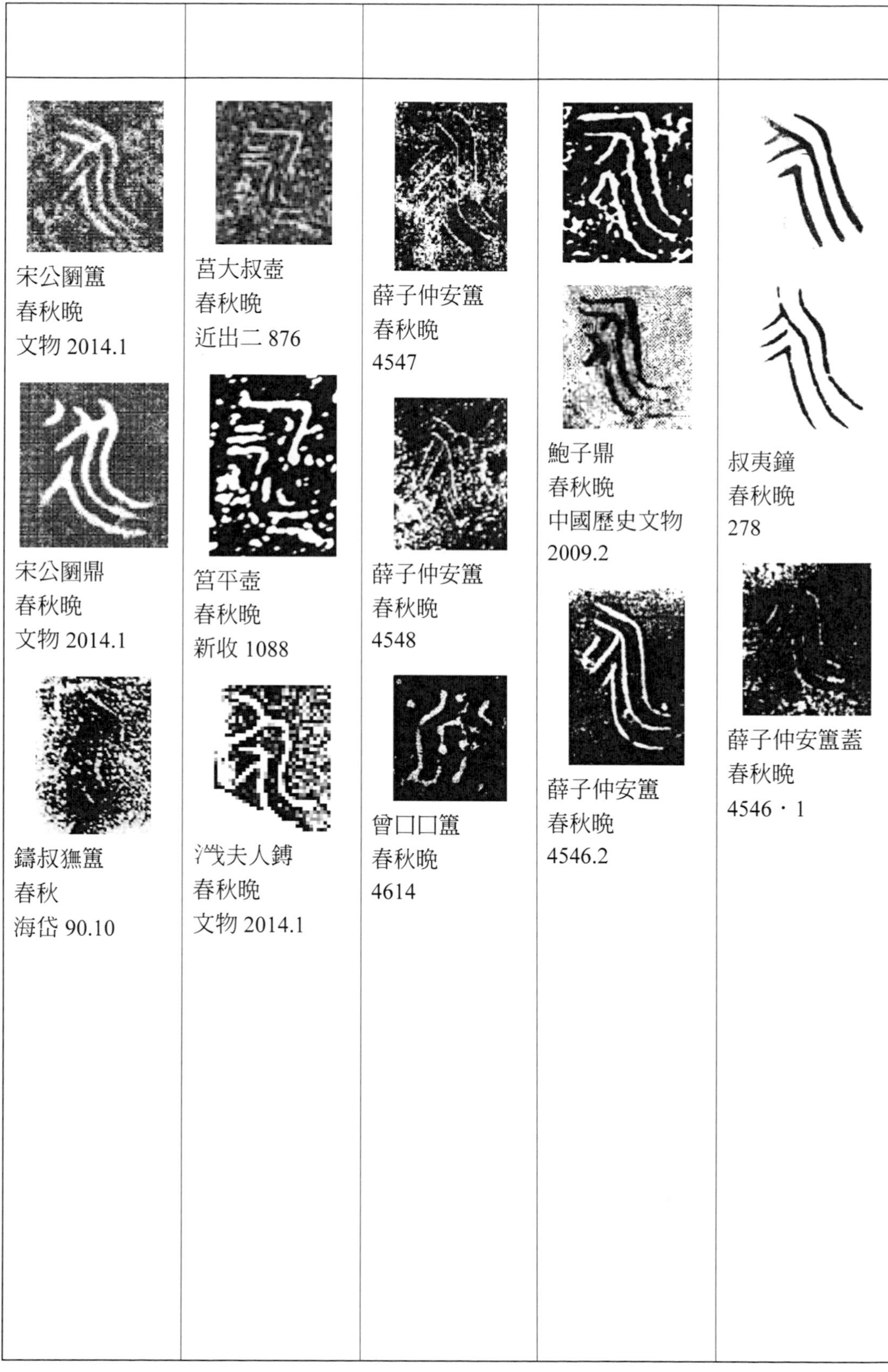

宋公圞簠 春秋晚 文物 2014.1	莒大叔壺 春秋晚 近出二 876	薛子仲安簠 春秋晚 4547	鮑子鼎 春秋晚 中國歷史文物 2009.2	叔夷鐘 春秋晚 278
宋公圞鼎 春秋晚 文物 2014.1	筥平壺 春秋晚 新收 1088	薛子仲安簠 春秋晚 4548	薛子仲安簠 春秋晚 4546.2	薛子仲安簠蓋 春秋晚 4546・1
鑄叔𤢖簠 春秋 海岱 90.10	𣲫夫人鎛 春秋晚 文物 2014.1	曾口口簠 春秋晚 4614		

羕 663

叔夷鎛 春秋晚 285 公子土斧壺 春秋晚 9709	永祿休德鈹 春秋晚 山東成 903	仲姜敦 戰國 山東成 437 司馬楙編鎛 戰國 山東成 107 者斿故匜 周代 山東成 696	黃太子伯克盆 春秋 10338 濫盂 春秋 新浪網 邳伯缶 戰國早 10006 邳伯缶 戰國早 10007	郜遣簋 春秋 通鑒 5277 夆叔匜 春秋 10282

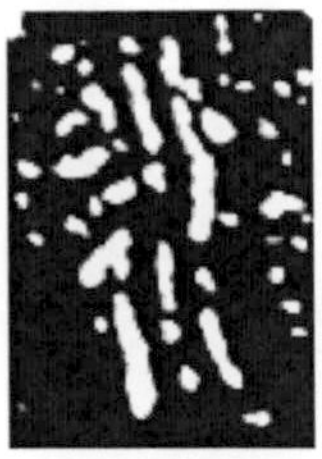

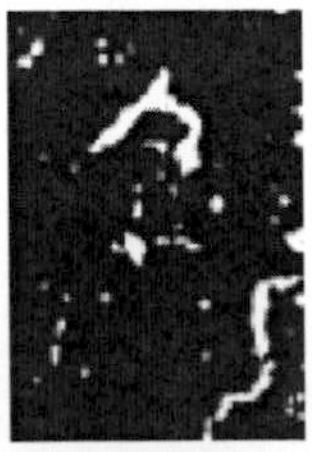

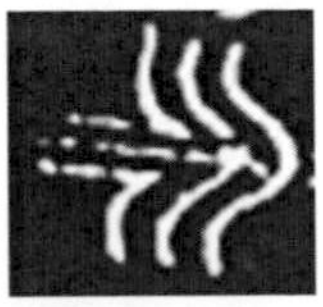

治 666　冬 665　谷 664

齊城左戟 戰國晚 中國文字研究第一輯 206 頁圖 12 齊城左造戟 戰國晚 11815 十年洱陽令戈 戰國 近出 1195 十年鈹 戰國 11685	垣左戟 戰國 海岱 37.63 齊城左戈 戰國晚 新收 1167 齊城左戟 戰國晚 中國文字研究第一輯 206 頁圖 11	不嬰簋 西周晚 4328	啓卣蓋 西周早 5410 啓卣 西周早 5410 啓尊 西周早 5983	永世取庫干劍 戰國 新收 1500

鰥 670	魚 669	雩 668		霝 667
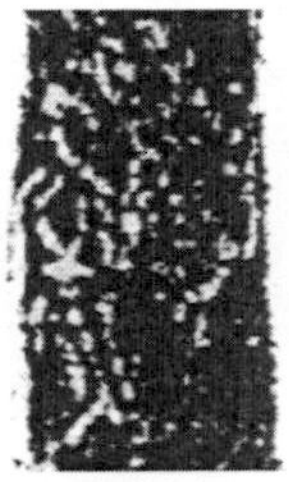 司馬楙編鎛 戰國 山東成 104-106	 父辛魚觶 商晚 海岱 35.1  乙魚簋 商代 3063  魚父癸鼎 西周早 海岱 35.2  敏祖己觚 西周早 新收 1048	 叔夷鐘 春秋晚 273  叔夷鐘 春秋晚 275   叔夷鎛 春秋晚 285	 叔夷鐘 春秋晚 275  叔夷鐘 春秋晚 276  叔夷鎛 春秋晚 285 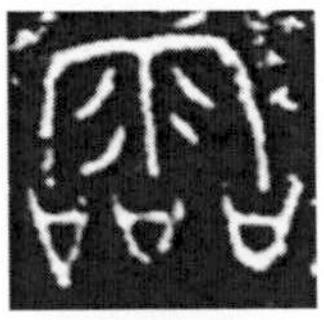 昆君婦媿霝壺 春秋 遺珍 63-65	 蔡姞簋 西周晚 4198  不嬰簋 西周晚 4328  霝父君瓶蓋 春秋早 遺珍 31-33  霝父君瓶 春秋早 遺珍 31-33

			龍 672	盧 671
			 王姜鼎 西周早 近出 308	 工盧王劍 春秋晚 11665

山東出土金文編　卷十二

不 673

				𠀚
不羽鼂戈 戰國早 圖像集成 16697 子禾子釜 戰國中 10374 不降戈 戰國 11286	叔夷鎛 春秋晚 285	叔夷鐘 春秋晚 274 叔夷鐘 春秋晚 279 叔夷鐘 春秋晚 282	叔夷鐘 春秋晚 272 叔夷鐘 春秋晚 273	啓卣蓋 西周早 5410 啓卣 西周早 5410 不其簋 西周晚 4328

⿸厂孚 677	鹽 676	西 675		至 674
 魯士⿸厂孚父簠 春秋早 4518	 亡鹽右戈 戰國早 近出 1121	 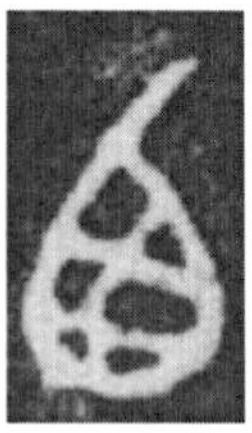 不其簋 西周晚 4328  工𠭯王劍 春秋晚 11665  右伯君權 春秋 10383	 𡩜鼎 西周中 2721  叔夷鐘 春秋晚 278  叔夷鎛 春秋晚 285	 啓卣蓋 西周早 5410  啓卣 西周早 5410  辛⿱吅冐簋 西周早 新收 1148

庫 678	門 679	閉 680	關 681	
庫	門	閉	關	
司馬楙編鎛 戰國 山東成 105	滎入門觶蓋 商晚 新收 1165 滎入門觶 商晚 新收 1165	子禾子釜 戰國中 10374	子禾子釜 戰國中 10374	陳純釜 戰國中 10371 左關之鉌 戰國中 10368

聽 685	職 684		聖 683	闟 682
𦗿	職		聖	
大保簋 西周早 4140	郾王職劍 戰國晚 近出 1221 陳戠戟 戰國 海岱 37.92	莒平鐘 春秋晚 175 莒平鐘 春秋晚 177 莒平鐘 春秋晚 180	上曾太子鼎 春秋早 2750 莒平鐘 春秋晚 172 莒平鐘 春秋晚 173	㠱婦闟斝 商 總集 4342

囂 689	聝 688	聾 687		聞 686
囂所獻盂 春秋晚 海岱 37.256	廿四年莒陽斧 戰國晚 近出 1244	子泉聯戟 戰國 11105	莒平鐘 春秋晚 177 莒平鐘 春秋晚 178 莒平鐘 春秋晚 180	莒平鐘 春秋晚 172 莒平鐘 春秋晚 174 莒平鐘 春秋晚 175

手 692	巸 691			𦣞 690
不嬰簋 西周晚 4328	夆叔盤 春秋早 10163 鄁公典盤 春秋中 近出 1009 夆叔匜 春秋 10282 賈孫叔子屖盤 春秋 山東成 675	鑄子叔黑𦣞簠蓋 春秋早 4571・1 鑄子叔黑𦣞簠蓋 春秋早 4571・2 叔黑𦣞匜 春秋早 10217	鑄子叔黑𦣞鼎 春秋早 2587 鑄子叔黑𦣞簠蓋 春秋早 4570・1 鑄子叔黑𦣞簠 春秋早 4570・2	紀伯⿱宀⿰女玉父盤 西周晚 10081 曩伯⿱宀⿰女玉父匜 西周晚 10211 鑄子叔黑𦣞鬲 春秋早 735

	揚 695	承 694		捧 693
	 揚	 承		 捧
 叔夷鐘 春秋晚 273  叔夷鎛 春秋晚 285	 憲鼎 西周早 2749  𣪘鼎 西周中 2721  引簋 西周中晚 海岱 37.6	 叔夷鎛 春秋晚 285  永祿休德鈹 春秋晚 山東成 903	 叔夷鐘 春秋晚 275  叔夷鐘 春秋晚 282 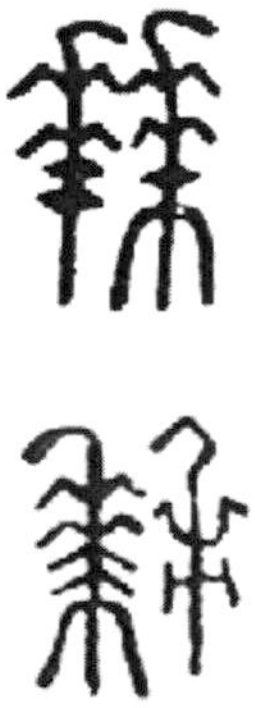 叔夷鎛 春秋晚 285	 從頁。 引簋 西周中晚 海岱 37.6  不嬰簋 西周晚 4328  叔夷鐘 春秋晚 273

女 696

				𡛿
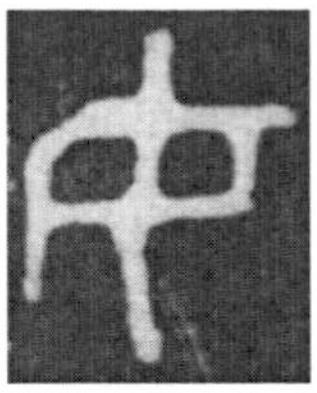 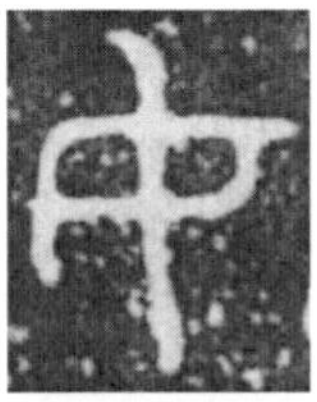 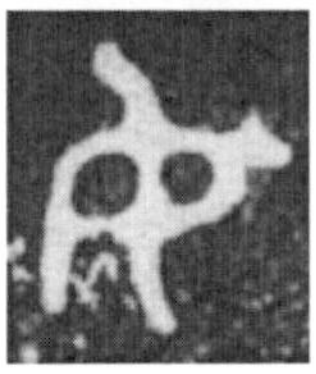  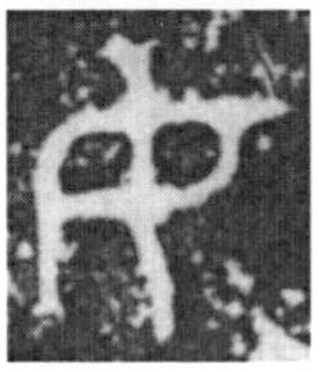 不嬰簋 西周晚 4328	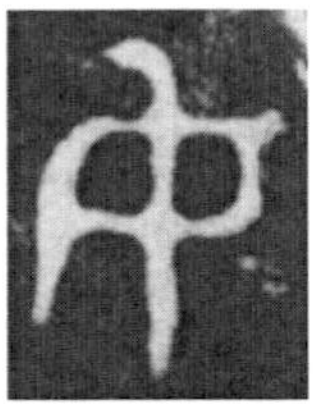   	  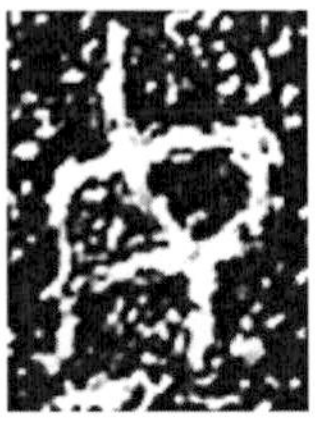 引簋 西周中晚 海岱 37.6	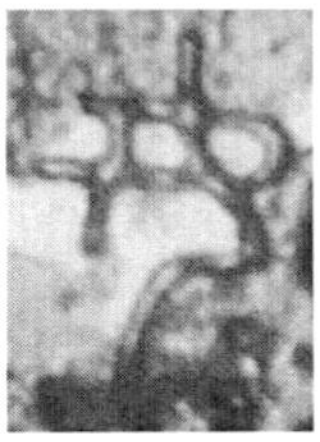 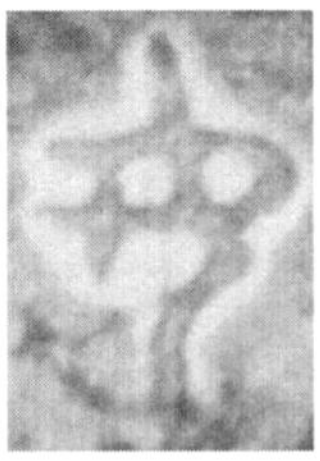 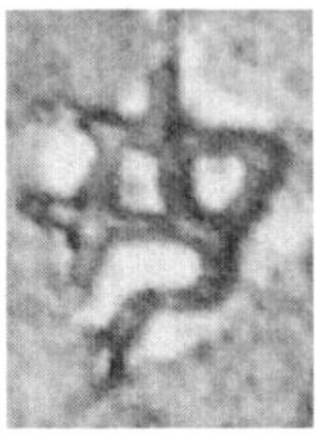 叔卣 西周早 新出金文與西周歷史 9 疫圖二.4	  休寧女觶 商晚 6032   叔尊 西周早 新出金文與西周史 8 頁圖二.1

叔夷鐘 春秋晚 273		叔夷鐘 春秋晚 272	鮑子鼎 春秋晚 中國歷史文物 2009.2	尋仲盤 春秋早 10135 尋仲匜 春秋早 10266 邿公典盤 春秋中 近出 1009

		叔夷鐘 春秋晚 278 叔夷鐘 春秋晚 281 叔夷鐘 春秋晚 282	叔夷鐘 春秋晚 275	叔夷鐘 春秋晚 274

姜 697

 姜				
 王姜鼎 西周早 近出 308  齊巫姜簋 西周晚 3893  曩伯痓父盤 西周晚 10081	 子禾子釜 戰國中 10374   十年鈹 戰國 11685	叔夷鎛 春秋晚 285		

姬 698

魯伯愈父盤 西周晚 10113	蔡姞簋 西周晚 4198	魯侯鼎 西周晚或春秋早 近出 324	郜公典盤 春秋中 近出 1009	曩伯𡨦父匜 西周晚 10211
魯伯愈父盤 西周晚 10114	不嬰簋 西周晚 4328	魯侯簠 西周晚或春秋早 近出 518	公子土斧壺 春秋晚 9709	周笔匜 西周晚 10218
魯伯愈父盤 西周晚 10115	伯𪗔父盤 西周晚 10103	鄠姬鬲 西周晚 新收 1070	賈孫叔子屖盤 春秋 山東成 675	魯侯彝 西周 總集 4754

 魯伯愈父匜 春秋早 10244  魯宰駟父鬲 春秋早 707  齊侯盤 春秋中 10117	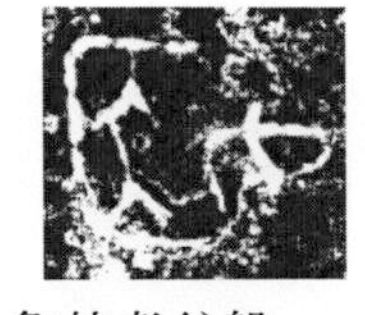 魯伯者父盤 春秋早 10087 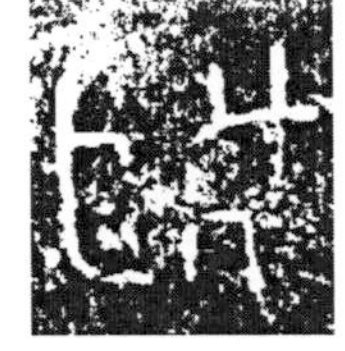 魯伯大父簋 春秋早 3974 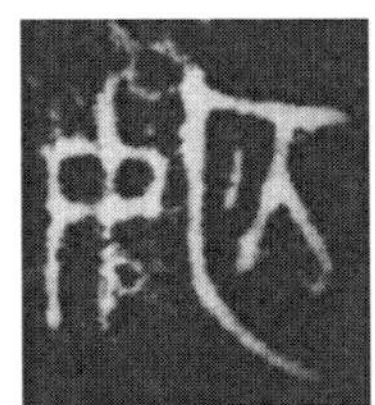 干氏叔子盤 春秋早 10131	 魯伯愈父鬲 春秋早 693  魯伯愈父鬲 春秋早 694 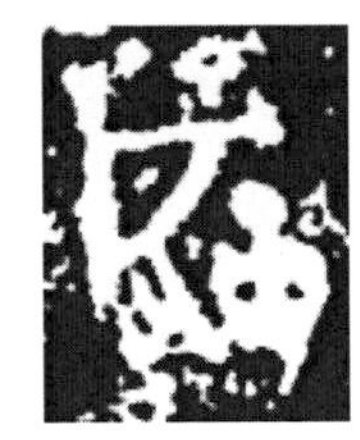 魯伯愈父鬲 春秋早 695	 魯伯愈父鬲 春秋早 690  魯伯愈父鬲 春秋早 691  魯伯愈父鬲 春秋早 692	 司馬南叔匜 西周晚 10241 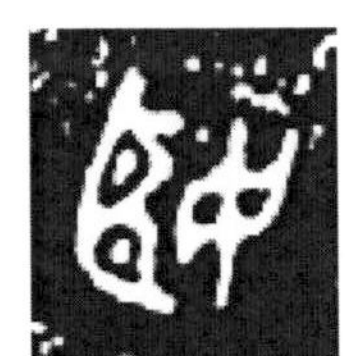 齊趫父鬲 春秋早 685 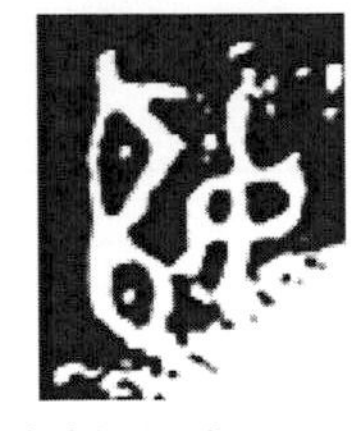 齊趫父鬲 春秋早 686

嫣 699	姑 700	嬴 701	妻 702	
陳侯壺蓋 春秋早 9633・1	王姜鼎 西周早 近出 308	妊爵 西周早 9027	郝仲簠 西周中晚 新收 1046	賈孫叔子屖盤 春秋晚 通鑒 14516
陳侯壺 春秋早 9633・2	蔡姑簋 西周晚 4198	妊爵 西周早 9028	郳口伯鼎 春秋早 2640	
陳侯壺蓋 春秋早 9634・1	梁白可忌豆 戰國 近出 543	郝仲簠 西周中晚 新收 1045	郳口伯鼎 春秋早 2641	
陳侯壺 春秋早 9634・2		郝仲簠蓋 西周中晚 新收 1045		

妊 704　婦 703

			妊	婦
 邾君慶壺 春秋早 遺珍 35-38	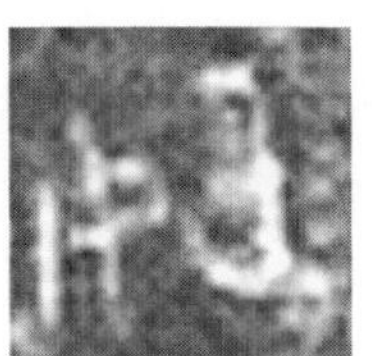 倪慶鬲 春秋早 圖像集成 2867	 郳姬鬲 西周晚 新收 1070	 妊爵 西周早 9027	 屑女射鑑 商 10286
 鼄慶簠 春秋早 遺珍 116	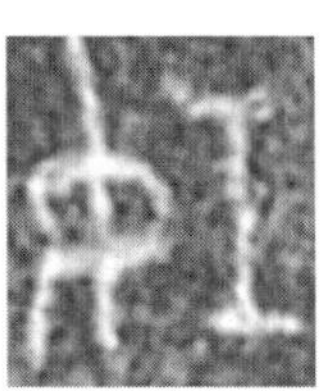 倪慶鬲 春秋早 圖像集成 2868	 鑄公簠蓋 春秋早 4574	 妊爵 西周早 9028	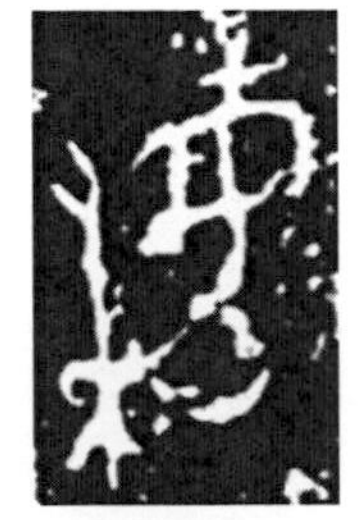 宋婦彝觚 西周早 滕墓上 232 頁圖 164.3
 鼄慶簠 春秋早 遺珍 116	 兒慶匜鼎 春秋早 遺珍 68-69	 鑄公簠 春秋早 山東存鑄 2.2	 孟彂父簋 西周晚 3962	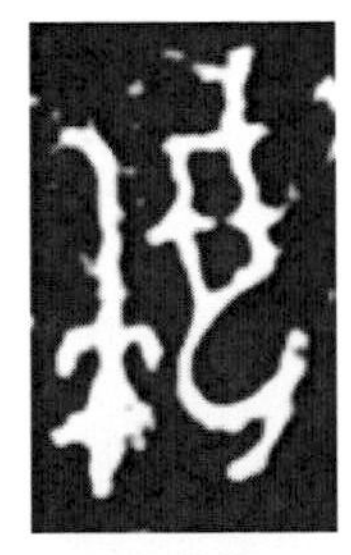 癸兄婦口尊 西周早 滕墓上 272 頁圖 194.2
	 邾君慶壺蓋 春秋早 遺珍 35-38	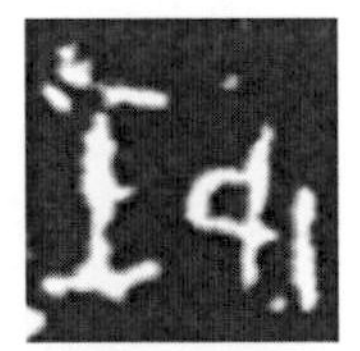 倪慶鬲 春秋早 圖像集成 2866	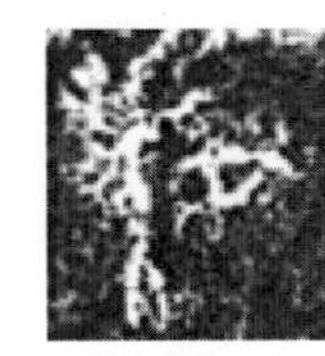 孟彂父簋 西周晚 3963	 昆君婦媿霝壺 春秋早 遺珍 63-65

母 705

侯母壺 西周晚 9657 鄀召簠蓋 西周晚或春秋早 近出 526 鄀召簠 西周晚或春秋早 近出 526 上曾太子鼎 春秋早 2750	時伯鬲 西周晚 591 鼄伯鬲 西周晚 663 鼄伯鬲 西周晚 664 侯母壺蓋 西周晚 9657	亞㠱吴作母辛簋 西周中 總集 4808.2 用作毋。 引簋 西周中晚 海岱 37.6 時伯鬲 西周晚 589 時伯鬲 西周晚 590	亦母爵 商晚 桓臺文物 27 母爵 商 桓臺博物館 母丁觶 西周早 滕州墓上 297 頁 亞㠱吴作母辛簋 西周中 總集 4808.1	母乙尊 商晚 近出 815 史母癸甗 商晚 近出 747 母乙爵 商晚 近出 814 母癸爵 商晚 近出 815

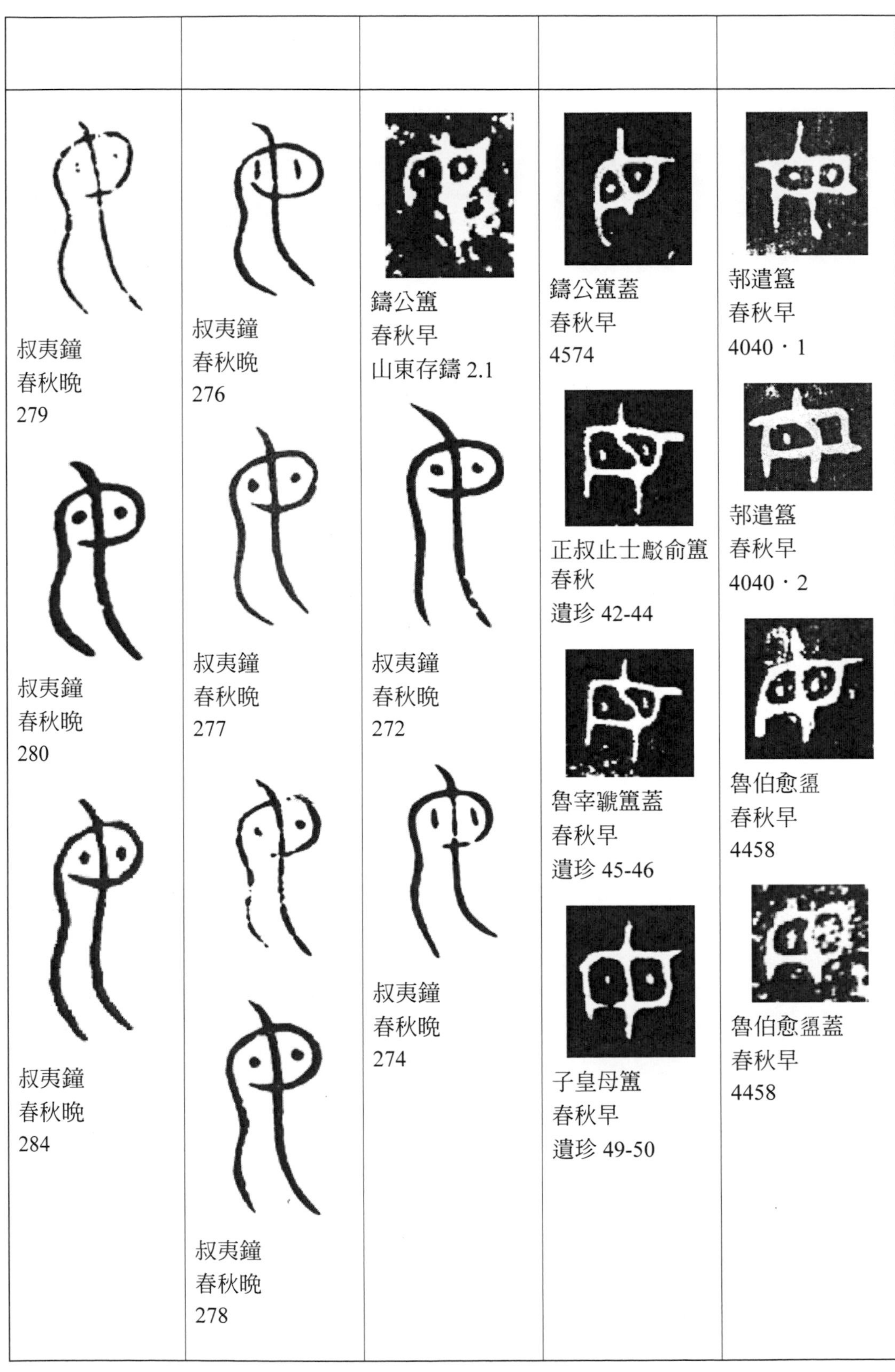

叔夷鐘 春秋晚 279	叔夷鐘 春秋晚 276	鑄公簠 春秋早 山東存鑄 2.1	鑄公簠蓋 春秋早 4574	郜遣簋 春秋早 4040・1
叔夷鐘 春秋晚 280	叔夷鐘 春秋晚 277	叔夷鐘 春秋晚 272	正叔止士戱俞簠 春秋 遺珍 42-44	郜遣簋 春秋早 4040・2
叔夷鐘 春秋晚 284	叔夷鐘 春秋晚 278	叔夷鐘 春秋晚 274	魯宰虢簠蓋 春秋早 遺珍 45-46	魯伯愈盨 春秋早 4458
			子皇母簠 春秋早 遺珍 49-50	魯伯愈盨蓋 春秋早 4458

娣 708　　妣 707　　姑 706

娣盉 商晚 近出二 817	叔夷鐘 春秋晚 276 叔夷鐘 春秋晚 284 叔夷鎛 春秋晚 285	鄗姬鬲 西周晚 新收 1070	邿遣簋 春秋 通鑒 5277	叔夷鎛 春秋晚 285

始 712		改 711	㚤 710	奴 709
 弗敏父鼎 春秋早 2589	 夆叔盤 春秋早 10163  夆叔匜 春秋 10282	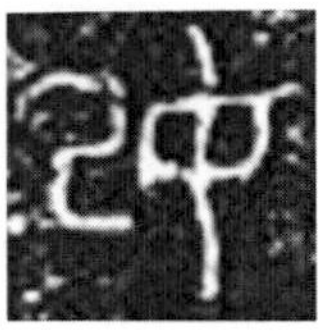 叔妃簋 西周中 3729.1  叔妃簋 西周中 3729.2  嬰士父鬲 西周晚 715  嬰士父鬲 西周晚 716	 鈼仲簠 春秋 4534	 弗敏父鼎 春秋早 2589

	嫊 716	妃 715	奺 714	媿 713

 杞伯每亡鼎 西周晚或春秋早 2495  郳友父鬲 春秋早 圖像集成 2939  郳友父鬲 春秋早 圖像集成 2941	 伯妣鼎 西周晚或春秋早 2447  杞伯每亡鼎 西周晚或春秋早 2642  杞伯每亡鼎 西周晚或春秋早 2494.1  杞伯每亡鼎 西周晚或春秋早 2494.2	 陳侯午簋 戰國早 4145	曹伯狄簋 春秋早 4019	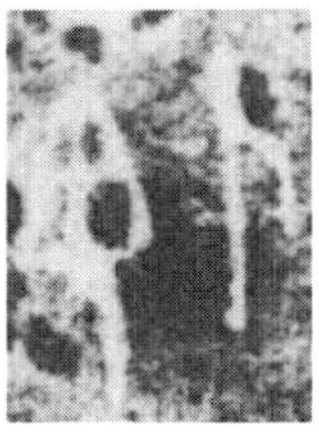 甯[illegible]生鼎 春秋早 2524  昆君婦媿靁壺 春秋 遺珍 63-65

𢿟 718　妟 717

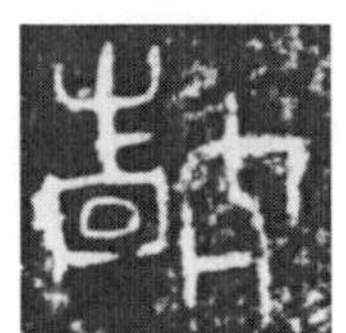 魯伯大父簋 春秋早 3974	 蔡姞簋 西周晚 4198	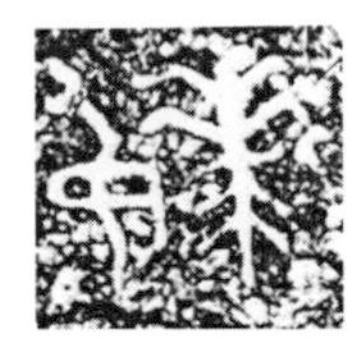 杞伯每亡盆 春秋早 10334  杞伯每亡壺 春秋早 9688  邾友父鬲 春秋早 遺珍 29-30	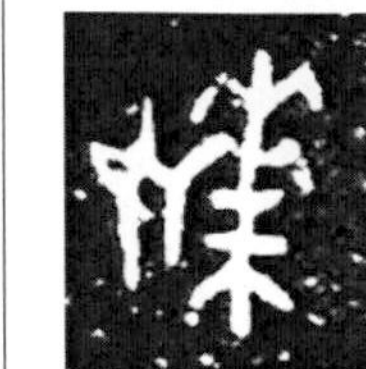 杞伯每亡簋蓋 春秋早 3899.1  杞伯每亡簋 春秋早 3899.2 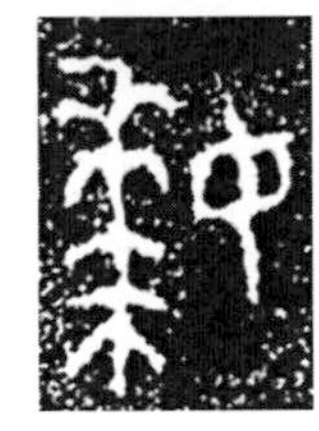 杞伯每亡簋蓋 春秋早 3900  杞伯每亡簋 春秋早 3901	 杞伯每亡簋 春秋早 3897 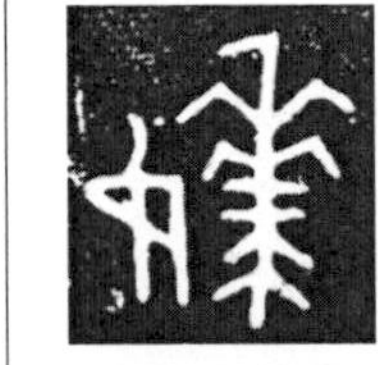 杞伯每亡簋蓋 春秋早 3898・1  杞伯每亡簋 春秋早 3898.2  杞伯每亡匜 春秋早 10255

弗 723	民 722	毌 721	縢 720	嫜 719
 弗	 民	 毌		
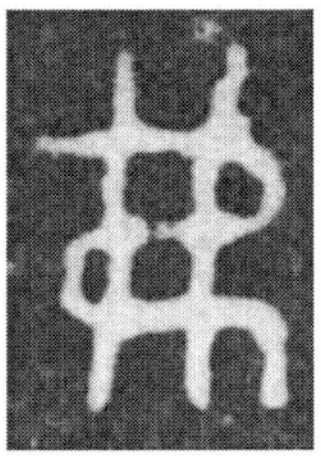 不嬰簋 西周晚 4328  弗敏父鼎 春秋早 2589  叔夷鐘 春秋晚 272	 叔夷鐘 春秋晚 272  叔夷鐘 春秋晚 279  叔夷鎛 春秋晚 285	 郜召簠 西周晚或春秋早 近出 526  郜召簠蓋 西周晚或春秋早 近出 526	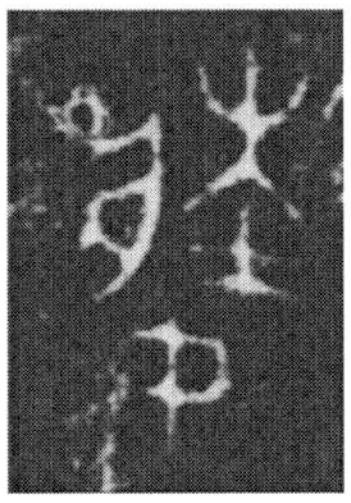 干氏叔子盤 春秋早 10131   梁白可忌豆 戰國 近出 543	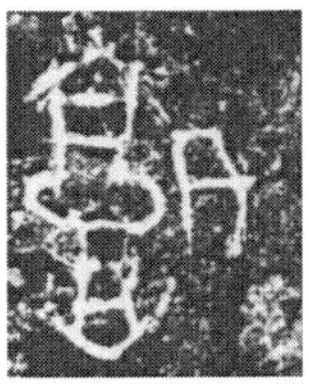 魯伯者父盤 春秋早 10087

氏 725　也 724

		 氏	 也	
 魯大司徒厚氏元簠 春秋早 4691 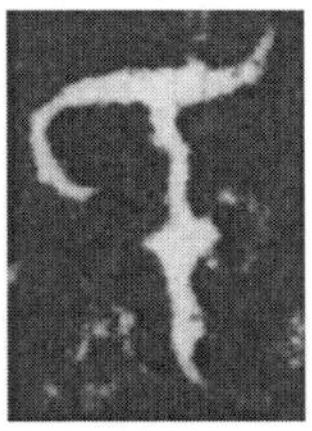 干氏叔子盤 春秋早 10131  郤氏左戈 戰國晚 近出 1117	 魯大司徒厚氏元簠 春秋早 4689  魯大司徒厚氏元簠蓋 春秋早 4690.1  魯大司徒厚氏元簠 春秋早 4690.2  魯大司徒厚氏元簠蓋 春秋早 4691	 益公鐘 西周晚 16 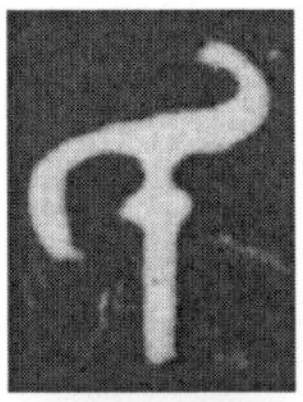 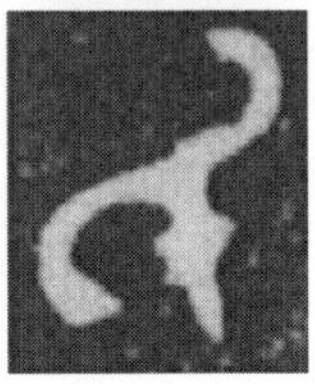 不其簋 西周晚 4328   伯姒鼎 西周晚或春秋早 2447	 公孫潮子編鐘 戰國早 近出 9	 叔夷鐘 春秋晚 273  叔夷鐘 春秋晚 275  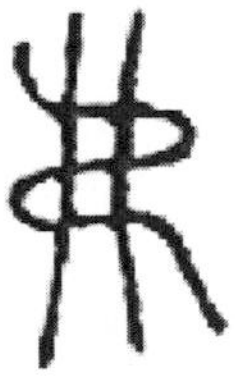 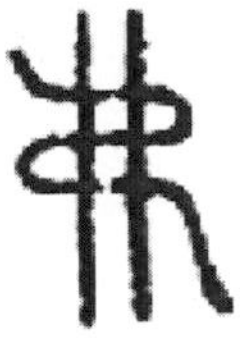 叔夷鎛 春秋晚 285

乇 726

				乇
子禾子釜 戰國中 10374 梁白可忌豆 戰國 近出 543	叔夷鐘 春秋晚 273 叔夷鎛 春秋晚 285	滕侯盨 春秋早 遺珍 99 頁 叔夷鐘 春秋晚 272 叔夷鐘 春秋晚 275	伯囗卣 西周早 5393 豐簋 西周中 考古 2010.8 豐觥 西周中 中新網 2010.1.14 蔡姞簋 西周晚 4198	大保簋 西周早 4140 斿鼎 西周早 山東成 140 斿鼎 西周早 2347 豐鼎 西周早 考古 2010.8

戈 727

 宋公差戈 春秋晚 11289  侯散戈 春秋晚 近出 1111  平阿左戈 春秋晚 近出 1135 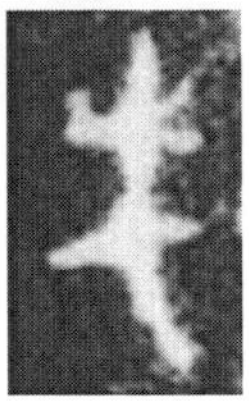 羊子戈 春秋晚 11089	 筧右工戈 春秋晚 11259  平陽戈 春秋晚 11156  筧右工戈 春秋晚 11259  成陽辛城里戈 春秋晚 11154	  薛郭公子戈 春秋早 近出 1164 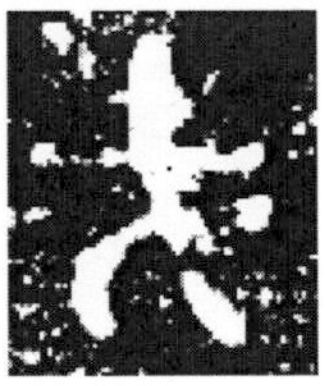 郳戈 春秋晚 10902  武城戈 春秋晚 10966	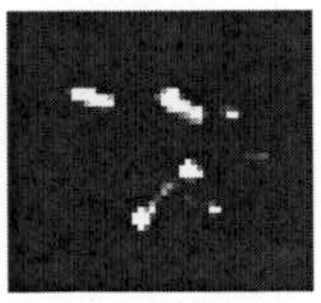 保晉戈 西周 淄博文物精粹 70 頁  高子戈 春秋早 10961  子備璋戈 春秋早 近出 1140  淳于公戈 春秋早 近出 1157	 戈觶 商晚 6055  戈鼎 西周早 滕墓上 214 頁圖 150.3  良山戈 西周早 山東成 762 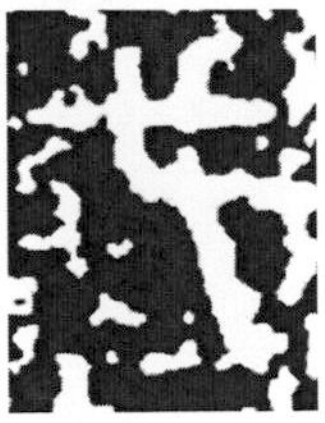 口造戈 西周 山東成 769

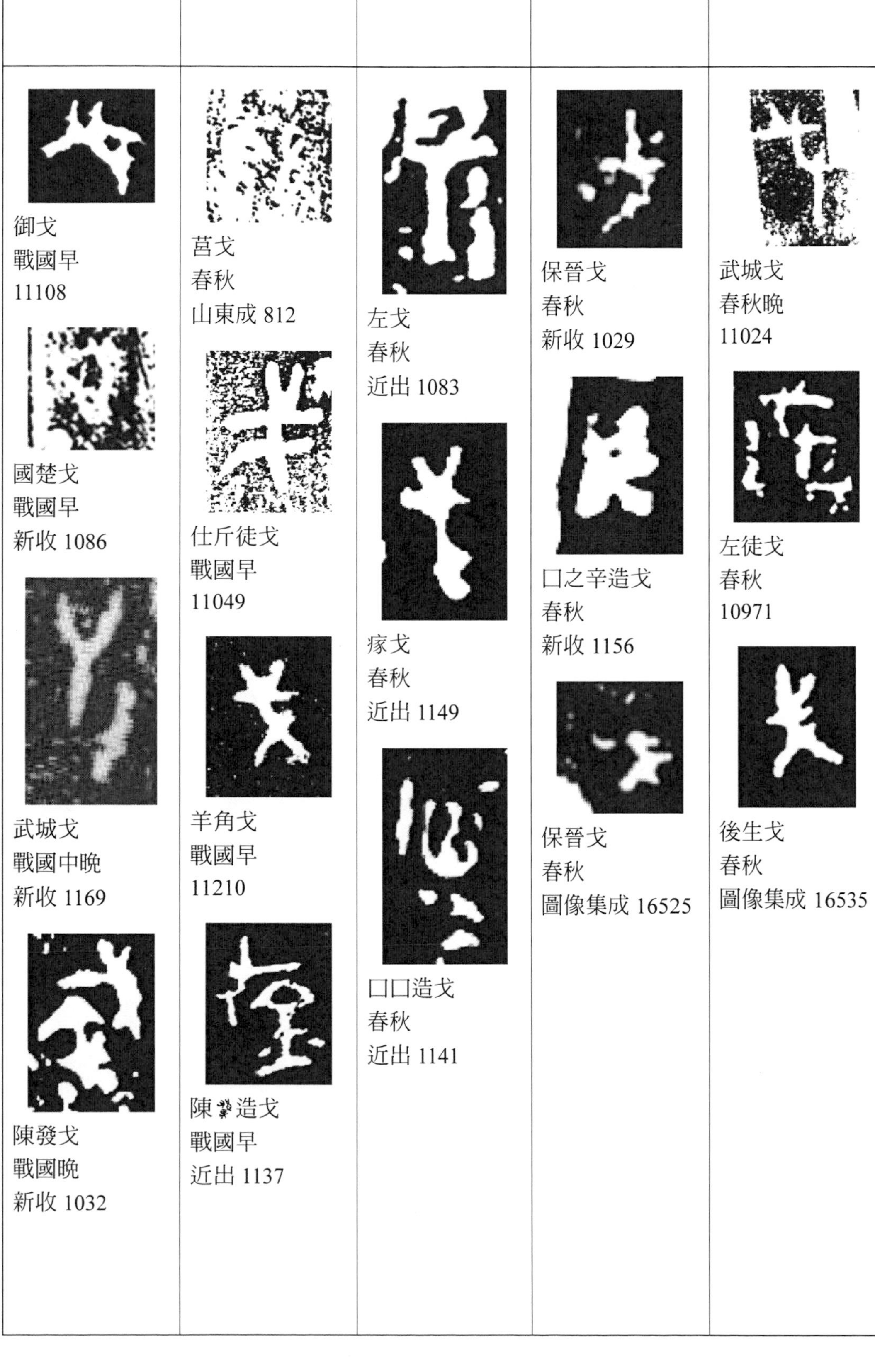

御戈 戰國早 11108	莒戈 春秋 山東成 812	左戈 春秋 近出 1083	保晉戈 春秋 新收 1029	武城戈 春秋晚 11024
國楚戈 戰國早 新收 1086	仕斤徒戈 戰國早 11049	瘃戈 春秋 近出 1149	□之辛造戈 春秋 新收 1156	左徒戈 春秋 10971
武城戈 戰國中晚 新收 1169	羊角戈 戰國早 11210	□□造戈 春秋 近出 1141	保晉戈 春秋 圖像集成 16525	後生戈 春秋 圖像集成 16535
陳發戈 戰國晚 新收 1032	陳[illegible]造戈 戰國早 近出 1137			

戎 729　　肇 728

戎	肇			
戎鐃 商晚 山東成 109	豐簋 西周中 考古 2010.8	竹膚造戈 戰國 山東成 860	平阿左戟 戰國 11158	監戈 戰國 10893
戎方彝 商 山東成 730		國之公戈 戰國晚 圖像集成 16687	鄘戈 戰國 新收 1025	陳戈 戰國 11031
戎方彝 商 山東成 730		陳窒散戈 戰國 圖像集成 16644	武城戈 戰國 海岱 37.69	陳窒散戈 戰國 11036
侯母壺 西周晚 9657		陳窒散戈 戰國 圖像集成 16645	陳余戈 戰國 11035	陳子皮戈 戰國 11126

戟 730

	𢧢			
  平阿左戟 戰國晚 新收 1030 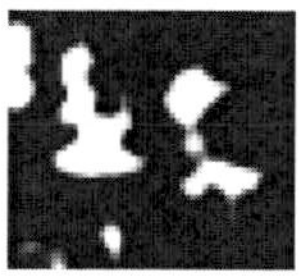 子囗徒戟 戰國晚 新收 1541 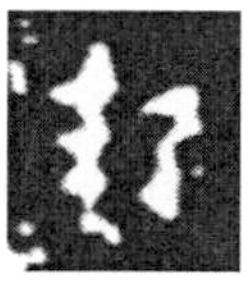  平阿右戟 戰國晚 近出 1150  十年洱陽令戈 戰國 近出 1195	  武城戟 春秋 10967  𩿨藋戟 戰國晚 近出 1131  徒戟 戰國晚 近出 1132  徒戟 戰國晚 近出 1132	   叔夷鎛 春秋晚 285	 叔夷鐘 春秋晚 273   叔夷鐘 春秋晚 275  叔夷鐘 春秋晚 1	 侯母壺蓋 西周晚 9657 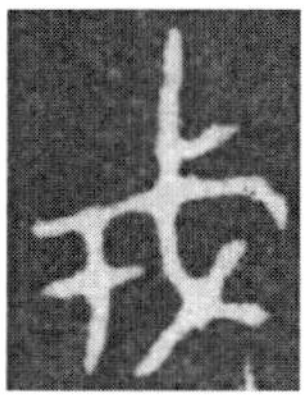 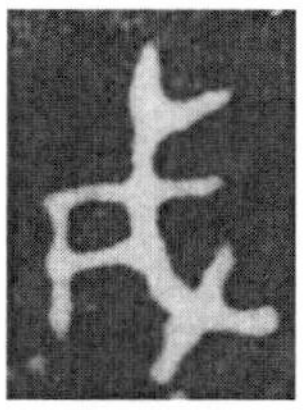 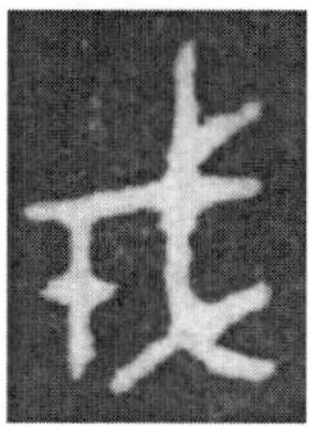 不嬰簋 西周晚 4328

武 733		或 732	成 731	
 叔夷鐘 春秋晚 275	鮑子鼎 春秋晚 中國歷史文物 2009（2）51 頁	 叔夷鐘 春秋晚 275	 戍瑂無壽觚 商中 近出 757	平阿左戟 戰國 11158
叔夷鐘 春秋晚 278	叔夷鎛 春秋晚 285	叔夷鐘 春秋晚 277	遹甗 西周中 948	陳戠戟 戰國 海岱 37.92
叔夷鎛 春秋晚 285			永用從成其戈 西周 山東成 769	垣左戟 戰國 海岱 37.63

戚 736 或 735 戠 734

㓨				
啓卣 西周早 5410・1 啓卣 西周早 5410・2 啓尊 西周早 5983	叔夷鎛 春秋晚 285	陳戠戟 戰國 海岱 37.92	武城戈 戰國中晚 新收 1169 郾王職劍 戰國晚 近出 1221 阿武戈 戰國 10923	武城戈 春秋晚 10966 武城戈 春秋晚 11024 武紊戈 春秋晚 近出 1088

亡 739			義 738	我 737
杞伯每亡鼎 西周晚或春秋早 2495	大保簋 西周早 4140	叔夷鐘 春秋晚 280	子義爵 商晚 近出 843	不其簋 西周晚 4328
杞伯每亡鼎 西周晚或春秋早 2642	杞伯每亡鼎 西周晚或春秋早 2494 · 1	叔夷鎛 春秋晚 285	叔夷鐘 春秋晚 278	叔夷鐘 春秋晚 275
杞伯每亡簋 春秋早 3897	杞伯每亡鼎 西周晚或春秋早 2494 · 2			

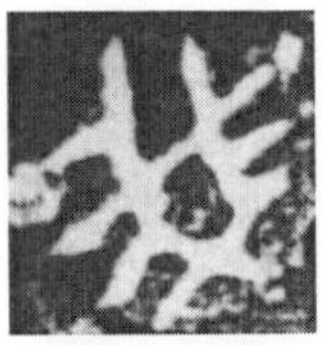

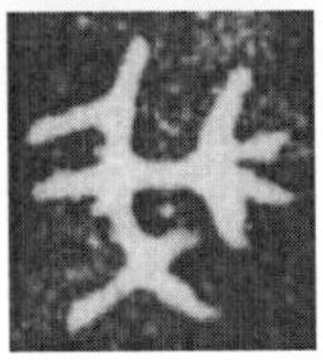

乍 740

 [illegible]乍且癸卣 商 5307  作鞅從彝觶蓋 商晚或西周早 6435.1  作鞅從彝觶 商晚或西周早 6435.2 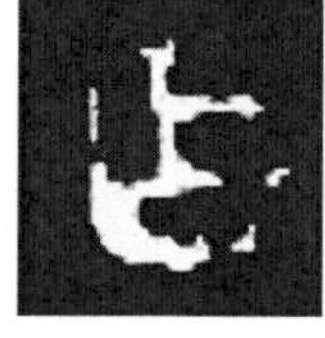 父辛鬲 商或西周早 近出 123	 戍𤩽無壽觚 商中 近出 757 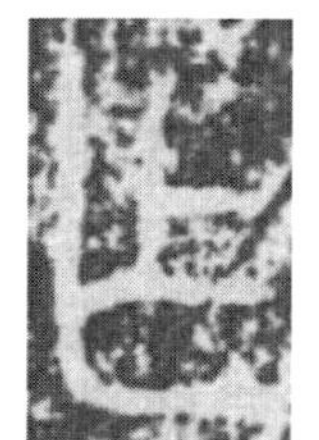 [illegible]巘作父辛卣 商晚 5285  羍盉 商晚 近出二 833  龔婦闗斝 商 總集 4342	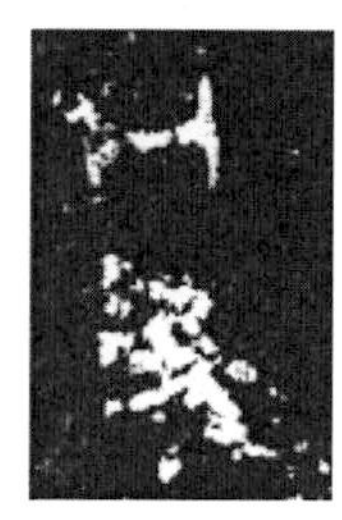 杞伯每亡匜 春秋早 10255 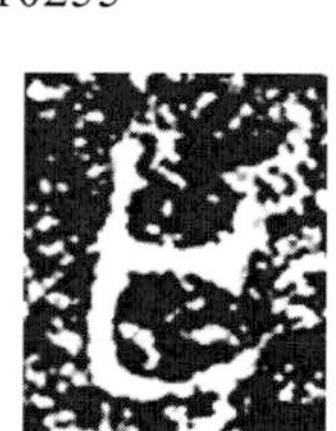 杞伯每亡盆 春秋早 10334 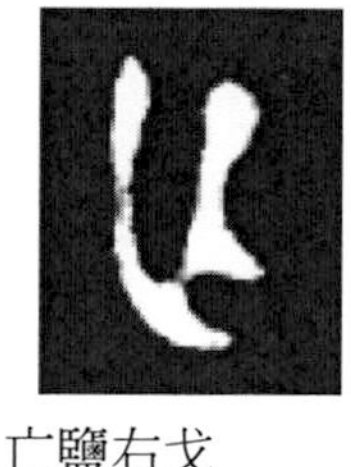 亡鹽右戈 戰國早 近出 1121	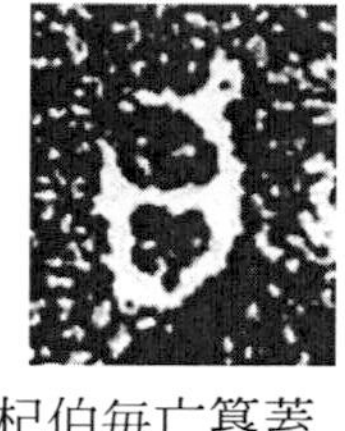 杞伯每亡簋蓋 春秋早 3900 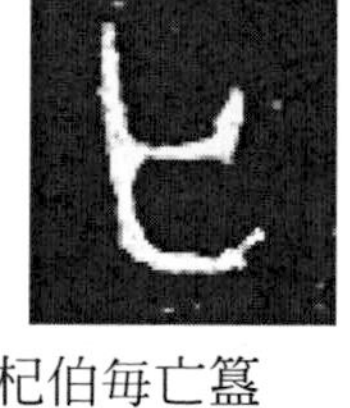 杞伯每亡簋 春秋早 3901 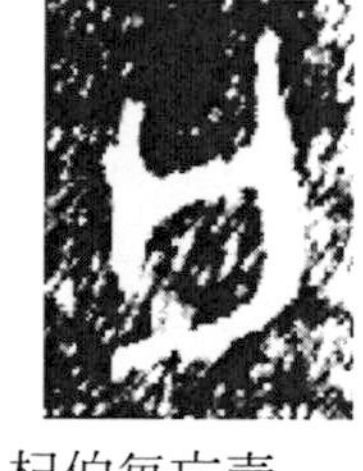 杞伯每亡壺 春秋早 9688	 杞伯每亡簋蓋 春秋早 3898  杞伯每亡簋 春秋早 3898  杞伯每亡簋蓋 春秋早 3899.1  杞伯每亡簋蓋 春秋早 3899.2

 作[耒丮]从彝觚 西周早 通鑑 9719	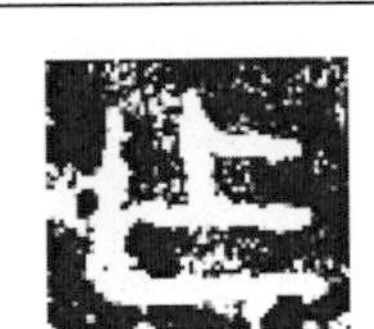 憲鼎 西周早 2749	 [甚夫]鼎 西周早 2063	 [叀辵]鬲 西周早 631	 吾作滕公鬲 西周早 565
 作[耒丮]从彝觚 西周早 通鑑 9720	 遣方鼎 西周早 2158	 季作寶彝鼎 西周早 1931	 [糸鹵]鼎 西周早 2037	 宁■卣蓋 西周早 近出 593
 作寶□彝尊 西周早 新收 1501	 遣方鼎 西周早 2157	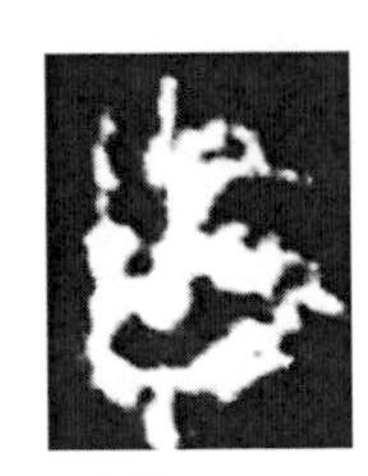 王季鼎 西周早 2031	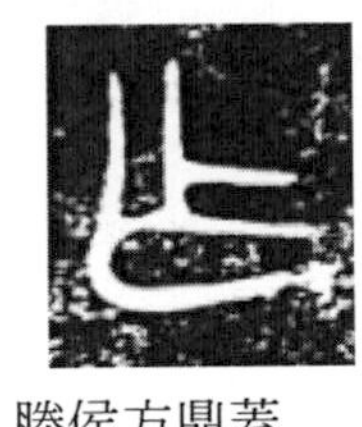 滕侯方鼎蓋 西周早 2154	 宁■卣 西周早 近出 593
 王姜鼎 西周早 近出 308	 作[耒丮]从彝方鼎 西周早 1981	 遣方鼎 西周早 2159	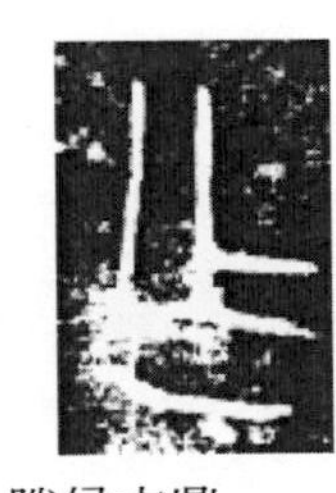 滕侯方鼎 西周早 2154	 文母日乙爵 西周早 山東成 575

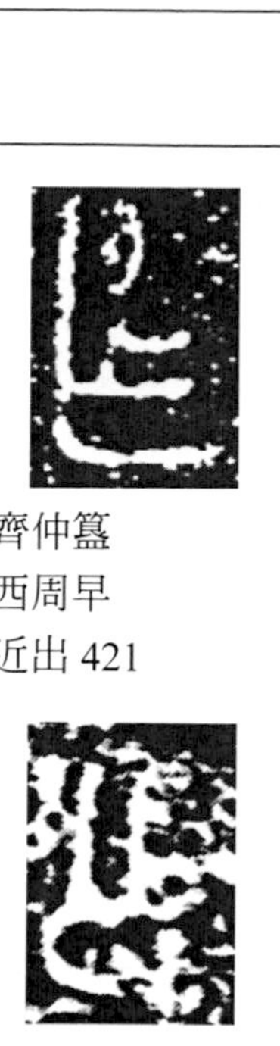 齊仲簋 西周早 近出 421 乍尊彝尊 西周早 5712  傳作父戊尊 西周早 5925 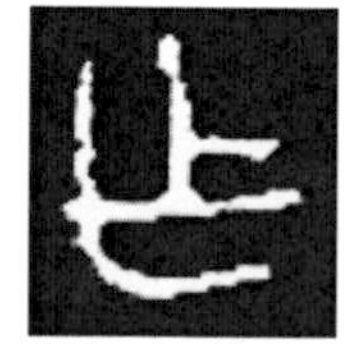 啓尊 西周早 5983	 [illegible]簋 西周早 3469  滕侯簋 西周早 3670  劃函作祖戊簋 西周早 總集 2312  辛嚚簋 西周早 新收 1148	 新口簋 西周早 3439  新𩁹簋 西周早 3440 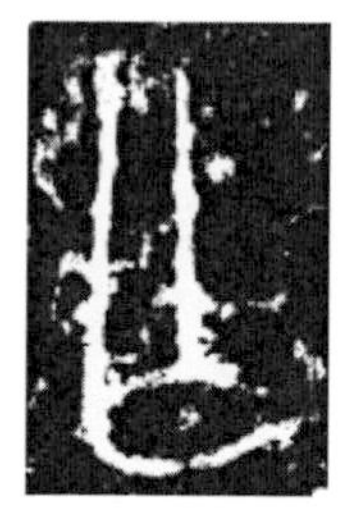 大史友甗 西周早 915  叔京簋 西周早 3486	 旂鼎 西周早 2347  作執從彝鼎觚 西周早 通鑒 9230  旅鼎 西周早 2728 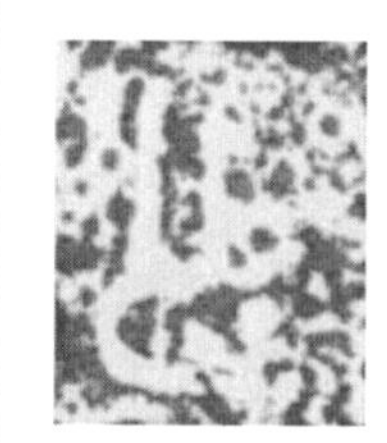 作尊彝尊 西周早 5712	 旂鼎 西周早 山東成 140  㐭監鼎 西周早 近出 297  作執從彝鼎盉蓋 西周早 通鑒 13665  作執從彝鼎觚 西周早 通鑒 9229

 伯憲盉 西周早 9430 伯憲盉蓋 西周早 9430  𠦪盉 西周早 滕墓上 303 頁圖 218  作執从彝壺 西周早 通鑒 12334	 朿作父辛卣 西周早 5333  朿作父辛卣蓋 西周早 5333 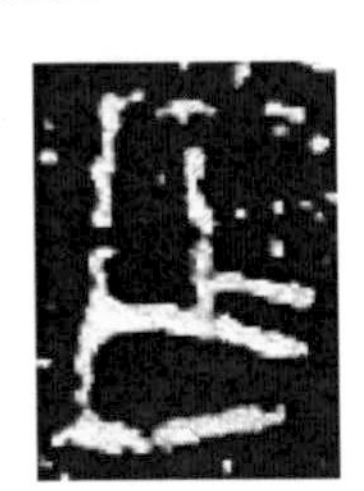 能奚壺 西周早 新收 1100 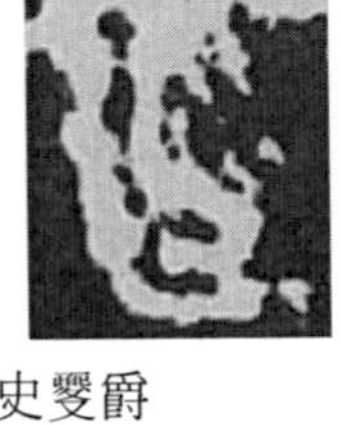 史䙴爵 西周早 滕州墓上 256 頁圖 181.2	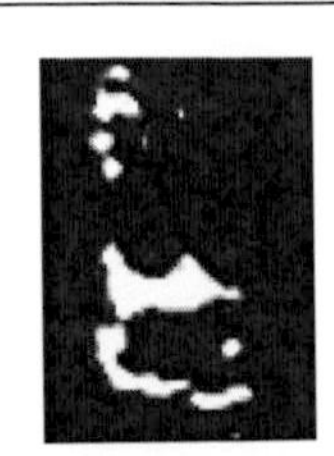 啓卣 西周早 5410  啓卣蓋 西周早 5410  矢伯獲卣蓋 西周早 5291.1  矢伯獲卣 西周早 5291.2	 伯口卣 西周早 5393  伯口卣蓋 西周早 5393 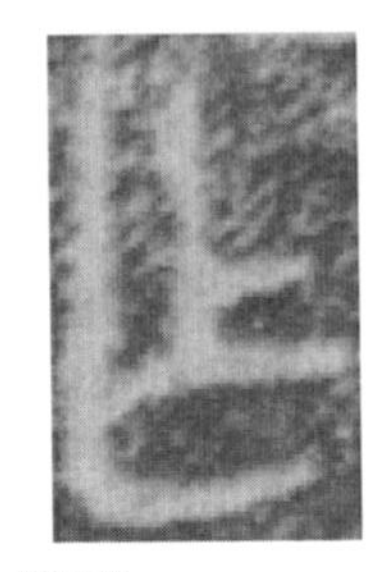 豐鼎 西周早 考古 2010.8  [illegible]卣蓋 西周早 5192	 舟父戊爵 西周早 9012  舟父戊爵 西周早 9013  妊爵 西周早 9027  妊爵 西周早 9028

 㝅作寶鼎 西周中 1964	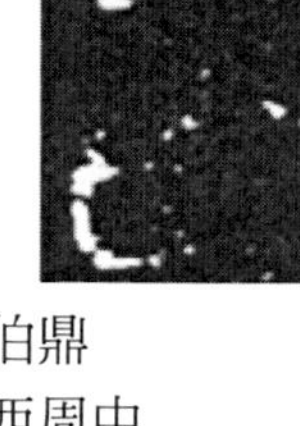 伯鼎 西周中 通鑒 2146	 亞異矣卣 西周早 國博館刊 2012.1	 史鶱卣 西周早 國博館刊 2012.1	 作𠃬从彝罍 西周早 圖像集成 13793
 遣叔鼎 西周中 2212	 遹甗 西周中 948	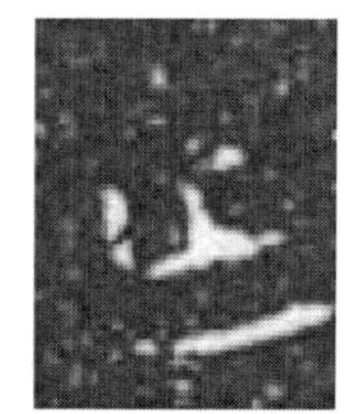 芮公叔簋蓋 西周早或中 近出 446	 史鶱尊 西周早 國博館刊 2012.1	鶱鼎 西周早 國博館刊 2012.1
 [illegible]伯鼎 西周中 2460	 𠭰鐘 西周中 92	 芮公叔簋器 西周早或中 近出 446	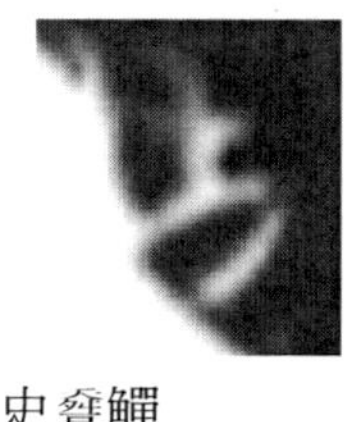 史鶱觶 西周早 國博館刊 2012.1	 鶱簋 西周早 國博館刊 2012.1
 伯旬鼎 西周中 2414	 甚諆鼎 西周中 2410	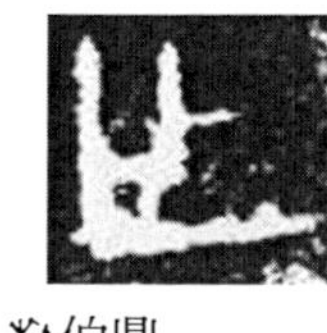 [illegible]伯鼎 西周中 2044	 亞異矣卣蓋 西周早 國博館刊 2012.1	 史鶱卣蓋 西周早 國博館刊 2012.1

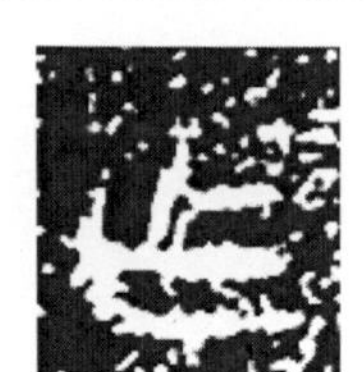 引簋 西周中晚 海岱 37.6	 紀仲觶 西周中 6511.2	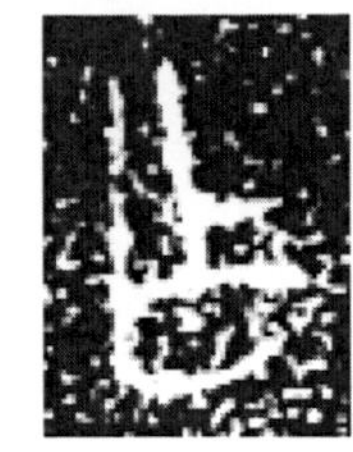 豐卣 西周中 考古 2010.8	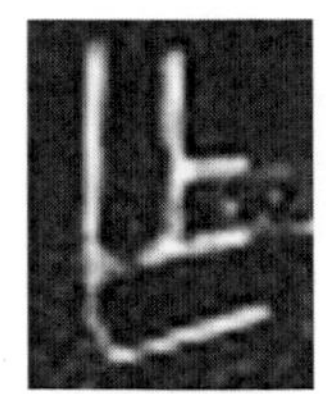 叔妃簋 西周中 3729.2	 曩侯弟鼎 西周中晚 2638
 己侯虓鐘 西周晚 14	 作旅彝残器底 西周中 海岱 1.14	 服方尊 西周中 總集 4845	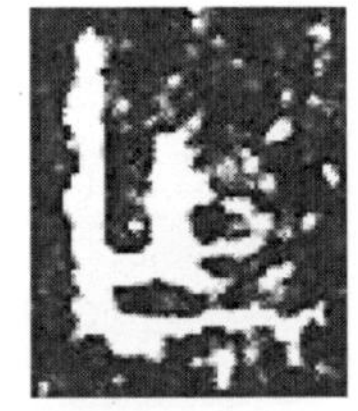 乍寶尊彝卣 西周中 近出 588	 竅鼎 西周中 2721
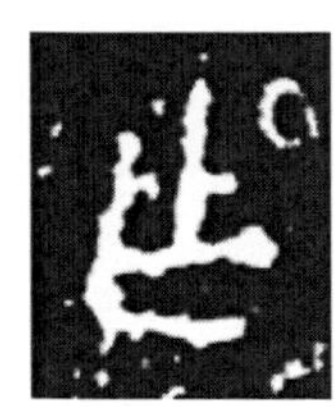 邿伯鬲 西周晚 589	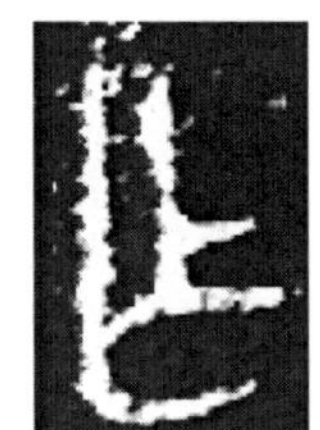 豐觥 西周中 中新網 2010.1.14	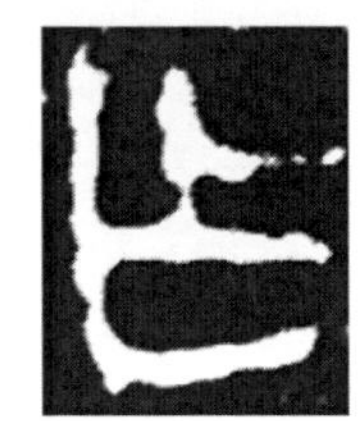 乍父辛尊 西周中 近出 629	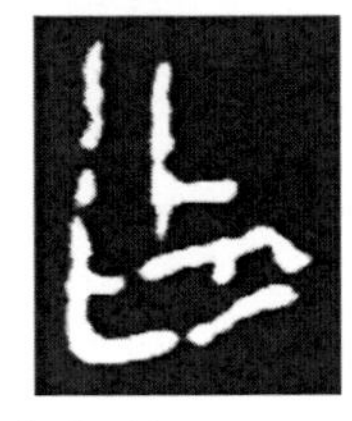 小夫卣 西周中 近出 598	 豐簋 西周中 考古 2010.8
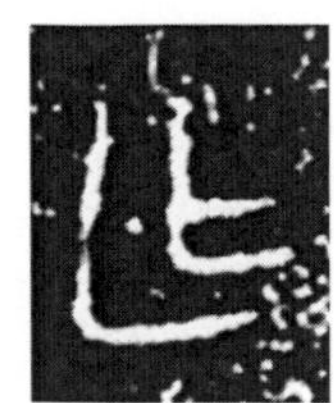 邿伯鬲 西周晚 590	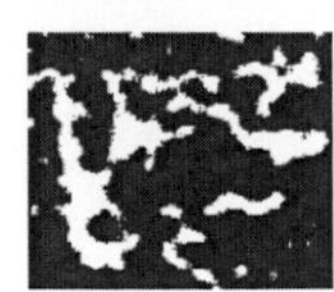 作寶尊彝卣 西周中 近出二 525	 紀仲觶 西周中 6511.1	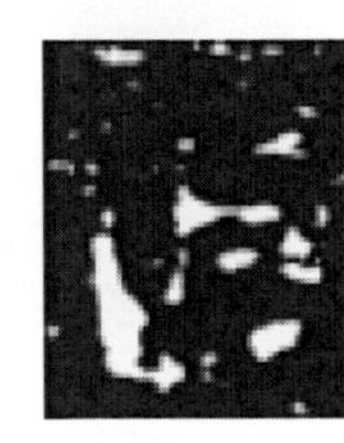 小夫卣 西周中 近出 598	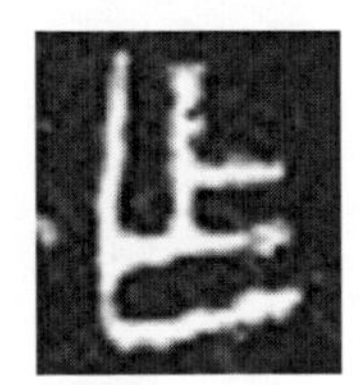 叔妃簋 西周中 3729.1

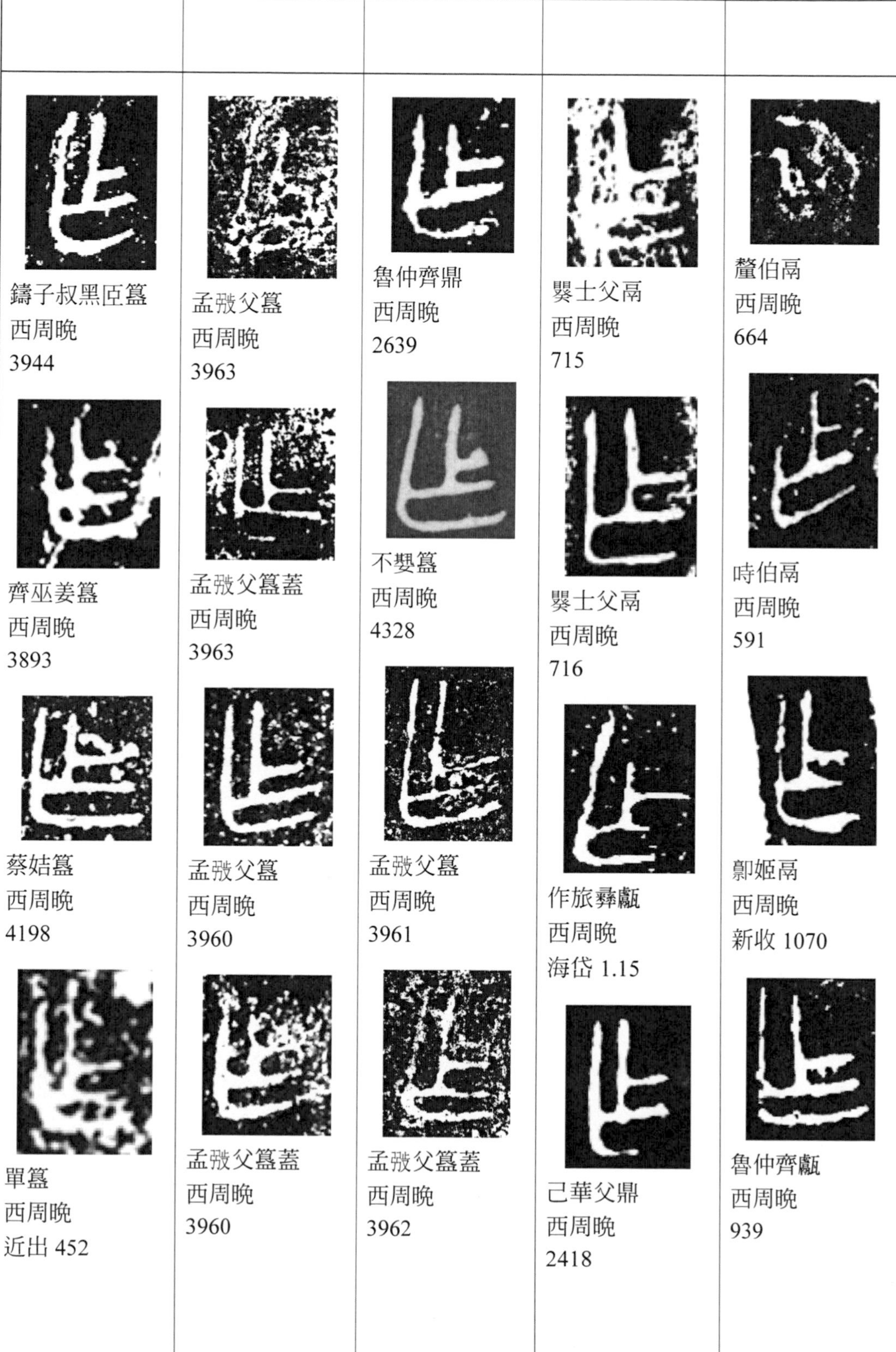

鑄子叔黑叵簋 西周晚 3944	孟弢父簋 西周晚 3963	魯仲齊鼎 西周晚 2639	嬰士父鬲 西周晚 715	釐伯鬲 西周晚 664
齊巫姜簋 西周晚 3893	孟弢父簋蓋 西周晚 3963	不嬰簋 西周晚 4328	嬰士父鬲 西周晚 716	時伯鬲 西周晚 591
蔡姞簋 西周晚 4198	孟弢父簋 西周晚 3960	孟弢父簋 西周晚 3961	作旅彝甗 西周晚 海岱 1.15	鄟姬鬲 西周晚 新收 1070
單簋 西周晚 近出 452	孟弢父簋蓋 西周晚 3960	孟弢父簋蓋 西周晚 3962	己華父鼎 西周晚 2418	魯仲齊甗 西周晚 939

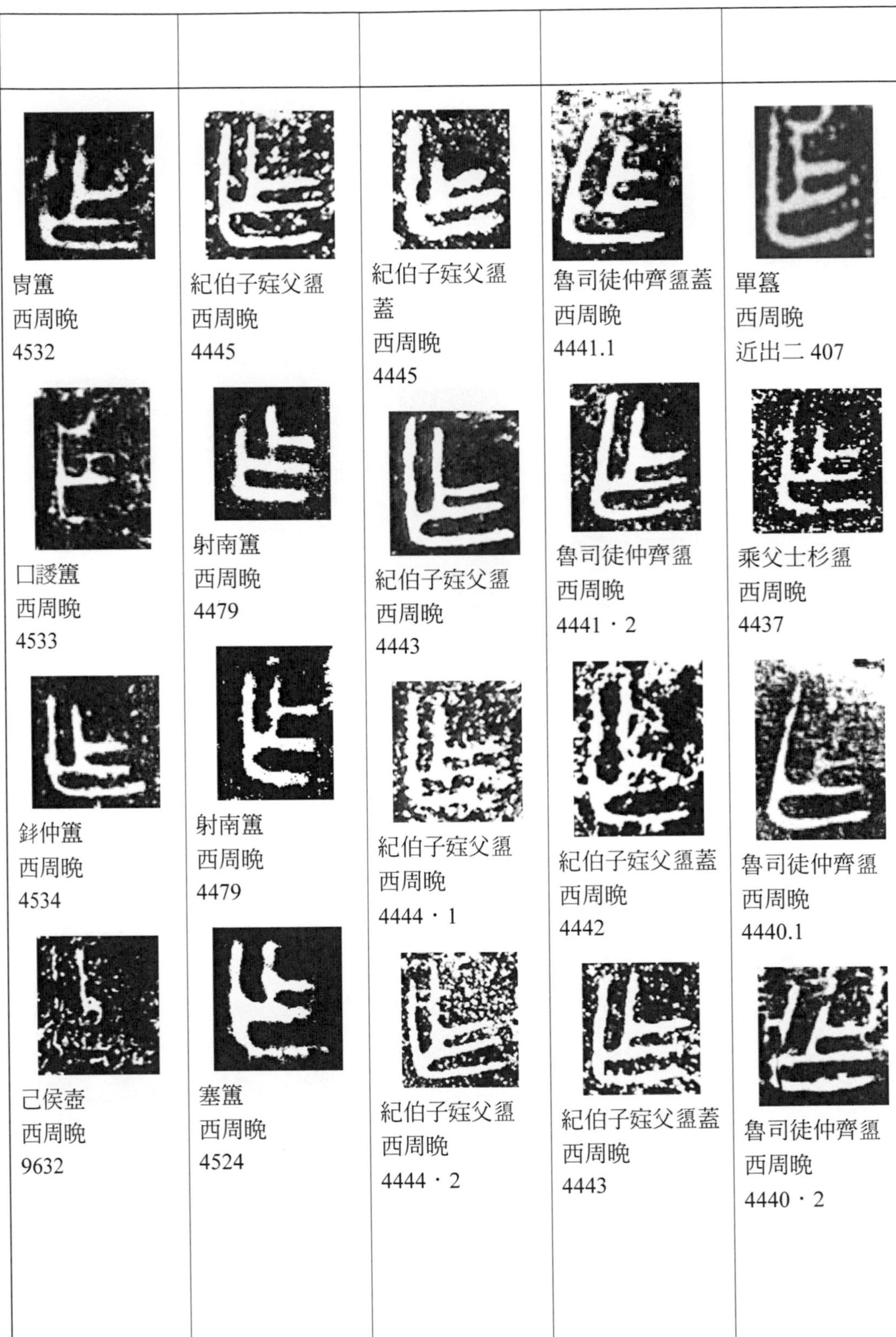

肯簋 西周晚 4532	紀伯子姪父盨 西周晚 4445	紀伯子姪父盨蓋 西周晚 4445	魯司徒仲齊盨蓋 西周晚 4441.1	單簋 西周晚 近出二 407
口諉簋 西周晚 4533	射南簋 西周晚 4479	紀伯子姪父盨 西周晚 4443	魯司徒仲齊盨 西周晚 4441・2	乘父士杉盨 西周晚 4437
鈐仲簋 西周晚 4534	射南簋 西周晚 4479	紀伯子姪父盨 西周晚 4444・1	紀伯子姪父盨蓋 西周晚 4442	魯司徒仲齊盨 西周晚 4440.1
己侯壺 西周晚 9632	塞簋 西周晚 4524	紀伯子姪父盨 西周晚 4444・2	紀伯子姪父盨蓋 西周晚 4443	魯司徒仲齊盨 西周晚 4440・2

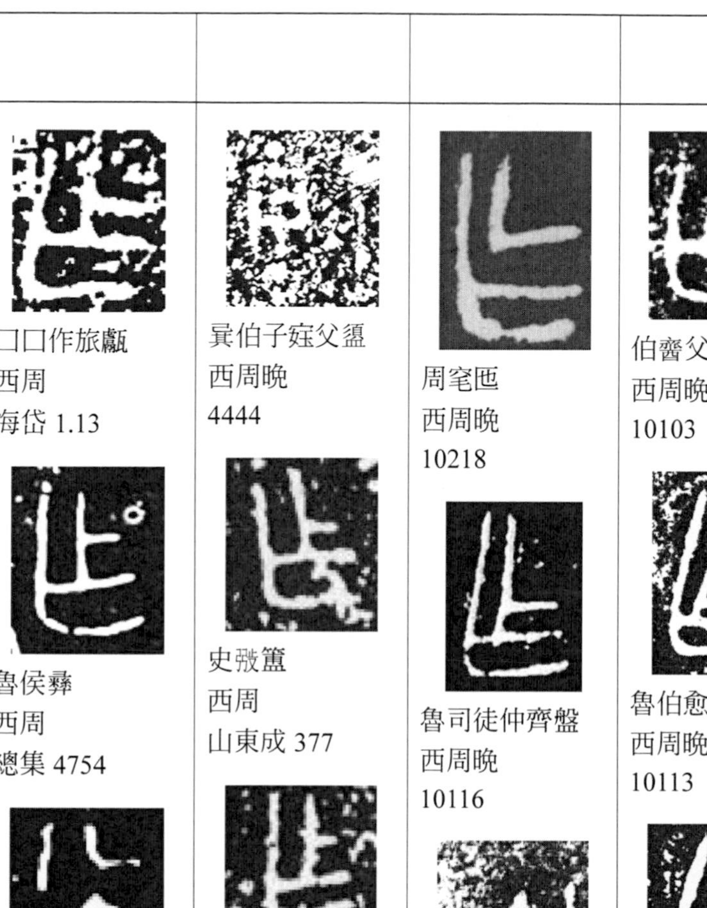 口口作旅甗 西周 海岱 1.13 魯侯彝 西周 總集 4754 摹本 5373.1 丁師卣 西周 山東成 477	㠱伯子宱父盨 西周晚 4444 史敱簋 西周 山東成 377 史敱簋 西周 山東成 377 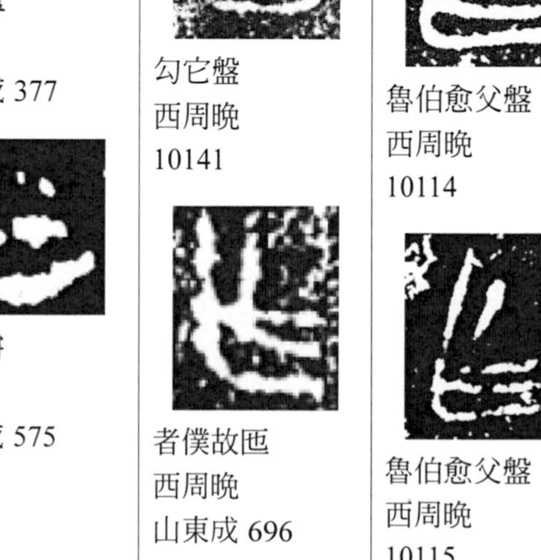 口邵爵 西周 山東成 575	周宰匜 西周晚 10218 魯司徒仲齊盤 西周晚 10116 勾它盤 西周晚 10141 者僕故匜 西周晚 山東成 696	伯齍父盤 西周晚 10103 魯伯愈父盤 西周晚 10113 魯伯愈父盤 西周晚 10114 魯伯愈父盤 西周晚 10115	侯母壺 西周晚 9657  侯母壺蓋 西周晚 9657 司馬南叔匜 西周晚 10241 魯司徒仲齊匜 西周晚 10275

 魯伯愈父鬲 春秋早 694	 魯伯愈父鬲 春秋早 690	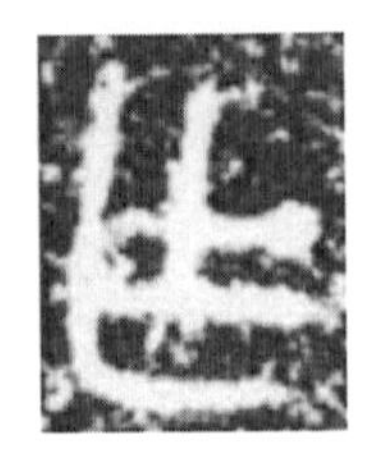 弗敏父鼎 春秋早 2589	 魯侯鼎 西周晚或春秋早 近出 324	 丁師卣 西周 5373.2
 魯伯愈父鬲 春秋早 695	 魯伯愈父鬲 春秋早 691	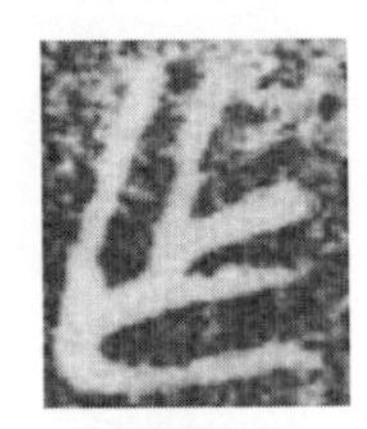 甫[illegible]生鼎 春秋早 2524	 魯侯簠 西周晚或春秋早 近出 518	 杞伯每亡鼎 西周晚或春秋早 2494.1
 魯宰駟父鬲 春秋早 707	 魯伯愈父鬲 春秋早 692	 齊趫父鬲 春秋早 685	 郜召簠 西周晚或春秋早 近出 526	 杞伯每亡鼎 西周晚或春秋早 2495
 鑄子叔黑叵鬲 春秋早 735	 魯伯愈父鬲 春秋早 693	 齊趫父鬲 春秋早 686	 郜召簠蓋 西周晚或春秋早 近出 526	 杞伯每亡鼎 西周晚或春秋早 2642

 杞伯每亡簋 春秋早 3901  魯伯大父簋 春秋早 3974  曹伯狄簋 春秋早 4019  郜遣簋 春秋早 4040.1	 杞伯每亡簋 春秋早 3898  杞伯每亡簋蓋 春秋早 3899.1  杞伯每亡簋 春秋早 3899.2 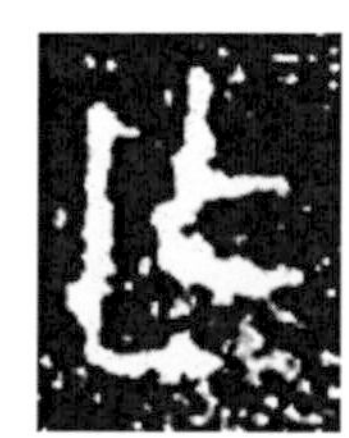 杞伯每亡簋蓋 春秋早 3900	 兒慶匜鼎 春秋早 遺珍 68-69  鄁甘辜鼎 春秋早 新收 1091  杞伯每亡簋 春秋早 3897  杞伯每亡簋蓋 春秋早 3898	 鑄子叔黑叵鼎 春秋早 2587  郳口伯鼎 春秋早 2640  郳口伯鼎 春秋早 2641  上曾太子鼎 春秋早 2750	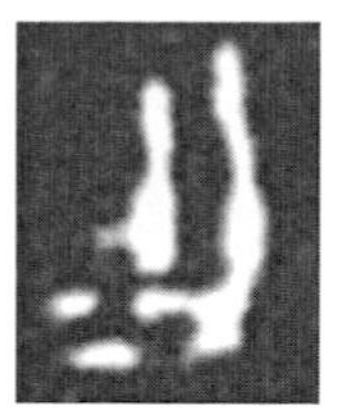 倪慶鬲 春秋早 圖像集成 2866  倪慶鬲 春秋早 圖像集成 2867 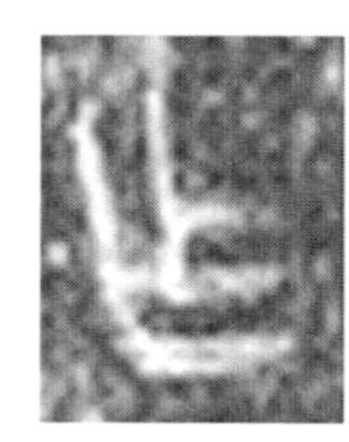 倪慶鬲 春秋早 圖像集成 2868  郜造鼎 春秋早 2422

 魯大司徒厚氏元簠 春秋早 4691	 魯大司徒厚氏元簠 春秋早 4689	 鑄子叔黑叵簠 春秋早 4570.2	 滕侯盨 春秋早 遺珍 99 頁	 邿遣簋 春秋早 4040.2
 正叔止士馭俞簠 春秋早 遺珍 42-44	 魯大司徒厚氏元簠蓋 春秋早 4690.1	 鑄子叔黑叵簠 春秋早 4571	 魯士浮父簠 春秋早 4518	 鑄叔皮父簋 春秋早 4127
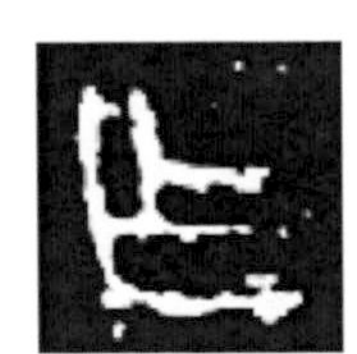 正叔止士馭俞簠 春秋早 遺珍 42-44	 魯大司徒厚氏元簠 春秋早 4690.2	 鑄公簠蓋 春秋早 4574	 走馬薛仲赤簠 春秋早 4556	 魯伯愈盨蓋 春秋早 4458
 魯宰虢簠蓋 春秋早 遺珍 45-46	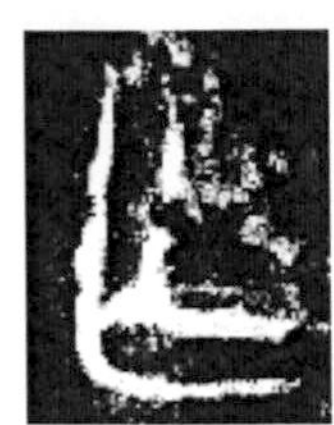 魯大司徒厚氏元簠蓋 春秋早 4691	 奄叔豸父簠 春秋早 4592	 鑄子叔黑叵簠蓋 春秋早 4570.1	 魯伯愈盨 春秋早 4458

 郳君慶壺蓋 春秋早 遺珍 35-38  叔黑叵匜 春秋早 10217  齊侯子行匜 春秋早 10233 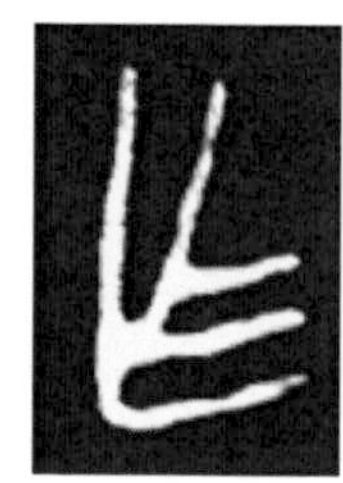 魯伯愈父匜 春秋早 10244	 杞伯每亡壺 春秋早 9688  陳侯壺蓋 春秋早 9633.1  陳侯壺 春秋早 9633.2  昆君婦媿霝壺 春秋早 遺珍 63-65	 陳侯壺蓋 春秋早 9634.1  陳侯壺 春秋早 9634.2 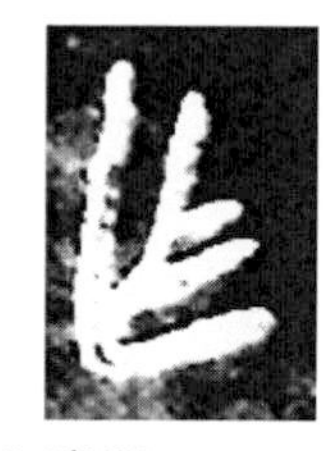 鼄慶簠 春秋早 遺珍 116  杞伯每亡壺蓋 春秋早 9687	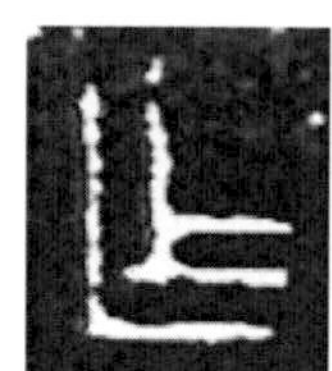 鼄公子害簠 遺珍 67 春秋早 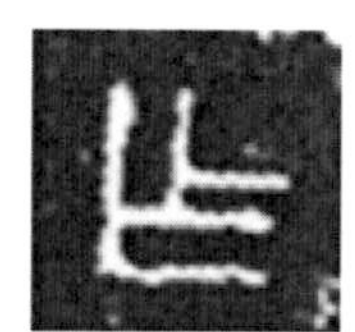 鼄公子害簠蓋 遺珍 67 春秋早  子皇母簠 春秋早 遺珍 49-50  鼄慶簠 春秋早 遺珍 116	 畢仲弁簠 春秋早 遺珍 48  魯宰虢簠 春秋早 遺珍 45-46  鑄公簠 春秋早 山東存鑄 2.1  商丘叔簠 春秋早 新收 1071

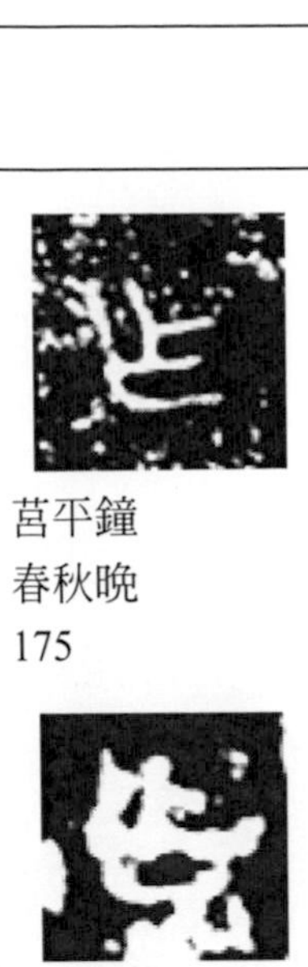 莒平鐘 春秋晚 175	 齊侯盤 春秋中 10117	 魯大左司徒元鼎 春秋中 2592	 魯大司徒厚氏元盂 春秋早 10316	 孟嬴匜 春秋早 山東存邾 3.3
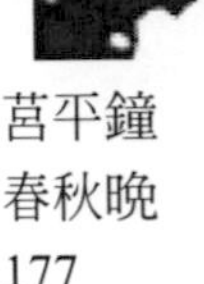 莒平鐘 春秋晚 177	 余王鼎 春秋晚 文物 2014.1	 陳大喪史仲高鐘 春秋中 353.1	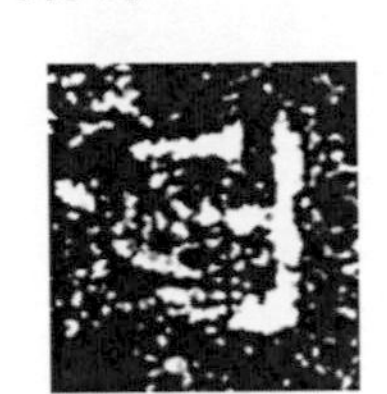 杞伯每亡盆 春秋早 10334	 魯伯者父盤 春秋早 10087
 莒平鐘 春秋晚 180	 莒平鐘 春秋晚 172	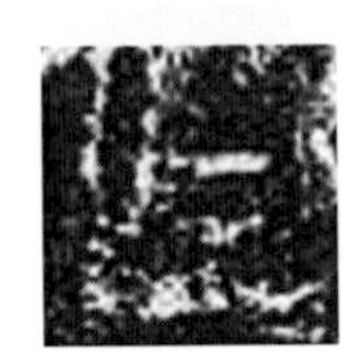 陳大喪史仲高鐘 春秋中 354.1	 霝父君瓶 春秋早 遺珍 31-33	 夆叔盤 春秋早 10163
 叔夷鐘 春秋晚 275	 莒平鐘 春秋晚 174	 陳大喪史仲高鐘 春秋中 355.1	 霝父君瓶蓋 春秋早 遺珍 31-33	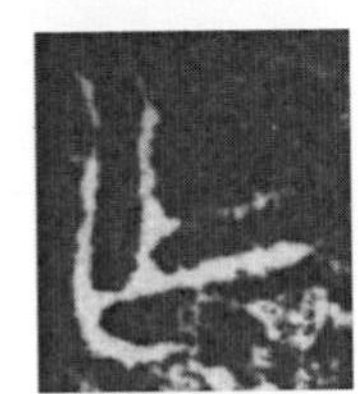 干氏叔子盤 春秋早 10131

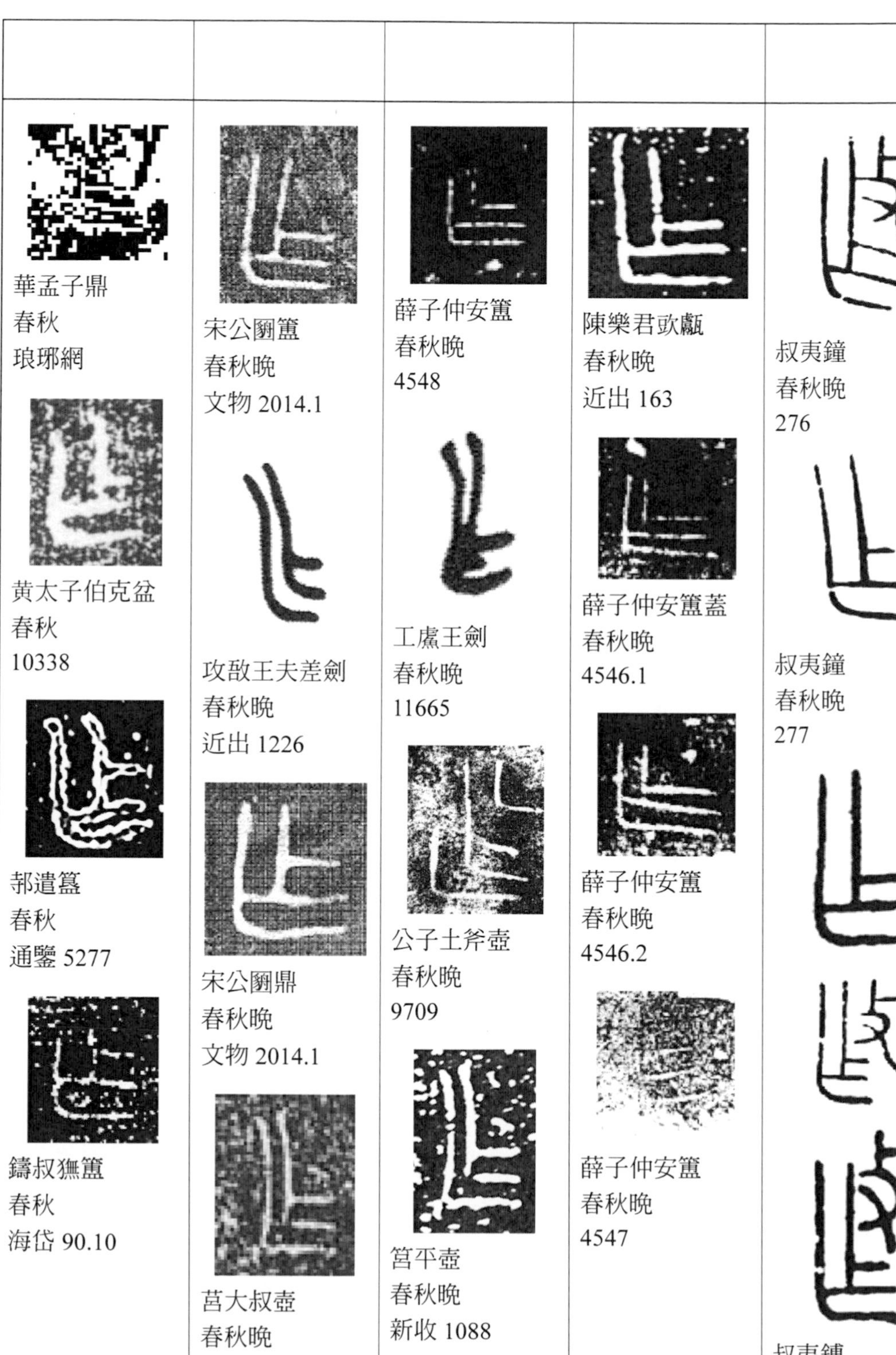

華孟子鼎
春秋
琅琊網

黄太子伯克盆
春秋
10338

邿遣簋
春秋
通鑒 5277

鑄叔獛簠
春秋
海岱 90.10

宋公圝簠
春秋晚
文物 2014.1

攻敔王夫差劍
春秋晚
近出 1226

宋公圝鼎
春秋晚
文物 2014.1

莒大叔壺
春秋晚
近出二 876

薛子仲安簠
春秋晚
4548

工盧王劍
春秋晚
11665

公子土斧壺
春秋晚
9709

筥平壺
春秋晚
新收 1088

陳樂君歍甗
春秋晚
近出 163

薛子仲安簠蓋
春秋晚
4546.1

薛子仲安簠
春秋晚
4546.2

薛子仲安簠
春秋晚
4547

叔夷鐘
春秋晚
276

叔夷鐘
春秋晚
277

叔夷鎛
春秋晚
285

匄 741

紀仲觶 西周中 6511.2	啓卣蓋 西周早 5410	攻吳王夫差劍 戰國 新收 1523	郾王職劍 戰國晚 近出 12211	夆叔匜 春秋 10282
蔡姞簋 西周晚 4198	啓卣 西周早 5410	悍距末 戰國 11915	作用戈 戰國 11107	濫盂 春秋 新浪網
不嬰簋 西周晚 4328	紀仲觶 西周中 6511.1	者旃故匜 周代 山東成 696	司馬楙編鎛 戰國 山東成 106	邳伯缶 戰國早 10006
			梁白可忌豆 戰國 近出 543	邳伯缶 戰國早 10007

		匜 744	匽 743	區 742
杞伯每亡匜 春秋早 10255 叔黑臣匜 春秋早 10217 齊侯子行匜 春秋早 10233	周挍匜 西周晚 10218 魯司徒仲齊匜 西周晚 10275 魯伯愈父匜 春秋早 10244	者僕故匜 西周晚 山東成 696 㠱伯庭父匜 西周晚 10211 司馬南叔匜 西周晚 10241	憲鼎 西周早 2749 燕侯簋 西周早 3614 陳璋方壺 戰國中 9703	子禾子釜 戰國中 10374

彊 748	弓 747	甗 746	匡 745	
 彊	 弓	 甗		
良山戈 西周早 山東成 762 不嬰簋 西周晚 4328 蔡姞簋 西周晚 4198 曩伯子㝵父盨蓋 西周晚 4442	不嬰簋 西周晚 4328	遹甗 西周中 948	父庚爵 商 山東成 535	尋仲匜 春秋早 10266 兒慶匜鼎 春秋早 遺珍 68-69 孟嬴匜 春秋早 山東存邾 3.3 者斿故匜 周代 山東成 696

 鼄公子害簠蓋 遺珍 67 春秋早  魯大司徒厚氏元簠 春秋早 4689  魯大司徒厚氏元簠蓋 春秋早 4690.1  魯大司徒厚氏元簠 春秋早 4690.2	 邿召簠蓋 西周晚或春秋早 近出 526  摹本 郳口伯鼎 春秋早 2640  鼄公子害簠 遺珍 67 春秋早	 侯母壺 西周晚 9657  勾它盤 西周晚 10141  邿召簠 西周晚或春秋早 近出 526	 曩伯子痓父盨 西周晚 4444.2  曩伯子痓父盨蓋 西周晚 4445  曩伯子痓父盨 西周晚 4445  侯母壺蓋 西周晚 9657	 曩伯子痓父盨蓋 西周晚 4443  曩伯子痓父盨 西周晚 4443   曩伯子痓父盨 西周晚 4444・1

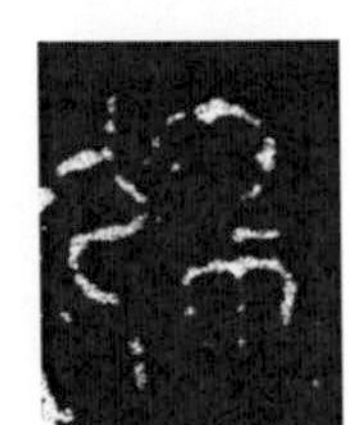 邳伯缶 戰國早 10006  邳伯缶 戰國早 10007	 陳樂君歖甗 春秋晚 近出 163  黃太子伯克盆 春秋 10338  濫盂 春秋 新浪網	 陳大喪史仲高鐘 春秋中 353.1 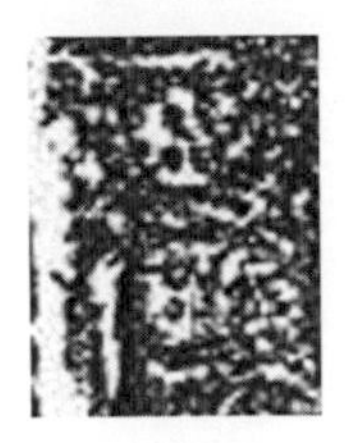 陳大喪史仲高鐘 春秋中 集成 354.2  陳大喪史仲高鐘 春秋中 集成 355.2  曾口口簠 春秋晚 4614	 尋仲匜 春秋早 10266  霝父君瓶蓋 春秋早 遺珍 31-33  霝父君瓶 春秋早 遺珍 31-33 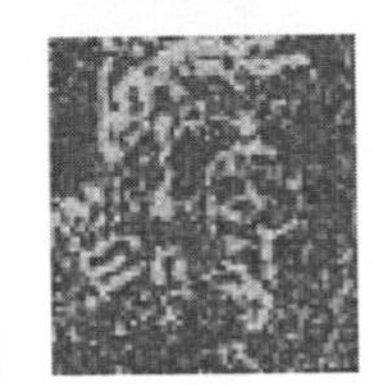 陳大喪史仲高鐘 春秋中 集成 352.1	 魯大司徒厚氏元簠蓋 春秋早 4691  魯大司徒厚氏元簠 春秋早 4691  余王鼎 春秋晚 文物 2014.1  尋仲盤 春秋早 10135

發 751	彃 750			引 749

 莒平鐘 春秋晚 172  莒平鐘 春秋晚 174  莒平鐘 春秋晚 175	 蔡姞簋 西周晚 4198	 叔夷鐘 春秋晚 281  叔夷鎛 春秋晚 285	  引簋 西周中晚 海岱 37.6  叔夷鐘 春秋晚 272	 叔卣內底 西周早 新出金文與西周歷史 9 頁圖二.4 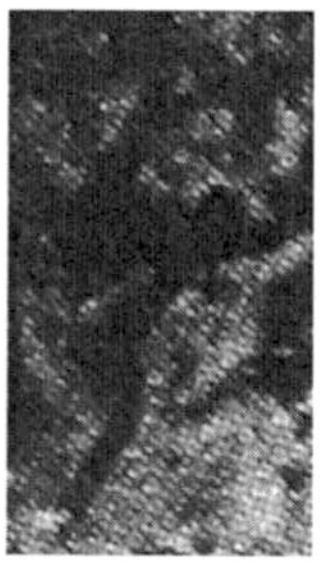 叔尊 西周早 新出金文與西周歷史 8 頁圖二.1

孫 753　　弢 752

孫				
 憲鼎 西周早 2749  辛䰜簋 西周早 新收 1148  郜仲簠 西周中晚 新收 1046	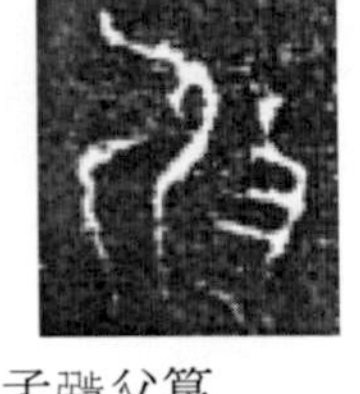 孟弢父簋 西周晚 3962  孟弢父簋 西周晚 3963.1 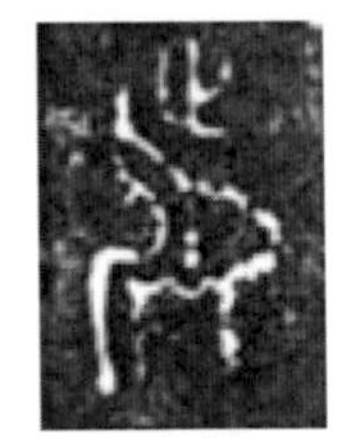 孟弢父簋 西周晚 3963.2	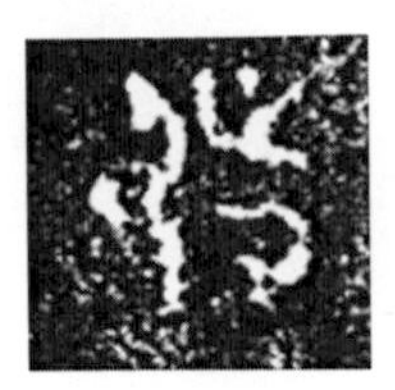 孟弢父簋 西周晚 3960.1 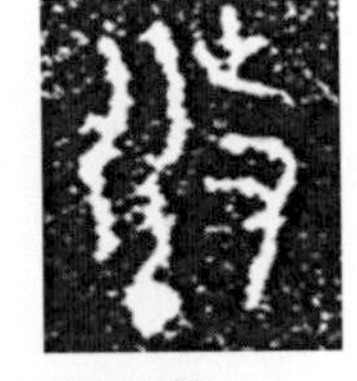 孟弢父簋 西周晚 3960.2  孟弢父簋 西周晚 3961	 莒平鐘 春秋晚 179  莒平鐘 春秋晚 180  陳發戈 戰國晚 新收 1032	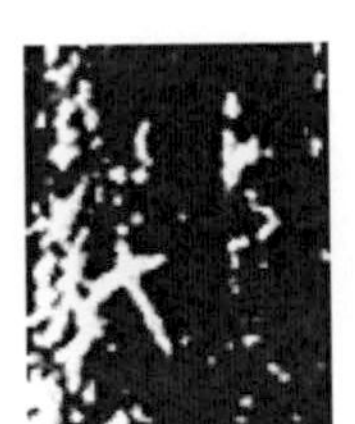 莒平鐘 春秋晚 176  莒平鐘 春秋晚 177  莒平鐘 春秋晚 178

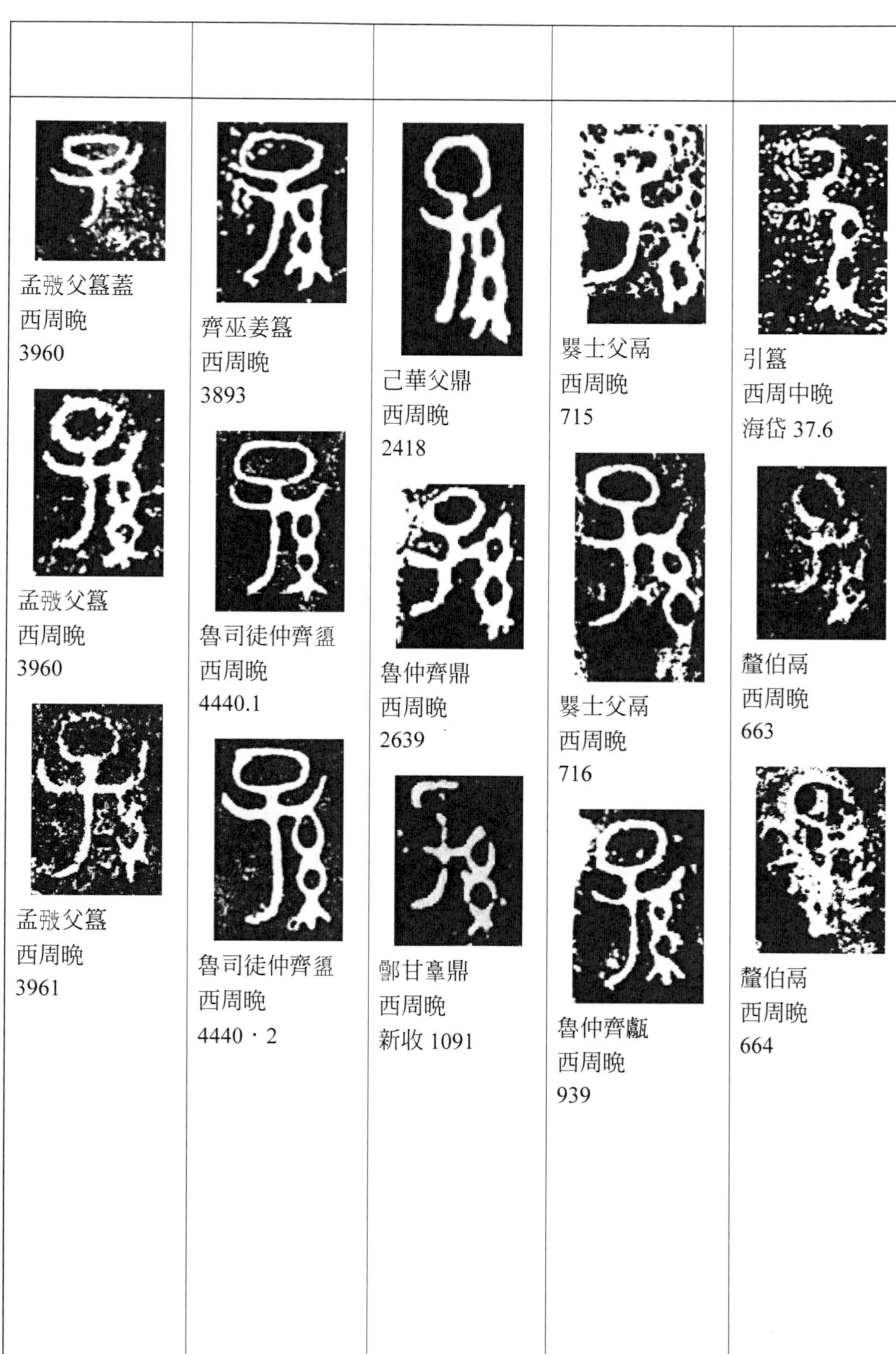

孟㢸父簋蓋
西周晚
3960

孟㢸父簋
西周晚
3960

孟㢸父簋
西周晚
3961

齊巫姜簋
西周晚
3893

魯司徒仲齊盨
西周晚
4440.1

魯司徒仲齊盨
西周晚
4440・2

己華父鼎
西周晚
2418

魯仲齊鼎
西周晚
2639

鄁甘𦎫鼎
西周晚
新收 1091

㠱士父鬲
西周晚
715

㠱士父鬲
西周晚
716

魯仲齊甗
西周晚
939

引簋
西周中晚
海岱 37.6

鼄伯鬲
西周晚
663

鼄伯鬲
西周晚
664

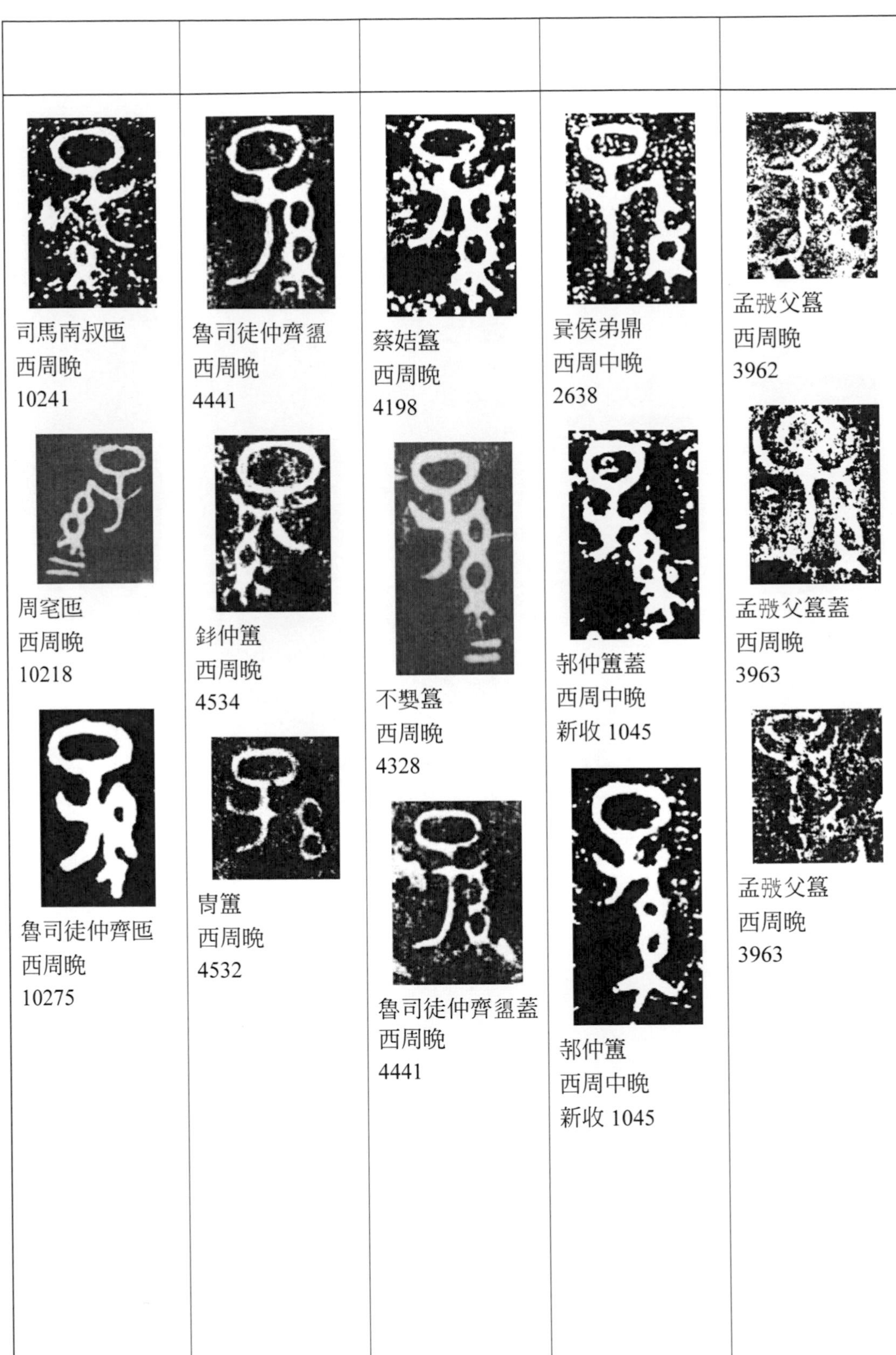

司馬南叔匜
西周晚
10241

周窓匜
西周晚
10218

魯司徒仲齊匜
西周晚
10275

魯司徒仲齊盨
西周晚
4441

鋅仲簠
西周晚
4534

冑簠
西周晚
4532

蔡姞簋
西周晚
4198

不嬰簋
西周晚
4328

魯司徒仲齊盨蓋
西周晚
4441

曩侯弟鼎
西周中晚
2638

邿仲簠蓋
西周中晚
新收 1045

邿仲簠
西周中晚
新收 1045

孟殼父簋
西周晚
3962

孟殼父簋蓋
西周晚
3963

孟殼父簋
西周晚
3963

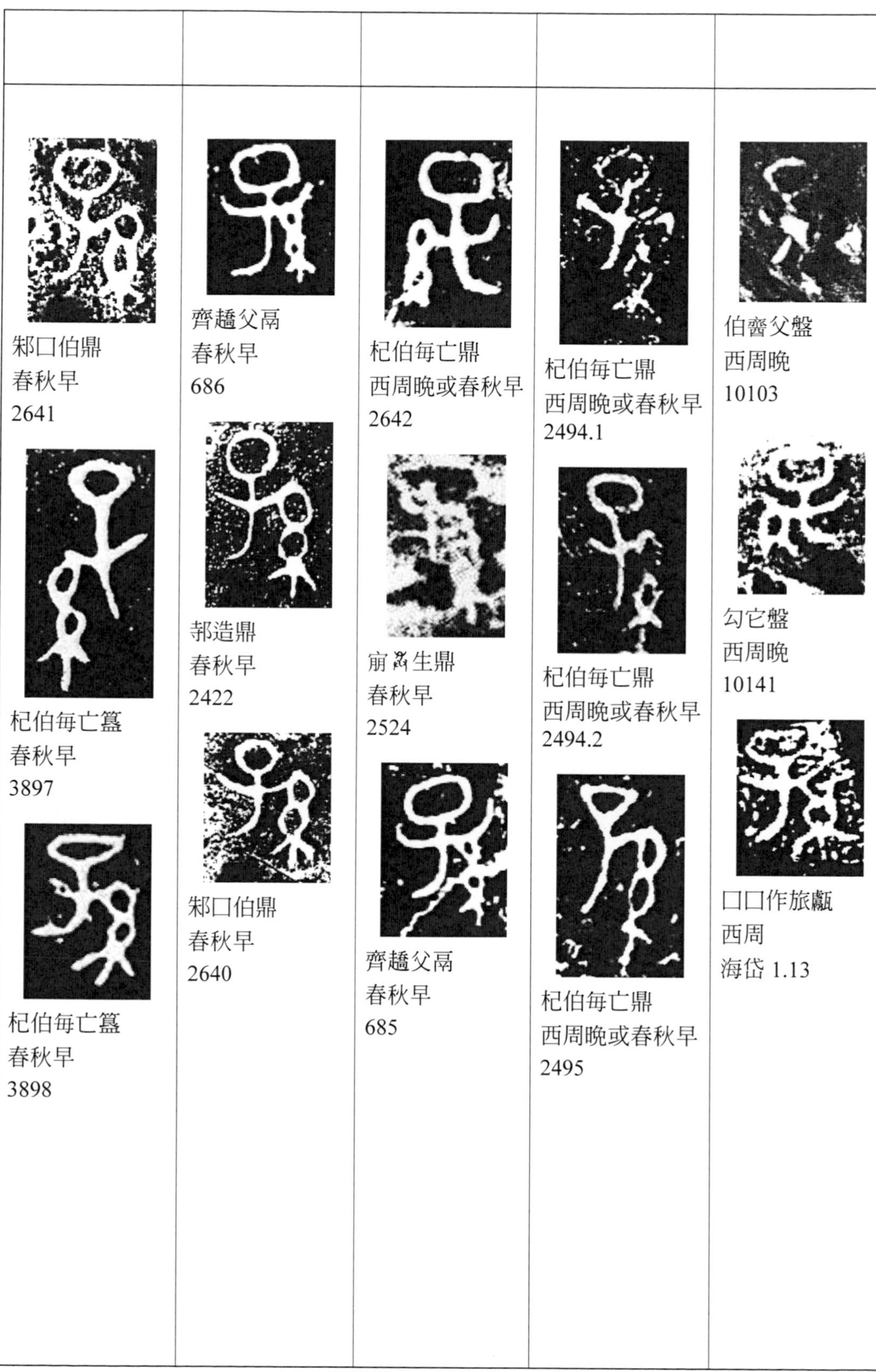

郳口伯鼎 春秋早 2641	齊趫父鬲 春秋早 686	杞伯每亡鼎 西周晚或春秋早 2642	杞伯每亡鼎 西周晚或春秋早 2494.1	伯齍父盤 西周晚 10103
杞伯每亡簋 春秋早 3897	邿造鼎 春秋早 2422	[illegible][illegible]生鼎 春秋早 2524	杞伯每亡鼎 西周晚或春秋早 2494.2	勾它盤 西周晚 10141
杞伯每亡簋 春秋早 3898	郳口伯鼎 春秋早 2640	齊趫父鬲 春秋早 685	杞伯每亡鼎 西周晚或春秋早 2495	口口作旅甗 西周 海岱 1.13

魯大司徒厚氏元 簠蓋 春秋早 4690.1 魯大司徒厚氏元 簠 春秋早 4690.2 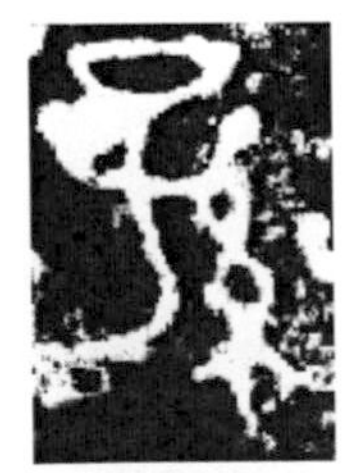 魯大司徒厚氏元 簠蓋 春秋早 4691	 走馬薛仲赤簠 春秋早 4556  鼄叔豸父簠 春秋早 4592  魯大司徒厚氏元 簠 春秋早 4689	 邿遣簋 春秋早 4040・2 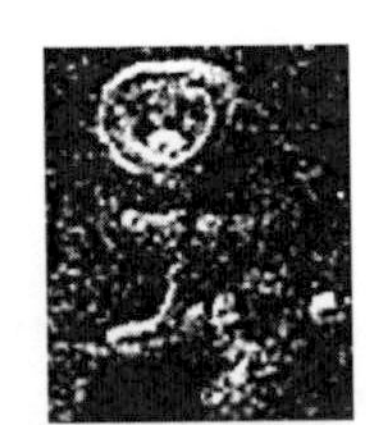 滕侯盨 春秋早 遺珍 99 頁 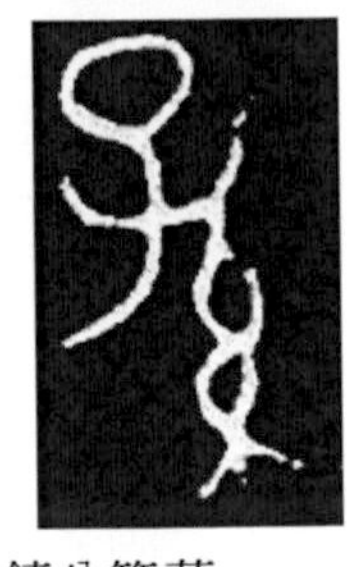 鑄公簠蓋 春秋早 4574	 杞伯每亡簋 春秋早 3901  曹伯狄簋 春秋早 4019  邿遣簋 春秋早 4040・1	 杞伯每亡簋蓋 春秋早 3898  杞伯每亡簋蓋 春秋早 3899.1  杞伯每亡簋 春秋早 3899.2

 尋仲盤 春秋早 10135 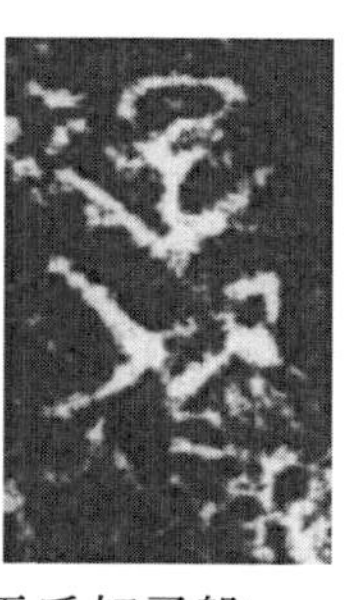 干氏叔子盤 春秋早 10131  齊侯子行匜 春秋早 10233	 昆君婦媿霝壺 春秋早 遺珍 63-65 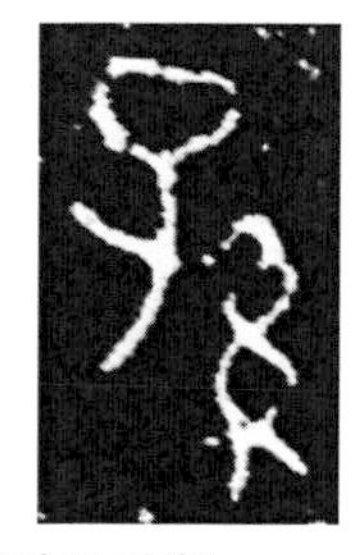 霝父君瓶 春秋早 遺珍 31-33 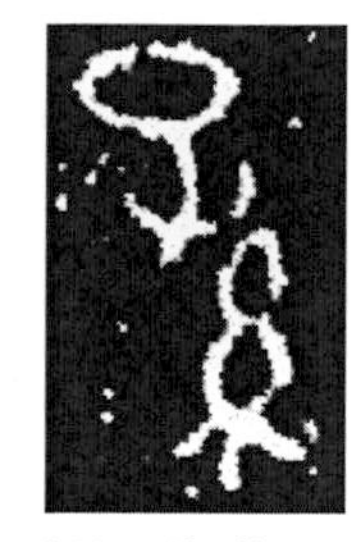 霝父君瓶蓋 春秋早 遺珍 31-33	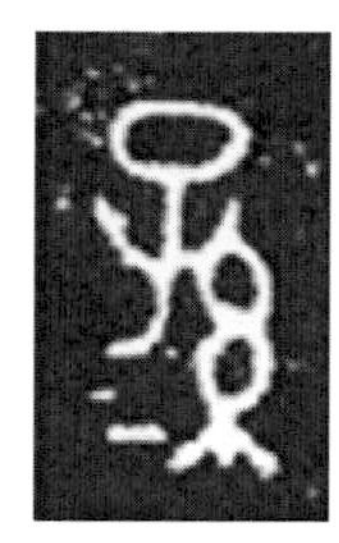 鼄公子害簋蓋 春秋早 遺珍 67 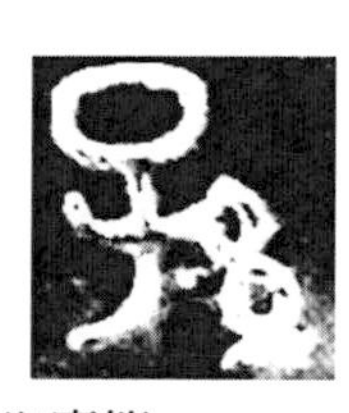 鼄慶簋 春秋早 遺珍 116  杞伯每亡壺 春秋早 9688	 商丘叔簋 春秋早 新收 1071  畢仲弁簋 春秋早 遺珍 48  鼄公子害簋 春秋早 遺珍 67	 魯大司徒厚氏元簠 春秋早 4691  鼄慶簠 春秋早 遺珍 116  鑄公簠 春秋早 山東存鑄 2.1

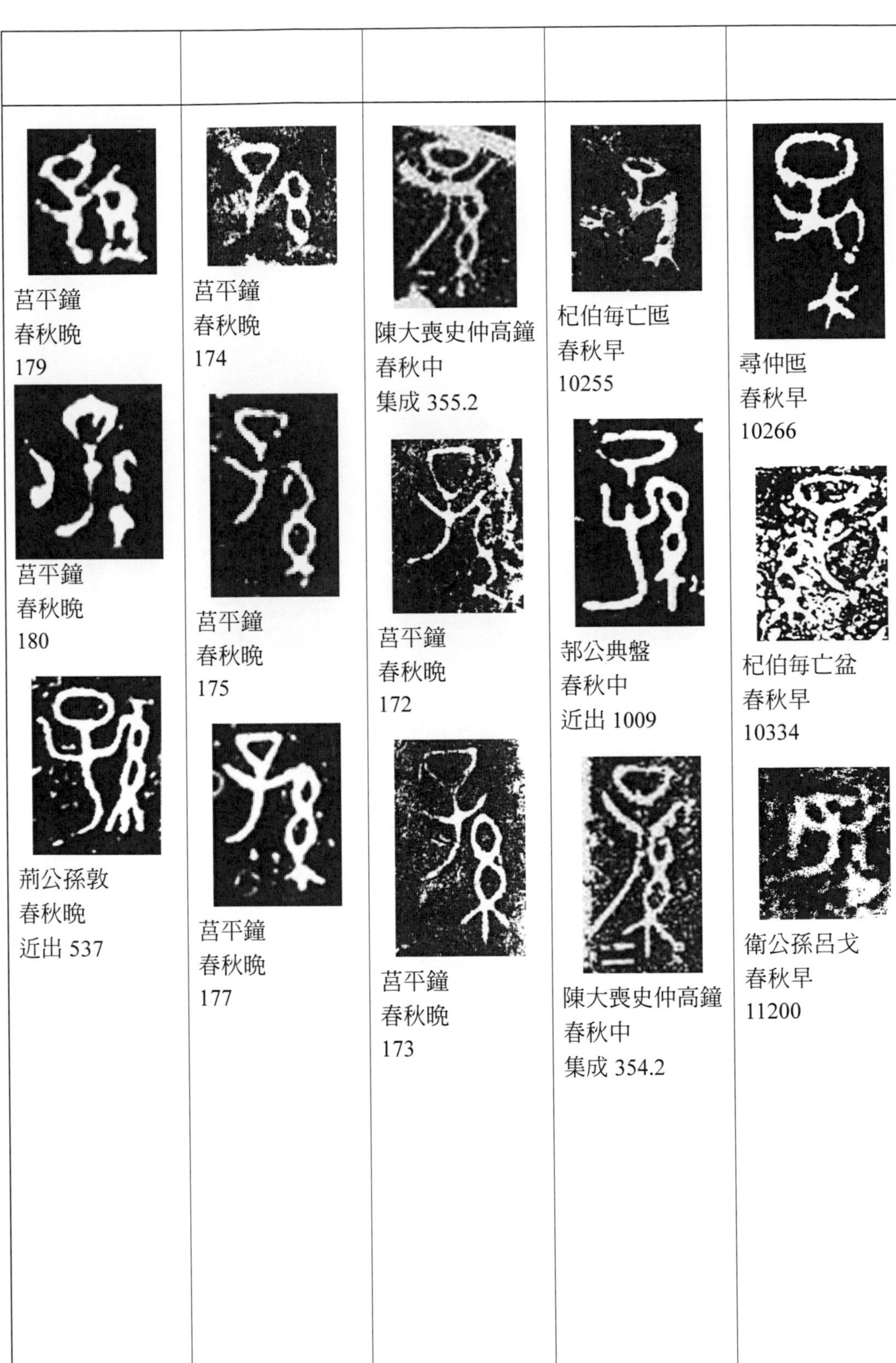

莒平鐘 春秋晚 179	莒平鐘 春秋晚 174	陳大喪史仲高鐘 春秋中 集成 355.2	杞伯每亡匜 春秋早 10255	尋仲匜 春秋早 10266
莒平鐘 春秋晚 180	莒平鐘 春秋晚 175	莒平鐘 春秋晚 172	郚公典盤 春秋中 近出 1009	杞伯每亡盆 春秋早 10334
荊公孫敦 春秋晚 近出 537	莒平鐘 春秋晚 177	莒平鐘 春秋晚 173	陳大喪史仲高鐘 春秋中 集成 354.2	衛公孫呂戈 春秋早 11200

 薛子仲安簠 春秋晚 4548  公子土斧壺 春秋晚 9709  莒平壺 春秋晚 新收 1088	 薛子仲安簠蓋 春秋晚 4546.1  薛子仲安簠 春秋晚 4546.2 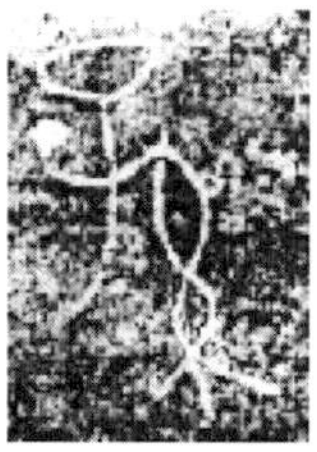 薛子仲安簠 春秋晚 4547	 叔夷鎛 春秋晚 285	 叔夷鐘 春秋晚 277  叔夷鐘 春秋晚 278  叔夷鐘 春秋晚 280	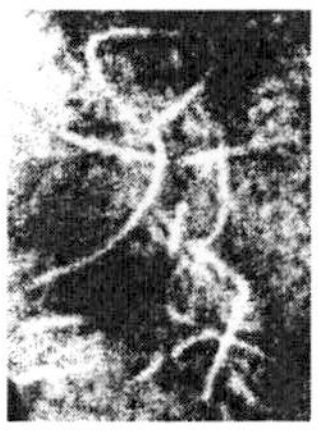 公子土斧壺 春秋晚 9709  曾口口簠 春秋晚 4614  叔夷鐘 春秋晚 275

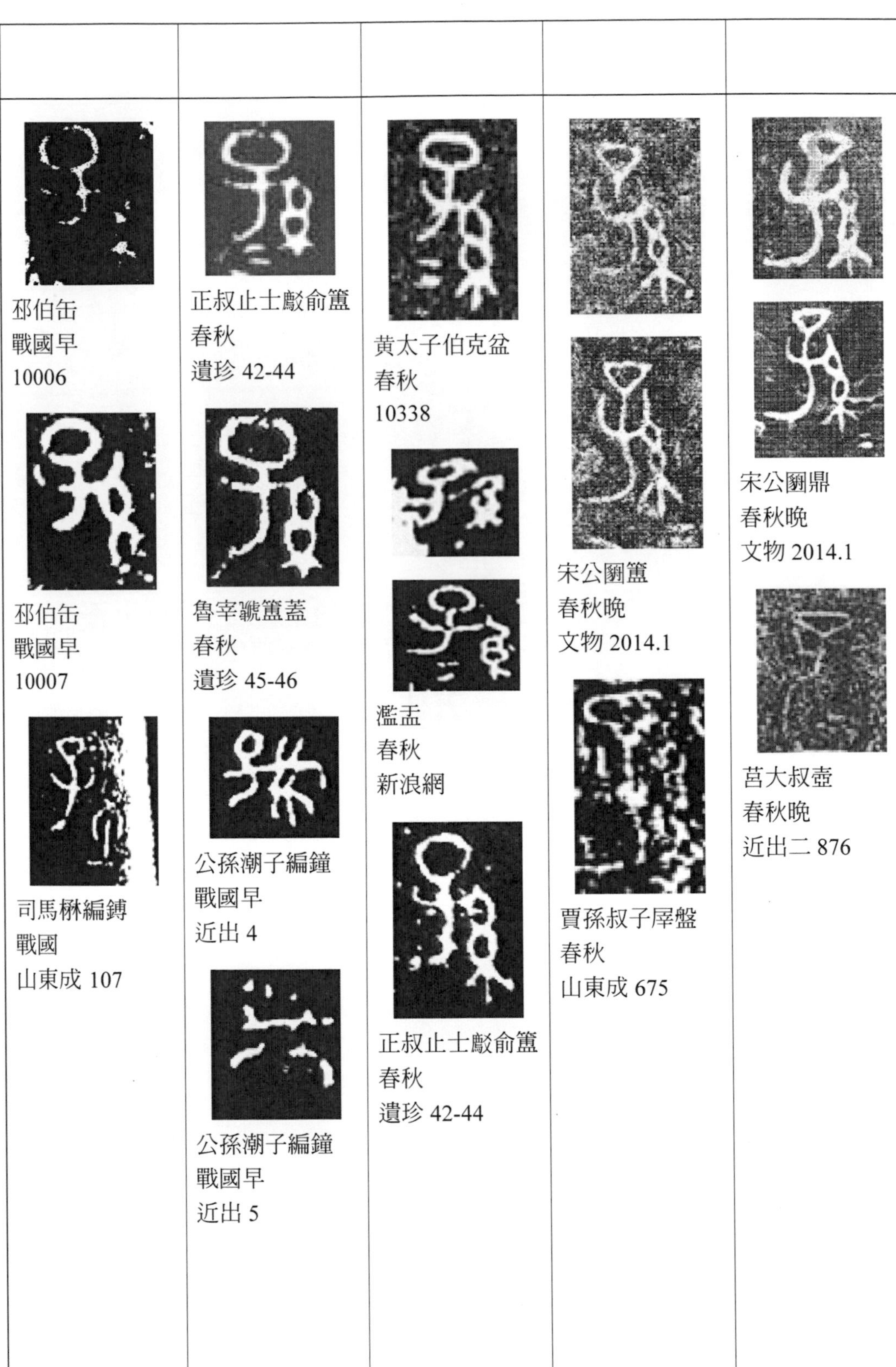

邳伯缶
戰國早
10006

邳伯缶
戰國早
10007

司馬楙編鎛
戰國
山東成 107

正叔止士馭俞簋
春秋
遺珍 42-44

魯宰虢簋蓋
春秋
遺珍 45-46

公孫潮子編鐘
戰國早
近出 4

公孫潮子編鐘
戰國早
近出 5

黄太子伯克盆
春秋
10338

濫盂
春秋
新浪網

正叔止士馭俞簋
春秋
遺珍 42-44

宋公圞簠
春秋晚
文物 2014.1

賈孫叔子屖盤
春秋
山東成 675

宋公圞鼎
春秋晚
文物 2014.1

莒大叔壺
春秋晚
近出二 876